KB261755

부탄과 결혼하다

옮긴이 **송영화**

강원대학교 영어영문과를 졸업하고 중앙입시문제연구원에서 영어교재 기획편집 및 번역 일을 하다가 단행본 출판사인 (주)고려원에서 토익교재 개발, 국내기획물 편집 및 해외도서 저작권업무를 담당하면서 번역 일에 흥미를 가지게 되었다. 이어, 저작권 에이전시인 에릭양에이전시로 옮겨 영미권 도서의 국내 소개 및 계약 일에 주력하면서 수많은 해외도서를 접하고 소개하였다. 그 후 비앤아이에이전시를 설립하여 외국도서를 국내에 소개하고 번역하는 일을 하다가 현재는 영미권 아동물과 단행본 번역 업무 등을 하고 있다.

PHOTO CREDIT

표지 사진, 차례 사진 Mongarla photo by Ariana Maki

띠지 사진 Kinlay Yangdon photo by Joe Barker

4p 상단 사진 Chendipji chorten photo by Ariana Maki

5p 상단 사진 Dochula Chortens photo by Ariana Maki

6,7p 가운데 사진 Shop in Wamrong, Pemagatshel photo by Joe Barker

7p 원숭이 사진 The two Golden Langor monkeys photo by Phurba Namgay

8p 사진 Red prayer flags over the river near Cheri Monastery photo by Linda Leaming

91p 사진 Hands with Lotus painting by Namgay photo by Linda Leaming

172p 사진 Bridge to Cheri photo by Linda Leaming

위 사진들은 모두 저자에게 직접 사용허가를 받은 것으로서, 이 외의 사진들은 사진 저작권자와 연락이 닿는 대로 저작권 문제를 해결하도록 하겠습니다. 사진의 저작권을 가진 분들은 미다스북스에게 연락주시기 바랍니다.

MARRIED TO BHUTAN by Linda Leaming
Copyright © 2011 by Linda Leaming
English language publication 2011 by Hay House Inc. USA
Korean translation rights © 2011 Midas Books
Korean translation rights are arranged with Hay House UK Ltd. through Amo Agency Korea.
Tune into Hay House broadcasting at: www.hayhouseradio.com

세상에서 가장 느리고 행복한 나라

부탄과 결혼하다

린다 리밍 지음 · 송영화 옮김

미다스북스

오염되지 않은 사람들이 사는 나라, 부탄

이 책에 등장하는 많은 사람들과 몇몇 장소의 이름은 임의로 바꾸어놓았다. 마치 한 폭의 베일에 싸인 듯 안개 속에 늘 그 모습을 숨겨놓고 있는 부탄에 대한 예의라고나 할까. 부탄과 인연을 맺고 산 지도 어느덧 20년 가까운 세월이 흘렀고, 그 세월과 함께 많은 것들이 변했다. 되도록 실제로 바뀐 모습들을 더 많이 지면에 싣고 싶었지만, 한편으로는 (눈이 아니라) 내 마음이 보는 대로, 혹은 처음 부탄에 와서 느낀 그대로를 되살리고 싶은 마음도 많았다.

지금 부탄과 이 나라 사람들은 그야말로 격변의 시대를 살고 있다. 하지만 그들이 가장 소중히 여기는 가족, 문화, 그리고 그들만의 유머만큼은 변하지 않고 본성을 그대로 유지하고 있다. 부탄의 수도인 팀부Thimphu

외곽에 있던 농장이 이제는 커다란 학교가 되었지만, 아직도 그 안에는 우리가 살던 때의 추억이 깃든 작은 집이 남아 있듯이 말이다.

니와 결혼한 부탄 남자는 전형적인 시골 태생으로, 신앙이 투철하고 미신을 믿는 사람이다. 그 사람에게는 멋진 친구와 가족이 있다. 그리고 어떤 거친 일도 마다하지 않는, 아름답고 순수한 남자다. 오염되지 않고 순수하다는 표현을 어디에 쓸 수 있을까? 나는 그 말을 감히 이곳 부탄에서 써본다.

이 책에 나오는 사람들은 대부분 이 책을 읽을 기회가 없을 것이다. 사실 부탄에 있는 나의 독자들은 소위 지식인에 속한다. 대부분 팀부에 거주하며 일정 수준의 교육을 받은, 현명하고 자기반성이 강한 사람들이다. 알고 보면 서구인들도 꽤 놀랄 만한 수준이다. 그럼에도 그들은 잘난 척을 거의 하지 않는다. 행여나 교양 있는 어느 부탄 사람이 이 책을 보게 된다면, 내가 묘사해놓은 부탄의 생활방식이나, 부탄인의 시간개념이 서구와는 많이 달라 시간에 구애받지 않고 아무 때나 출근한다는 식의 내 주장에 이의를 제기할지도 모르겠다. 그분들에게는 그저 너그러운 양해를 구할 따름이다. 사실이지 자신이 소유하고 있는 것을 잃어보지 않고는 무엇을 가지고 있는지조차 잘 모르는 것이 인지상정이니 말이다.

나의 부탄 친구들과 가족들이 지구상에 사는 그 어떤 사람들보다 한 차원 높은 숭고한 삶을 영위하고 있다는 사실을 애써 숨기고 싶지 않은 것이 나의 진심이다. 내게 그들은 참으로 인내심 많은 스승이다. 이 책에서 쓴 일들과 내가 알고 있는 모든 것은 결국 이 독특한 나라에서 따뜻한 환대를 받은, 그야말로 특별한 행운을 얻은 한 이방인의 경험일 뿐이다. 그 경험이 나의 모든 것을 바꾸어놓았다. 이제야말로 진정한 결혼식을 올린 느낌이다. 좋을 때나 나쁠 때나, 혹은 부유할 때나 가난할 때나 나의 인생은 이제 부탄에 속하게 되었으니 말이다.

거울 속으로 들어서자 앨리스는 이상하고 신기한 나라에 와 있었다. 우리도 마치 그와 같이, 파추Pa Chu 강을 건너자 어느덧 기이하게도 시간을 거꾸로 맞춰놓은 요술 타임머신 속에 빨려들어와 있었다.

—1921년, 인도 벵골의 통치자인 영국인 로널드세이 경Lord Ronaldshay이 파추 강을 건너 부탄에 들어서면서 한 말

지구상에서　가장
매혹적인　지상낙원

　　몇 년 전, 런던에 사는 친구가 전화를 했다. 몇 주 뒤인 3월에 부탄으로 출장 온다고 했다. 친구는 여행 일정, 부탄에서 맡은 업무, 숙박시설이나 경비에 대한 정보 등 아는 것이 하나도 없다며 푸념을 늘어놓았다. 유일하게 아는 것이라면 부탄에 온다는 사실이라고 했다.

　　"아니, 왜 부탄에서 아무도 내 이메일에 답장을 하지 않는 거지?"

　　친구는 화가 난 듯했다.

　　"아, 그거? 간단해. 부탄 사람들은 이메일 같은 것에 전혀 답장하지 않거든."

　　나는 친구를 달래는 듯 답을 주었다.

　　"설마, 농담이겠지?"

"정말이야."

"그런데 전화는 왜 안 받는 거야?"

"지금이 몇 월이지?"

한겨울인 건 분명했지만 정확한 날짜를 잊어서였다.

"2월 2일."

"2월이라면, 대부분 전화 받을 일이 없겠네."

"도대체 무슨 소리야? 사람들이 모두 그 나라를 떠나기라도 했다는 거야?"

"어떤 의미에서는 그렇다고 볼 수도 있어. 사실 겨울에는 할 일이 별로 없기도 하고."

나는 겨울에는 관공서의 근무시간이 짧아진다고 설명했다. 해마다 11월이 되면 제 켄포Je Khenpo, 부탄에서 종교지도자이면서 왕의 자문을 담당하는 사람을 일컫는 말가 라마승 800여명을 이끌고 팀부를 출발해서 산맥 하나를 넘어 겨울 주거지가 모여 있는 푸나카Punakha, 부탄의 예전 수도로 히말라야 동쪽에 있다로 간다. 이는 오랫동안 이어져온 관행으로, 겨울을 나기에는 푸나카가 좀더 따뜻하기 때문인 듯하다.

부탄 사람들은 대부분 농사를 짓는데, 종종 유목민 같은 습성을 보여준다. 농작물이 더 오래, 왕성하게 자라기에 안성맞춤인 초원을 찾아서, 그리고 좀더 날씨가 좋은 곳을 찾아서 동물들을 이끌고 이동하는 것이다.

라마승들의 이주는 겨울이 왔다는 공식적인 신호다. 부탄의 남자들에게는 전통의복인 고gho 밑에 타이츠나 레깅스 같은 방한복을 입어도 된다는 것을 알리는 비공식적인 신호이기도 하다. 부탄 사람들은 사원에 가거나 관공서를 드나들 때 꼭 전통의복을 갖춰입는다. 남자들은 고를 입고, 여자들은 바닥까지 끌리는 키라_{kira}를 입는다. 고는 일본의 목욕 가운과 비슷하게 생겼고, 키라는 말레이시아 사람들이 허리에 둘러 입는 사롱처럼 보인다. 고와 키라는 전통을 중시하는 부탄 사람들의 자부심을 보여주는 것과 동시에, 그것을 입은 사람들의 사회적인 지위를 알게 해준다.

나는 라마승의 이주 대목으로 돌아와 다시 설명을 늘어놓았다.

"여기서는 4월이나 5월은 돼야 봄이 와. 그러면 종교지도자 제 켄포가 수행원들과 함께 팀부로 돌아오는 거야. 남자들은 이제 고 안에 껴입었던 옷들을 벗어던지고 여름을 맞게 되는 거고."

친구가 계속 나의 말에 귀 기울이기를 바라며 말을 이었다.

"지금은 겨울이니까 날도 일찍 저물고 사무실도 추워. 그래서 근무시간을 1시간 앞당겨 끝내는 거지. 옷 안에 타이츠를 껴입고 지내는 때라니까. 여기 추위는……."

친구가 성급히 내 말을 끊었다.

"알았어, 알았어, 알았다고! 나는 타이츠 입는 라마승 이야기 따위는 더 듣고 싶지 않아."

친구의 목소리가 한층 높아졌다.

"그래, 좋아. 난방시설도 열악한 산악국가니까 공무원을 배려하는 차원에서 겨울에 그 정도쯤 근무시간이 조정되는 건 충분히 이해하겠어. 그래도 어쨌든 7시간을 사무실에서 보내야 하는 건 맞지?"

나는 조심스럽게 말을 이어나갔다.

"뭐, 꼭 그렇지는 않아. 관공서는 보통 오전 9시에 문을 열지. 하지만 여기 공무원들은 대개 9시 45분쯤 사무실에 와. 그전에는 아이들을 학교에 데려다주거나 다른 가족을 버스정류장에까지 태워다주는 일들을 하거든. 그리고 사무실에 도착해서는 다들 오전 티타임을 즐겨. 그게 보통 45분 정도 걸려. 그다음엔 각자 업무를 보거나, 최근에 본 인도 드라마가 어떠니 하면서 잡담을 나누지. 혼자만의 시간을 즐기면서 컴퓨터를 들여다보는 사람도 있고. 그러다 보면 금방 11시 30분이 돼."

"흠, 그렇겠지."

"점심시간은 오후 1신데, 점심을 먹기 전에 잠시 볼일을 보러 외출하기도 해. 전기요금을 내러 가거나 타이어에 바람 넣는 일, 아니면 버스정류장에서 가족을 데려와서 다른 곳에 데려다주는 일 따위를 하지. 그러고는 집에 가서 점심을 먹거나, 아니면 시내로 나가 식당에서 친구들과 밥을 먹어."

"그러면 점심시간은 1시간?"

"아니, 1시간 반. 그러니까 2시 30분이나 3시경에는 모두 사무실로 돌아오는 거지."

"그다음엔 뭘 할지 짐작이 되는군."

"맞아, 오후 티타임!"

나는 급기야 흥분하기 시작했다. 이제야 친구가 내 말을 이해하는 것 같았기 때문이다.

"바로 그거야. 그리고 그다음엔 하루 일과를 마칠 시간이라고!"

수화기 너머로 잠시 침묵이 이어졌다.

"여기선 그렇게 업무랑 자기 일이랑 구별이 잘 안돼."

친구가 그만 자러 가야겠다면서 전화를 끊었다.

사실 친구에게 조금은 장난을 친 감이 없지 않다. 하지만 적어도 10년 전의 부탄이라면 이 모든 것이 사실이었다. 부탄은 그렇게나 마법과도 같고, 마치 잠들어 있는 듯 고요하고 작은 나라였다. 지금도 그리 크게는 변하지 않았지만 말이다.

예전에는 부탄에 그렇게 긴급하게 처리할 만한 일이란 것이 없었다. 그런데 2006년에 왕조 역사상 네 번째로 즉위한 자애로운 왕이 역사에 남을 만한 선포를 한다. 국민에게 언제나 훌륭한 왕이 있는 건 아니라는 것이 왕의 설명이었다. 그리고 부탄은 민주국가가 되어야 한다고도 했다. 전쟁이나 혁명 없이, 왕이 스스로 민주주의에 찬성하는 일은 세계 어느 역사에서도 찾아볼 수 없는 일일 것이다. 그리고 그 일은 국민들에게 활력을 불어넣었다. 2008년에 처음으로 총선이 열렸다. 슬프다고 해야 할지 모르지만, 이제 관공서에 다니는 사람들은 일찍 출근하고 늦게까지 일하게 되었다.

종종 부탄은 현실이 아닌 어딘가 다른 곳에 존재하는 것처럼 느껴진다. 부탄이라는 나라가 어디에 붙어 있는지 아는 사람은 별로 없다. 심지어 내 주변에서도 이 나라를 그저 내 상상력이 빚어낸 작은 허구쯤으로 치부하려는 친구들이 있다. 부탄에서 눌러 살 작정을 한 나는 사람들에게 부탄에 일하러 가게 되었다고 말했다. 아니나다를까 그제야 그들은 이렇게 물었다.

"부탄? 그게 도대체 어디에 있는 나라지?"

"응, 아프리카 근처에 있어. 우리가 사용하는 일회용라이터를 만드는 곳이기도 하지."

나는 종종 이렇게 너스레를 떨며 일축해버렸다. 그러면 모두들 알겠다는 듯 고개를 끄덕였다. 부탄을 아는 사람은 그렇게나 만나보기 힘들었다. 이런 나라의 존재가 무시당한다는 사실이 이 세상 전체로 보면 썩 달가운 일이 아니겠지만, 티베트와 인도 사이 히말라야산맥 깊숙이 자리잡고 있는 부탄에게는 퍽 다행스런 일인 듯하다. 아주 작은 불교 국가가 바깥세상의 번영과 비껴선 채 그렇게 그곳에 존재하고 있다. 현대의 지상낙원이라 불러도 부족함이 없다. 정말이지 부탄은 지구상에서 가장 매혹적이며 흥미로운 나라다.

수도인 팀부는 사발처럼 오목한 골짜기에 있으며 약 10만명이 살고 있다. 그곳엔 교통신호등이 없다. 스티로폼도 찾아보기 힘들고 플라스틱 용

기조차 거의 눈에 띄지 않는다. 앞서 말한 계몽적인 왕이 칙령을 선포했는데, 부탄 국민을 위해서 GNP_{Gross National Product, 국민총생산}보다 GNH_{Gross National Happiness}, 즉 '국민행복지수'를 우선하겠다고 했다. 군대에서 럼주와 위스키를 제조하고, 정부는 콘돔을 나눠준다. 국민이라면 누구나 자기 취향에 따라 골이 지거나, 향기가 나거나, 오톨도톨한 콘돔을 공짜로 받을 수 있다.

부탄에서는 두 종류의 달력을 사용한다. 서구에서 흔히 쓰는 태양력_{그레고리력}과 함께 부탄만의 음력을 사용해 '축복 받은 비 오는 날'이나 '아홉 악령과 만나는 날' 같은 명절을 기념한다. 두 종류의 달력을 사용하는 것으로 부탄 사람들이 어떻게 새로운 삶에 대처하는지 알 수 있다. 부탄 사람들은 그들만의 오랜 전통을 그대로 간직한 채 바깥세상의 생활방식과 융합하도록 만들었다. 부탄이 계속 근대화하는 와중에도 그들은 전통을 지키고자 노심초사 애쓰고 있다. 그러면서 태양력과 음력이 공존하는 조화가 생기는 것이다.

팀부에는 ATM 기계들도 속속 들어서고 있다. 이제 이 나라에는 은행이 3개나 있다. ATM 기계가 사람들에게 인기를 끌기까지 5년이 넘는 시간이 걸렸다. 처음에 사람들은 이 기계에 그저 무덤덤한 반응을 보였다. 부탄이 직접 발행하는 화폐는 1960년대에나 등장했다. 그전까지 사람들은 대부분 물물교환을 했고, 일부는 인도나 티베트의 화폐를 사용했다. 어떤 이들은 아직도 물물교환을 선호하며 돈에 강한 반감을 표시한다. 그들에게 돈이란 있으면 쓰는 거고, 없으면 친구나 친척들한테 달라고 하면 되는 것이다.

팀부에서 도로는 자동차들과 1만여 명의 시민들이 같이 사용하는 대상이다. 모두들 차가 다니는 도로로 거리낌없이 걸어다닌다. 사실 이 나라의 자동차 중 80퍼센트가 집중적으로 수도에 모여 있다. 만약 팀부를 조금이라도 벗어날라치면, 누구든 곧바로 자기 혼자서 도로를 전부 독차지하고 있다는 사실을 알게 될 것이다.

그래도 조심해야 할 것은 있다. 타타트럭인도의 타타자동차회사가 만드는 트럭이다. 길을 가다 보면 종종 좁은 산길을 쏜살같이 달려내려오는 타타트럭을 만난다. 이들은 보통 골짜기 깊숙한 산골마을로 먹을거리들을 싣고 가는데, 대개는 유통기한을 훨씬 넘긴 것들이다. 운전대를 잡은 사람의 얼굴은 한편 쾌활해 보이기도 하고 한편 으름장을 놓는 듯 보이기도 한다. 먹을거리들이 실려 있지 않을 때면 타타트럭의 텅 빈 바닥은 사람을 싣는 장소가 되어 이내 택시나 버스로 둔갑하고 만다. 트럭을 타고 구불구불한 산길을 가는 것은 여간 어려운 일이 아니다. 그래서 트럭 가장자리는 온통 토사물로 뒤범벅이 된다. 그래도 트럭의 차비는 공짜다.

도로 옆으로는 사람들이 냇가에서 빨래하거나 목욕하는 정경이 펼쳐진다. 도로는 동물들에게는 교미하기에 적당한 장소이며, 사람들에게는 만남의 장소, 혹은 채소나 치즈를 파는 장소다. 대나무 줄기를 쪼개는 작업대나 씨앗을 말리는 장소로도 종종 사용한다.

부탄 인구는 대부분 농부와 그들의 가족으로 구성된다. 나머지는 세상의 평화를 기원하며 평생을 기도하고 수련하는 수도사나 라마승이 차지한다. 부탄에는 다른 나라에서 이미 멸종위기에 처한 많은 동식물들이 자라고 있다. 식용버섯은 480종이 훨씬 넘는다. 그 숫자조차도 부탄에 실제로 있는 버섯의 4분의 1일 뿐이라고 한다.

수력발전도 왕성하다. 장마철인 여름이면 부탄은 지구상에서 가장 물이 풍부한 나라 중 하나가 된다. 이때 만들어지는 전기를 인도에 수출하는데, 그것이 외화벌이의 큰 몫을 차지하고 있다.

한편으로 부탄은 위기에 직면하고 있는 나라이기도 하다. 기후변화 때문에 부탄 북쪽에 있는 빙하가 빠른 속도로 녹고 있다. 빙하 호수의 수위가 높아지면서 곧 범람할 지경이다. 둑이 범람하면 사람들이 살고 있는 골짜기로 흘러내려 사람들의 목숨을 위협할 것이 분명하다. 평화롭기만 한 아름다운 정경 이면에 크나큰 위험이 도사리고 있는 것이다.

팀부나 파로Paro, 부탄에 하나뿐인 공항이 있는 곳, 푸엔초링Phuentsholing, 부탄 남부의 국경도시 같은 도시에서는 인터넷카페도 하나둘씩 생겨나고 있다. 텔레비전은 지역 유선방송사에서 35개가 넘는 채널을 제공하고 있고, 위성방송 TV도 나온다. 이제 부탄을 방문한 기자들은 며칠이나 몇 주 동안 머물면서, 1999년까지는 부탄에 텔레비전이 없었다는 사실을 기삿거리로 삼아 심층기사나 책을 쓸 수 있다. 순수하던 부탄 사람들의 마음이 바깥세상에 노출되어 이제 조금씩 오염되고 있다는 식의 내용으로 말이다. 그런 기사는 일부 사실일 수도 있지만 틀린 면도 없지 않다.

부탄에서는 1999년 이전부터 이미 많은 사람들이 위성방송 수신 안테나를 불법으로 만들어서 텔레비전을 봤으며, 비디오테이프나 DVD를 통해 영화도 봤다. 현재 보통의 부탄 가정은 텔레비전으로 인도, 중국, 한국, 일본, 독일, 미국 그리고 영국 등지의 뉴스를 접할 수 있다. 이것은 바람직한 일이기도 하다. 부탄에서 아주 깊은 산골짝에 사는 사람들조차 이제는 제법 세상물정에 밝다. 실제 세상이 돌아가는 방식에서는 아니지만, 적어도 사람들 사는 모습에서는 그렇다는 말이다.

텔레비전과 라디오 방송국으로 BBS_{Bhutan Broadcasting Service}가 있으며, 최근에 라디오 채널도 몇 개 새로 개설되었다. 매일 오후가 되면 〈래리 킹 쇼〉와 〈오프라 윈프리 쇼〉를 방영한다. 〈제이 레노 쇼〉, 〈데이비드 레터맨 쇼〉는 물론 HBO_{미국의 영화 유선방송}도 볼 수 있다. 부탄에서 꽤 유명한 인도 토크쇼가 있는데 〈카란과 커피를_{Koffee with Karan}〉이다. 만일 초대손님이 솔직하게 말하지 않는 것 같으면 '거짓말 탐지'라는 말이 화면에 반짝반짝 뜬다. 인도의 연속극도 인기를 끌고 있다. 미국 드라마의 사촌 격이라 할 만한 것들이 많고, 〈위기의 주부들〉이나 〈아메리칸 아이돌〉을 연상시키는 내용이 가득하다. 리얼리티쇼나 그와 비슷한 쇼들도 다양하게 제작되고 있다.

최근에는 부탄 스타일의 아이돌 만들기 프로그램인 〈드루크 스타_{Druk star}〉가 열병을 불러일으키고 있다. 그전에는 인도의 아이돌 프로그램이 인기를 끌었다. 〈드루크 스타〉는 고등학교 장기자랑 수준의 프로그램이지만 부탄의 많은 사람들 — 이제는 대부분 휴대전화를 가지고 있는 — 이 빼놓지 않고 시청하는, 명실공히 최고의 인기를 구가하고 있다. 〈아메리칸 아이돌〉이 배출한 스타 라이언 시크레스트_{Ryan Seacrest}를 연상케 하는 한 인도인이 네팔 혈통의 우승자에게 도전해서 오점을 남겼다는 평가로

1년 동안 작은 소란을 떨기도 했다.

부탄 사람들은 자기들이 하늘에 더 가깝다는 이유를 들어 은근히 인도 사람들을 내려다보고 과소평가하는 경향이 있다. 감정의 기복이 좀 들쑥날쑥한 인도인은 '아시아의 이탈리아인'쯤으로 간주된다. 대부분 조용한 성격에 튀는 것을 좋아하지 않는 부탄인과는 사뭇 대조적이라 할 수 있다.

느리게 사는 사람들

지리, 종교, 문화 등의 영향으로 부탄 사람들은 미국 사람들과 매우 다른 사고방식을 가지고 있다. 어느 쪽이 더 좋다거나 나쁘다는 말은 아니다. 단지 그렇다는 말이다. 부탄 사람들은 아주 느린 보조에 맞춰 살아가며 몸에는 뭐랄까, 탐지기 같은 것이 내재되어 있는 것 같다. 그들은 매우 내향적이며 자기반성이 깊은 사람들이다. 자기가 살고 있는 지역에 관한 지정학적인 조예도 깊다. 바깥세상의 일에도 놀라울 정도로 방대한 지식을 갖고 있다. 만일 당신이 지금 작게만 느껴진다면 열린 마음을 가져볼 필요가 있다.

역설적으로 들리겠지만 수백년간 농경사회였던 부탄은 쇄국적인 나라이기도 하다. 부탄 사람들이 자발적으로 그렇게 한 측면도 있지만, 이렇게 고립된 나라가 된 데는 지리, 날씨, 카르마karma, 불교나 힌두교에서 말하는 업보의 영향이 크다. 동쪽, 서쪽 그리고 북쪽은 험준한 산으로 가로막혀 있고,

남쪽은 무성한 열대림이 천연의 장벽을 이루고 있어서 자연적으로 부탄을 바깥세상과 차단한다. 사정이 이러니 사람들이 온통 바위투성이인 히말라야의 첩첩산중을 뚫고 부탄에 들어오기란 매우 힘든 일이다.

부탄으로 들어오는 땅길은 세 곳인데, 모두 비좁기 이를 데 없다. 그나마 드루크항공Druk Air, 부탄 국영항공이 하루 한두 차례 운행해서 하늘길을 열어준다. 2010년 8월부터는 네팔 소속인 부다항공Buddha Air이 운행을 시작했다. 그래도 여전히 이 나라처럼 고립되고 초현세적인 나라는 세상에 존재하지 않는다.

부탄은 미국 내슈빌에 있는 내 고향집으로부터 표준시간대가 12시간 차이난다. 부탄까지 네 번 이상 비행기를 갈아타야 하고 비행시간만 36시간 넘게 걸리는, 그야말로 서사적인 여정이 필요하다. 그 불편함만 기꺼이 인내한다면 여행은 충분히 보람이 있다. 부탄의 무성하고 험준하기 이를 데 없는 산악지대와 나무로 빽빽한 골짜기는 오염되지 않은 자연의 모습을 그대로 보여주는 장관이다.

비록 지금은 변화를 꾀하고 있지만, 부탄은 여전히 자기만의 속도를 지향한다. 부탄은 산업혁명이 비껴간 곳이고, 두 차례의 세계대전이나 세상을 떠들썩하게 만든 Y2K 소동 속에서도 고요히 잠들어 있었다. 결국 Y2K는 긴 세기의 끝에서 또 다른 시작을 알리는 연결고리였을 뿐이다.

2007년은 부탄이 왕정 100주년을 맞는 해였다. 지금의 왕조가 시작되기 전에 부탄은 속세의 최고지도자를 뜻하는 드루크 데시Druk Desi와 종교 지도자인 제 켄포가 동시에 지배하는 이원체제였다. 2007년은 부탄인들

에게 불길한 해라 왕조 기념식은 2008년 11월로 미루어 거행되었다. 부
탄인들은 이처럼 시간을 유연하게 다룬다. 필요에 따라 줄이기도 하고 늘
리기도 한다.

시간에 얽매이는 것을 완강히 서부하고 살아가는 부탄 사람들의 생활
방식은, 1994년 이 나라를 처음 방문할 때부터 나를 매혹시킨 가장 큰 요
인이었다. 시간관념이 철저한 미국인이 너무나도 변덕스런 부탄의 방식
에 익숙해지기까지는 꽤 많은 시간이 걸리지만, 일단 습관이 되면 매우
살기 편하다.

부탄에서는 수십년 전부터 비공식적으로 BST<sub>Bhutan Stretchable Time, 부탄 유동
시간</sub>로 알려져 있는 방식으로 생활한다. 가령 오전 10시에 만날 약속을 했
다고 하자. 그러면 1시간 전인 9시부터 시작해 2시간 후인 12시까지가 모
두 약속시간에 해당한다. 즉 당신에게는 많은 여유시간이 있는 것이다.
오기로 한 사람이 조금 늦나 보다 하고 생각하는 것이 편할 것이다. 그냥
앉아서 기다리고 있노라면 누군가 차를 한잔 건네줄 것이다. 그 정도는
호의로 알고 받아 마셔라.

부탄에 오기 전 미국에서 살 때 나는 늘 약속시간에 몇 분 늦게 나타나
서 친구나 가족들이 짜증을 내는 그런 존재였다. 심지어 엄마는 내가 내
장례식에조차 지각할 거라고 종종 말했다. 그러면 나는 그런 저주 같은
소릴랑 제발 그만두라고 소리쳤다. 미국 사람들은 약속한 사람이 10분쯤
늦으면 매우 안달이 난다. 대부분 5분 전에는 약속 장소에 이미 도착해
있으니 총 15분이나 기다리고 있는 셈이다. 부탄에서는 정확한 시간과 상

관없이 당신이 나타나기만 하면 약속은 지켜진 것으로 본다.

누구하고 밥 먹기로 약속했거나 수도관이 고장나서 수리공을 불러야 할 상황이면 부탄 사람들은 단지 "수요일에 만나요."라고만 말할 것이다. 그 말로 약속은 충분하다. 약속한 사람이 수요일이 아니라 목요일에 나타나더라도 48시간 이내에 왔으면 그 약속은 지켜진 것이다.

이런 식의 유동적인 시간관념은 오래도록 부탄 사람들의 몸에 밴 것이다. 예나 지금이나 부탄에서 이동거리는 꽤나 길고 사람들은 대부분 걸어다니기 때문에 정확히 언제 도착할지 가늠하기란 쉽지 않은 일이다. 이웃 골짜기를 방문하기로 했는데 그것이 여름 끝자락이라면 더위 탓에 높은 산길에서 잠시 쉬어갈 수도 있을 것이고, 곰이나 퓨마를 피해 재빨리 나무 위로 피신할 일도 있을 수 있다. 그런 일들이 모두 시간을 지연시키는 결과가 될 것이다. 반대로 곰이나 퓨마에게 쫓겨 약속 장소에 훨씬 일찍 도착할 수도 있다. 약속한 사람이 끝내 나타나지 않으면 그리 유쾌하지 못한 상상을 할 수도 있다. 무언가의 점심식사가 되었을지도 모르니까. 여기서 경고 하나. 곰이나 퓨마는 나무도 잘 탄다.

부탄에서 시간이란 일직선이 아니라 순환하는 것이다. 부탄 사람들은 부단히 앞으로 나아가는 것이 아니라 돌고, 돌고, 도는 계절 안에서 살아간다. 그들은 환생을 믿는다. 태어나고 다시 태어나고, 끝없이 순환한다. 우리가 살아가는 이 시간이 많은 일들에 끊임없이 영향을 미친다. 부탄 사람들에게 시간은 양적인 문제가 아니라 질적인 문제다. 그들은 찰나를 사는 방법을 터득한 시간의 달인들이다.

나는 규칙이나 체계를 좋아하지 않는 사람이다. 줄이 그어진 공책도 싫어한다. 세상에는 너무도 많은 체계들이 있다. 과다한 보험과 소송, 넘쳐나는 신용카드, 영수증, 각종 양식, 세금, 대출금, 교통체증, 의무사항, 끝없는 업무, 온갖 다툼 등……. 결국에는 그것들 모두 큰 부담과 누려움으로 남게 된다.

세상은 균형을 잃어가고 있다. 미국에서 사람들은 마음의 평화를 갈망한다. 그것이 마치 손에 잡힐 듯하다. 하지만 한 친구의 말을 빌자면, 사람들은 '비극의 햄스터 쳇바퀴' 같은 욕망에서 내려올 줄 모른다.

부탄에 와서 나는 "아!" 하는 탄성을 내지른 전환의 순간을 경험했다. 팀부 외곽에 있는 문화학교에서 몇 달 일하던 때였다. 출근하는 데 40분쯤 걸렸는데, 빠른 길로 가면 5분 정도는 줄일 수 있었다. 빠른 길은 산림관리소 방향으로 가다가 커다란 전경기prayer wheel, 티베트 불교에서 기도나 명상 때 돌리는 바퀴 모양의 경전를 지나친 다음, 언덕 옆에 있는 심토카Semtokha라는 작은 마을을 관통하는 것이다.

하지만 나는 그 길 대신 집 뒤로 소들이 닦아놓은 듯 구불구불한 오솔길을 따라 갈 수도 있다. 협곡 아래로 길게 뻗어 있는 그 길은 국립버섯센터Royal Government of Bhutan's National Mushroom Centre로 향한다. 새하얀 빛깔의 사각 벽돌 건물에 사무실이 몇 개 있는데, 그중 하나는 버섯배양실 ─ 톱밥과 버섯 포자를 담은 재활용 사과주스 병이 선반에 나란히 놓여 있는 큰 방 ─ 이다.

경쾌한 발걸음을 재촉해 주차장을 가로지르고, 냇물이 졸졸 흐르는 개

울 위로 가지런히 놓여 있는 돌맹이 5개를 총총 밟고 건너면 이내 어학
원의 남학생 기숙사 곁에 있는 변소가 나온다. 그 옆에 있는 60센티미터
쯤 되는 콘크리트 담을 넘어간다. 그러면 3세기에 세워진 심토카 드종
Semtokha Dzong, 드종은 사원이자 요새 역할을 하는 부탄의 건물을 말한다. 우리말로는 '성채사원'이
다으로 곧장 향하는 흙길이 나온다. 여기서 드종을 지키는 경비소를 끼고
샛길을 따라 위로 올라가다가 철조망에 기대어 있는, 통나무를 손질해 만
든 조그만 사다리를 타고 내려가면 다소 경사진 산자락의 풀밭이 나온다.
다시 작은 드종을 하나 지나고, 학생식당을 지나고, 교장의 사택을 지나
면 마침내 조회가 열리는 학교 운동장에 당도하게 된다.

어느 날 아침 나는 평소와 같이 여느 선생들과 어울려 이슬을 잔뜩 머
금은 풀밭에 서 있었다. 아이들은 줄 맞춰 서서 국가를 불렀고, 곧이어 교
장선생의 조례가 들려왔다. 그때 나는 학교에서 약 1킬로미터 떨어져 있
는 바베사Babesa 골짜기 쪽을 바라보고 있었다. 짙푸른 강물 위로 아침 안
개가 스멀스멀 피어오르고, 초록의 작물이 자라는 논과 농가가 둘러싸고
있는 왕추Wang Chu 마을이 보이고, 그 위로는 눈으로 뒤덮인 히말라야 산
봉우리가 있었다. 그 모습은 마치 《내셔널 지오그래픽》 잡지의 한 페이지
같았다.

일부러 에어로빅이라도 하는 것처럼 힘든 길을 걸어서 출근한 직후였
지만 어디에 누워 자고 싶다는 생각 따위는 전혀 들지 않았다. 오히려 나
는 한층 강해지고 마치 이 세상을 정복한 것 같은 기분이 들었다. 부탄의
이 아이들에게 영어를 가르치고 싶다는 열망이 한껏 솟구쳐올랐다. 힘든

산길 출근은 나를 지치게 만든 것이 아니라 오히려 내게 강한 힘과 열정이 충만하도록 해주었다. 나는 햄스터 쳇바퀴가 아니라 다른 종류의 카르마 쳇바퀴를 타고 있었던 셈이다. 그것은 내게 진정 축복이었다.

나는 다른 출근 모습을 상상해보았다. 매일 아침 45분 동안 죽어라고 운전해서 사무실로 향하는 것. 정체되었을 때를 이용해 차 안의 거울을 보며 화장을 다듬고, 운이 좋아서 던킨도넛 앞이라도 지나게 되면 커피를 한잔 사서 마실 수 있고, 머릿속으로는 출근시간을 지체시키는 교통사고가 없기를, 회사가 인원감축 따위는 하지 않기를, 자동차 할부금을 모두 갚을 때까지 제발 나를 자르지 않기를 기원하는 그런 출근길 말이다. 라디오는 나의 목자요, 교통방송은 나의 성경이라는 식일 것이다.

부탄에서 출근길에 교통방송이 나온다면 어떤 식일까 상상하고는 크게 웃어버렸다.

"오늘 아침 샛길은 한산합니다. 길가에서는 앱칸두 씨네 소가 풀을 뜯어먹고 있습니다. 국립버섯센터로 향하는 길은 소떼가 눈에 띄지 않아 매우 한산합니다. 하지만 남학생 변소 근처는 진흙탕이니 조심해서 가십시오. 당황스런 일이 생길 수도 있습니다. 냇물을 건널 때는 세 번째 돌멩이를 조심해야 합니다. 오늘 아침엔 다소 흔들리고 있다는 소식입니다."

종종 어떤 일은 다른 일에 비해 더 힘겨워 보일 때가 있다. 일단 그렇다고 생각하면 더 힘들어지고 만다는 것을 얼른 깨달아야 한다. 그 일이 좋든 나쁘든, 매우 사납고 난폭하든 아니든 간에 기꺼이 받아들이는 자세가 필요하다. 유머감각이 큰 도움이 될 것이다.

부처가 깨우친 후에 한 남자가 부처를 만났습니다. 남자는 부처의 얼굴에 어린 광채에 놀라 경외심을 품었습니다. 남자가 물었습니다.

"당신은 누구입니까? 신이라든지, 뭐 그런 천상의 존재입니까?"

"아닙니다."

부처가 말했습니다.

"그러면 마술사나 마법사입니까?"

"아닙니다."

부처가 다시 말했습니다.

"사람입니까?"

"아닙니다."

"그러면 도대체 당신은 누구입니까?"

부처가 대답했습니다.

"나는 깨어 있는 자입니다."

부 탄 과 사 랑 에 빠 지 다

1994년 8월, 나는 푸나카에서 아침을 맞았다. 부탄에서 두 번째 맞는 아침으로, 바깥세상의 일들이 어느새 오래된 꿈만 같이 느껴졌다. 세상의 꼭대기에 있는 듯한 이 아름답고 한적한 골짜기 마을은 산비탈 가득 논들이 층층계단을 이루고 있었다. 시골 마을을 점점이 수놓은 농가들 사이에서 곡식이 약속이나 한 듯 일제히 여물어갔다.

부탄으로 여행 온 나는 이곳에서 이틀 반나절을 보낸 참이었다. 마침 여행의 비수기여서 장토펠리 호텔Zangtopelri Hotel에서 내가 유일한 손님이었다. 장토펠리 호텔은 마을 남쪽 끝의 산꼭대기에 있는데, 큰 로비와 레스토랑을 중심에 두고, 빙 둘러 객실과 작은 방갈로들이 있었다. 호텔의 직원은 20명쯤 되는데, 그들의 일거리는 그야말로 주먹구구식이었다. 20명이나 되는 호텔 직원을 몽땅 나 혼자 상대하는 일은 참으로 행복한 경험이었다. 그들의 시선은 한결같이 내게 쏠려 있었다. 저녁식사 도중 행여 유리잔이라도 비울라치면 한꺼번에 4명이나 되는 웨이터들이 찰랑이는 물주전자를 들고 한달음에 달려왔다.

부탄 여행은 1990년 초 뉴욕에 있는 유엔센터에서 만난 부탄 친구들이 부추긴 탓에 돌연 계획된 일이었다. 나는 인도와 유럽을 아우르는 장기여행에 부탄에서 2주 보내는 일정을 추가했다. 재미있고 재치가 철철 넘치는 부탄 친구들의 말을 듣다 보니, 부탄이라는 나라가 흥미로우면서도 뭔가 유별나게 느껴졌다. 그래서 꼭 방문하고 싶은 마음이 들었다. 결국 그런 갑작스런 변덕이 나를 이곳 부탄에 데려다놓은 것이다.

장토펠리 호텔 벽면에는 사방으로 부탄의 상징적인 문양들이 화려하게 그려져 있었다. 하얀색 아도비점토 벽돌로 지은 호텔은 생기가 넘치고 밝아 보였다. 로비에는 부탄의 보물과 전통피류 따위가 즐비하게 전시되어 있어서 흡사 박물관 같았다. 부탄 문양의 특징은 '원색적인 과장'이다. 색깔만 낼 수 있으면 무엇이든 표현해낼 수 있을 것 같았다. 그리고 색이 화려하지 않은 부분은 조각을 아로새겨서 장식했다. 그것이 일종의 규칙인 듯했다.

카펫이나 소파를 덮는 천들에도 모두 과할 정도로 과장된 격자무늬가 들어가 있었다. 디자인이 매우 풍부하고 독특해서 부탄 사람들이 훌륭한 직공이라는 사실을 알 수 있었다. 어떻게 이런 방식을 발달시켰는지 자못 궁금했다. 이렇게 잔손이 많이 가는 세밀한 작업은 꾸밈없고 소박한 부탄 사람들의 고립적인 삶과 극명한 대조를 보였다. 부탄 사람들의 세밀한 장식 솜씨를 보고 있자니 손님을 융숭히 대접하려는 그들의 마음을 고스란히 느낄 수 있었다. 흠잡을 데 없고 다소 과장한 듯의 그들의 태도에는 깊은 신심이 어려 있어서 방문객을 아주 편안하게 해준다.

부탄까지 들어오는 행운아는 그리 많지 않다. 부탄으로 여행하는 것 자체가 힘든 일이고, 서양인들에게는 그럴 만한 시간도 별로 없다. 부탄 정부에서는 매년 2만여명 정도만 외부인 방문을 허용하고 있으며, 그것도 언제나 가이드와 동행할 것을 요구한다. 그렇게 해서라도 부탄의 청정한 자연을 보호하려는 것이다.

푸나카에 도착한 첫날 나는 마을 전체를 걸어보겠다는 야심만만한 계획을 세웠다. 나한테는 공식적인 가이드와 자동차, 운전사가 딸려 있었다. 하지만 그날 아침은 모두들 호텔 밖의 잔디밭에 둘러앉아 호텔 직원들과 카드놀이에 열중하고 있었다. 혼자서 마을을 둘러보고 싶다는 말을 꺼내자 모두들 부탄을 볼 수 있는 최고로 좋은 방법이라며 다소 즐거워하듯 말했다. 마치 귀중한 경험을 내게 선사하기 위해 마지못해 숭고한 희생을 치르고 동행을 포기하겠다는 식이었다. 솔직히 카드놀이를 계속하고 싶은 듯 보였지만.

호텔 앞의 길을 따라 걸어내려오니 마을로 향하는 큰길이 나왔다. 큰길을 따라 계속 걸어서 '어머니 강'인 모추Mo Chu 강과 '아버지 강'인 포추Pho Chu 강이 합쳐지는 곳에 있는 아름다운 푸나카 드종Punakha Dzong에 다다랐다. 푸나카 드종은 마을 초입에서 마을을 바라보며 서 있었다. 그 모습은 마치 일본식 탑 300개가 스위스 샬레_{chalet, 스위스 산간지방에서 볼 수 있는, 지붕이 뾰}_{족한 집} 300채와 만나고 있는 것 같았다. 위용이 무척 웅장해서 마을을 에워싸고 있는 산맥의 기세와 견주어도 전혀 손색이 없었다.

부탄에는 18세기 무렵에 지은 드종이 19개 있다. 드종은 요새 역할과 동시에 사원 역할을 하는데, 오늘날에는 정부청사로 쓰거나 종교지도자들이 머무는 곳으로 사용한다. 그 외에도 드종은 부탄의 역사가 가득 담겨 있는 곳이다. 사냥감을 찾아 티베트나 몽골 등지에서 내려와 떠돌던 사냥꾼들은 종종 드종에 머물다 갔다. 드종 안쪽에는 거대한 지하저장고가 있고 그곳에 식량을 저장해두기 때문에 드종을 찾는 많은 사람들을 몇 달, 아니 몇 년까지도 먹일 수 있었다고 한다. 수도시설도 갖추어져 있고, 안쪽 깊숙한 곳에는 수백 개에 달하는 비밀스런 신전들이 있다.

거대한 비밀통로가 여기저기 뻗어 있는 신비로운 드종은 자갈과 나무를 진흙에 섞어 치대서 만들었다. 건축도면에 따라 설계한 것도 아니고 못을 사용하지도 않았다. 기둥은 지진이 날 것에 대비한 듯 밧줄을 엮어 동여매놓았다. 빨간색 지붕 — 가운데 있는 사당만 황금색 지붕 — 에 하얀색 칠을 한 드종은 세월이 비껴간 땅 위에 지어진 성처럼 느껴졌다.

부탄에서 나는 느긋한 속도로 여행을 즐길 수 있었다. 여행 기간이 1달이나 걸린 인도와 달리, 부탄에서는 경계심을 풀고 유유자적 걸을 수 있었다. 달라붙어 떼를 쓰는 거지도 없었다. 마을에서 만난 부탄 사람들은 하나같이 친절하게 웃음 띤 얼굴이었고, 무엇보다 나만의 산책을 방해하지 않았다.

엉성하게 닦아놓은 찻길이 마을 여기저기를 구불구불 안내했다. 마을 옆으로는 청록색이 선명한 모추 강이 찰랑이며 흘러갔다. 북쪽에 있는 가사Gasa 주에서 시작하는 모추 강은 빙하가 녹은 차가운 물이 섞인 채 푸나카를 거쳐 멀리 인도까지 흘러간다. 부탄의 강은 모두 인도로 흘러간다. 마치 브라마푸트라Brahmaputra 강이 방글라데시를 돌아서 인도로 흘러가듯 말이다.

험준한 산 중턱을 휘감으며 길게 뻗어 있는 마을에는 초록빛이 선명한 논들이 차곡차곡 계단을 이루고 있다. 여름은 내내 비가 내리는 계절이라, 농작물은 순식간에 에메랄드 빛깔로 익어갈 채비를 한다. 무성한 오렌지 밭이 붉은 빛깔의 야생 포인세티아나무들과 아름다운 조화를 이룬다. 독특한 전통문양을 그려넣은 농가들과 궁전이 몇 개 들판에 점점이 흩어져 있다. 논밭 위로 보이는 산에는 부탄이면 어디나 그렇듯 황금색 지붕을 얹은 절들이 자리잡고 있다.

공기는 달콤하고 깨끗하며 향긋한 냄새가 났다. 갑자기 약간 어지럼증이 느껴졌다. 고도가 높아서였을까? 뎅기열의 전조증상이었을까? 아니, 어쩌면 그건 하늘이 내린 축복이었을지도…….

이따금 길옆으로 지나치는 집에서 아이들이 놀이를 멈추고는 부끄러운 듯 손을 흔들며 들뜬 모습으로 나를 지켜보았다. 개중에 용감해 보이는 소년 하나가 차려 자세를 취하듯 똑바로 서서는 내게 말을 걸었다.

"안녕하세요? 영국 아저씨!"

내 국적이나 성별을 완전히 무시한 말이었다. 나는 웃으면서 "안녕!"

하고 답해주었다. 소년은 웃으며 손을 흔들었고, 그렇게 자신이 노력한 대가를 받아갔다. 소년에게 나는 그 길을 지나간 존재 중 가장 흥미로운 존재로 한동안 기억 속에 남아 있지 않았을까.

때를 맞추기라도 하듯 반대편에서 소떼가 한 무리 어슬렁어슬렁 다가 왔다. 풀 냄새가 강하게 진동하고 배설물 냄새도 솔솔 풍겼다. 몇몇 소는 목에 종을 달고 있어서 걸음을 뗄 때마다 리듬 있게 딸랑거리는 소리를 냈다. 나는 마음속에서 어느덧 히말라야의 이름 모를 골짜기에서 소를 치 는 목동이 되어 있었다. 아니, 설사 소가 되더라도 그리 나쁠 것 같지 않 았다.

2시간은 족히 걸었을까, 길옆으로 드리워진 담장들이 차츰 경사를 이 루는 것이, 산에 가까이 가고 있었다. 이미 사람과 소들을 본 지도 오랜 시간이 흐른 뒤였다. 고도가 높은 곳에서 무리하게 오래 걸은 것이 합쳐 져서 나는 지치고 허기가 졌다. 경치는 여전히 숨막힐 듯 아름다웠지만, 이쯤에서 발길을 돌려 점심식사가 기다리고 있는 호텔로 돌아가는 것이 좋을 듯했다.

발길을 돌리기 전에 나는 좁은 길 오른편으로 15미터가량 떨어진 강가 로 내려갔다. 모추 강이 넓게 퍼져 흐르는 지점으로, 투명한 물속에 반질 반질한 갈색 자갈들이 깔려 있었다. 사실 걸어오는 동안 내내 모추 강의 물결 소리가 내 귀를 때리며 함께 걷고 있었다.

나는 신발과 양말을 벗어버리고 바지를 무릎까지 걷어올렸다. 얼음처 럼 차가운 물속으로 발을 막 내디딜 참이었다. 만약 내게 손자손녀가 있다면 그 아이들에게 말해줘야 할 주의사항 정도는 알고 있었다. 나는 먼저 발가락을 살짝 물속으로 넣어보았다. 돌멩이가 얼마나 미끄러운지, 넘어지지 않으려면 어떻게 해야 하는지 생각하는 순간, 나는 그만 미끄러지고 말았다.

웃음이 먼저 나왔다. 물속에서 얼른 몸을 일으켰다. 왼발에 힘을 싣자 날카로운 통증이 다리를 찔렀다. 웃음을 멈추고 강가에 앉아 발을 살펴보았다. 발목을 삔 것 같았지만 그리 심하지는 않아 보였다. 하지만 곧 발목에 열이 나면서 한껏 부어오르기 시작했다. 호텔까지, 그것도 산 위에 있는 호텔 앞길을 올라가는 데만 20분 넘게 걸리는 곳까지 돌아갈 생각을 하자 당혹스런 기분이 들었다. 이제 즐겁지 않은 행군만이 남은 셈이었다.

간신히 양말과 신발을 신으면서 침착하게 긍정적인 생각을 떠올려보려 했다. 그런데 내가 지금보다 더 심한 곤경에 처한 적이 있었나? 불행히도 없었다. 혼자 여행하는 여자가 다치거나 아픈 것은 최악의 상황이다. 다행스럽게도 지금까지 나한테 그런 일은 없었다. 낑낑 애써서 부츠를 당겨 신었다. 부츠가 아픈 발목을 지탱해주니 조금 나아진 느낌이었다. 그래, 그리 나쁘지 않아! 그렇게 마음을 추슬러보았다. 그래도 상황이 여전히 좋지 못했다.

간신히 길가로 올라왔다. 차나 트럭, 사람이 하나도 눈에 띄지 않았다. 부탄 어디서나 쉽게 볼 수 있는 개들조차 없었다. 다들 어디로 간 거람? 나는 다친 발을 질질 끌며, 괜찮을 거라고 재차 되뇌며 절뚝이는 걸음을 재촉했다. 적어도 길을 잃은 건 아니니까. 내가 유일한 손님인데, 아마 호텔에서 나를 찾으러 나올 거야. 조금만 더 가면 차나 트럭이나 트랙터, 뭐든 운송수단을 만날 거고, 얻어탈 수 있을 거야.

하지만 곧 참을 수 없는 통증이 내 몸을 관통했고, 결국 조금밖에 걷지 못한 채 멈춰서 쉬어야 했다. 길가 바위 위에 걸터앉았다. 옆으로 커다란 바위에 가려진 작은 절이 희미하게 조금 보일 뿐이었다.

그렇게 얼마나 있었는지는 모르겠지만, 아무도 지나가는 사람이 없는 건 분명했다. 몸을 일으켜 다시 걷기 시작했다. 그와 동시에 뒤에서 오토바이가 달려오는 소리가 들렸다. 나는 부탄에서 히치하이커들이 하던 행동을 기억해내고는 팔을 높이 치켜올렸다. 고를 입은 남자가 천천히 내 옆을 지나쳤다. 검은색 헬멧에 눈가리개를 내린 채였고, 내 쪽으로는 시선조차 주지 않았다. 너무나도 절망적이었다.

그때였다. 남자가 몇 미터 가지 않아 오토바이를 돌려서 내게로 왔다.

"어디 가요?"

부탄 사람들이 대부분 그렇듯 남자도 부정확한 영어로 물었다.

나는 다리를 절뚝이며 다가가 말했다.

"타도 될까요? 좀 태워주시겠어요?"

남자는 대답하지 않았다. 나는 단어를 약간씩 바꿔가며 부탁했다.

"제발 저 좀 태워주세요."

나는 결국 대답을 기다리지 않고, 성한 다리에 힘을 실은 채 먼저 아픈 다리를 오토바이 뒷자리로 올렸다. 이대로 남자가 가버리게 할 수는 없는 노릇이었다.

"어디 가요?"

남자가 머리를 옆으로 돌리면서 다시 물었다.

"저 산 위에 있는 호텔요. 장, 토, 펠, 리."

손가락으로 산 위를 가리키며 말했다. 남자가 한바탕 크게 웃었다.

나중에 알았는데, 장토펠리는 구루 린포체Guru Rinpoche 성자가 안주하는 천상의 안식처를 의미하는 말이었다. 구루 린포체는 8세기에 탄트라불교를 부탄에 전한 스님으로, 부탄에서는 수호성자이자 신성한 악령정복자로 여기는 성자다. 손가락으로 하늘을 가리키며 천국에 데려가달라고 했으니 남자가 웃은 건 당연한 일이었다.

남자의 오토바이를 얻어탄 기분은 그야말로 천국으로 가는 기분 그 자체였다. 아픈 발목이 마음껏 공기를 가르는 순간이 무척이나 짜릿했다. 정말로 운이 좋은 하루라는 생각이 들었다. 이 친절한 남자가, 이 멋진 남자가 나를 구해준 것이다.

남자는 움푹 파인 구멍이나 튀어나온 돌부리 따위를 멋지게 피해 달렸고, 아이들이 밖으로 나와 놀고 있는 집 앞에서는 속도를 줄이기도 했다. 아이들이 모두 남자의 아이들이기라도 한 것처럼 마음이 따뜻해졌다. 마당에서 빈 상자에 작은 아이를 태워 끌면서 놀던 아이들은 아까 자기네 집 앞을 지나간 내가 이번에는 오토바이 뒤에 앉아 있는 걸 보고는 그야말로 떠들썩하게 소리를 질러댔다.

조그만 여자아이가 마구 손을 흔들면서 소리쳤다.

"안녕하세요, 달링!"

모두들 깔깔거리고, 손을 흔들고, 얼굴 가득 웃음을 담고는 신이 났다. 나도 한 손으로 남자의 고를 꽉 붙잡고 다른 손을 세차게 흔들며 신나게 웃어주었다.

호텔에 도착해서는 다리를 절뚝이며 내려 남자에게 말했다.

"어떻게 고맙다는 말씀을 드려야 할지 모르겠네요. 들어가서 차라도 한잔 하고 가실래요?"

"메 주, 메 주."

남자가 말했다. '고맙지만 괜찮습니다'라는 뜻이다.

그냥 그렇게 남자를 떠나보내기가 싫었다. 그야말로 극적인 구사일생 장면을 이렇게 서둘러 끝내고 싶지 않았다.

"제가 점심 좀 대접하고 싶은데……."

남자가 고개를 저었다.

점심 제의도 거절당한 것이다. 얼른 바지 주머니에 손을 쑤셔넣어보니 500눌트룸ngultrum, 부탄의 화폐단위 지폐가 1장 있었다. 당시 미국 돈 15달러에 해당하는 대단치 않은 액수였지만, 그래도 남자에게는 일주일 이상 일해야 벌 수 있는 돈이리라. 그래도 그걸로 충분하지 않았다.

"기다리세요! 잠시만 기다려주세요!"

그렇게 말하고는 호텔 정문으로 절름거리며 걸어갔다.

"거기 잠깐 계세요!"

손을 들어 거기 그대로 있어달라는 제스처를 해 보였다. 호텔 직원 2명이 나를 보고 달려왔다.

"돈 좀 가진 거 있어요? 이따가 드릴게요!"

갑작스런 내 물음에 두 사람은 많이 놀란 듯했다.

"저는 괜찮아요. 저 사람이 태워다주었거든요."

한 직원이 고 앞으로 여며진 곳에 손을 깊숙이 넣었다가 지폐 한 다발을 꺼내들며 물었다.

"얼마나 필요하시죠?"

"이거 다 빌려주세요."

나는 돈을 움켜쥐며 말했다. 다시 절름거리는 걸음으로 오토바이에 앉아 있는 남자에게로 돌아가 지폐 다발을 건넸다. 1,000눌투룸은 되어 보였다.

남자는 여전히 눈가리개를 내린 채 헬멧을 쓰고 있어서 표정이 자세히 보이지 않았다. 하지만 이번에는 불만스러운 듯 입을 우물거리며 천천히 머리를 돌렸다. 마치 더러운 제의라도 받은 듯한 태도였다. 부탄에서는 물건을 줄 때 적어도 세 번은 권하는 것이 예의라고 했다. 그래서 나는 돈을 내밀고 또 내밀어보았다. 하지만 몇 번을 권해도 남자는 그저 손을 밀쳐낼 뿐이었다.

"받지 않을 거예요, 아가씨."

직원이 말했다.

"진짜로 고마웠습니다."

결국 나는 포기하고 대신 악수를 청했다.

“천만에요.”

이번에는 남자가 웃으며 내 손을 잡고 흔들었다. 그러고는 시동을 걸고 떠나가버렸다.

그 후 며칠은 구루 린포체 성자가 안주해 있는 천상의 안식처나 다름없는 호텔 로비에서 아픈 다리를 높이 치켜올린 채 책을 읽으며 보냈다. 호텔 직원들이 마치 벌떼처럼 내 주변을 오갔다. 나는 곧 다시 두 발로 걷게 되었다.

행운의 네 잎 클로버

운전사와 가이드가 나를 데리고 부탄에서 가장 아름답고 성스러운 마을 붐탕Bumthang이 있는 동쪽으로 출발했다.

가는 도중 왕두에Wangdue라는 작은 마을에 들러 왕두에 포드랑Wangdue Phodrang을 보았다. 높은 산마루에 건물이 지그재그로 지어져 있는 드종이었다. 손님 숙소에서 점심을 먹고 밖으로 나왔는데 새끼 코브라가 내 앞으로 스르르 기어오는 것이 보였다. 흥분해서 가이드에게 말했더니, 가이드가 걱정스런 표정으로 몸을 구부리고 풀밭을 긁어댔다.

“뭘 하고 계세요? 뱀은 이미 지나갔는데.”

“네 잎 클로버를 찾는 중입니다!”

가이드가 매섭게 쏘아붙였다.

보편적으로 네 잎 클로버는 행운을 뜻한다. 뱀이 지나간 것이 아마도 나쁜 징조였나 보다. 나쁜 징조를 몸에 지니게 된 사람을 그대로 차에 태우고 싶지 않은 듯했다. 가이드에게 부탄으로 오는 비행기에서 코브라를 배낭에 넣고 옆자리에 앉은 뱀 부리는 사람 얘기는 꺼내지 않기로 했다. 그 뱀 부리는 사람은 인도 라자스탄Rajasthan에서 왔는데, 부탄에서 열리는 인도 독립기념 행사에서 정부관리들과 인도 외교관들을 위한 공연을 할 거라고 했다.

어쨌든 그 후로 들르는 곳마다 우리 세 사람, 가이드와 운전사 그리고 나는 네 잎 클로버를 찾아다녀야 했다. 이따금 찾아내기도 했다. 아직도 내 작은 여행 노트에는 잘 마른 네 잎 클로버가 꾹 눌려진 채 가득 들어 있다.

좁은 산길의 고단한 자동차 여행이 끝난 후, 마침내 붐탕이 내 눈앞에 모습을 드러냈다. 초자연적인 아름다운 정경에 나는 그만 압도당하고 말았다. 완만하게 경사진 초록색 언덕과, 하늘과 땅이 맞닿은 탁 트인 들판은 마치 공중에 떠 있는 듯 느껴졌다. 마을 전체가 언제까지라도 존재할 것처럼 고색창연해 보였다. 여행하던 고대인들에게는 필시 성스러운 장소로 느껴졌을 것이다. 이 세상에 마법이 존재한다면 바로 이곳 붐탕에 있지 않을까 하는 확신마저 들었다.

붐탕의 손님 숙소 바로 옆에는 작고 허름한 추미 초등학교Chumey Primary가 있었다. 학교 옆 초원으로 이어지는 운동장은 클로버가 무성하게 자라 있을 것처럼 비옥해 보였다.

첫날 아침 나는 들판을 살펴보러 나갔다. 풀밭에는 상큼한 이슬방울이 한 겹 덮여 있었다. 교복을 입은 아이들이 학교 근처에서 서성거렸는데, 잠시 후면 수업이 시작될 듯싶었다. 한 소년이 영어로 인사를 건네며 뭘 하고 있는지 물었다.

"네 잎 클로버를 찾고 있단다."

그러자 한마디 말도 없이 아이들이 일제히 책과 도시락통 — 천으로 싸고 끈으로 묶은 — 을 내려놓고는 바닥에 엎드렸다. 잠시 후 별다른 결실 없이 찾아헤매던 내 앞으로 아이들이 모여들었고, 나는 아이들을 올려다보았다. 모두 네 잎 클로버를 한 뭉치씩 들고 있었다.

점점 더 많은 아이들이 운동장으로 몰려나왔다. 선생들과 교장선생이 나오자 아이들은 부탄 국기가 매달린 장대가 있는 조그만 연단 앞으로 줄지어 섰다. 그리고 조회가 시작되었다. 약간 장송가처럼 들리는 국가를 부른 후 교장선생이 부탄의 언어인 종카Dzongkha어로 조례를 시작했다.

조회가 끝나자 대머리에 키 작은 인도 출신 선생이 나를 영어 수업에 초대했다. 친절하고 호감형인 그 선생은 인도식 영어 발음이 가미된 말투로 문장마다 마지막 단어를 한 옥타브씩 올려 끝냈다. 그리고 학생들을 엄하게 다스렸다. 숙제를 다 해왔는지 묻자 아이들은 일제히 군대식 구령으로 "예, 선생님!" 하고 대답했다.

아이들 나이는 여덟 살에서 열다섯 살에 이르기까지 다양해 보였지만, 장담하기는 어려웠다. 부탄 아이들은 대개 같은 또래의 미국 아이들보다 작아서 훨씬 더 어려 보인다. 나무로 만든 작은 교실에 30여명이 모여서 마룻바닥에 책상다리를 하고 앉았고, 각자 앞에 있는 낮은 탁자에 책과 공책을 올려놓았다. 어떤 아이 앞에는 탁자가 없어서 옆 친구와 같이 쓰고 있었다.

선생이 숙제는 염소 그리기였다고 내게 살짝 귀띔해주었다.

"자, 어느 똑똑한 남학생이 앞으로 나와서 자신의 염소를 설명해줄 수 있을까?"

선생이 물었다.

남학생들이 공중으로 팔을 번쩍 들어올리며 모두 앞으로 쏟아져나오는 작은 소동이 벌어졌다. 선생이 한 소년을 지적했다. 손들이 모두 내려가고 아이들이 뒤로 물러나며 소동이 일단락되었다. 지적받은 소년은 교실 앞으로 나와 그림을 가슴 앞까지 끌어올리고는 스타카토식 영어로 또박또박 말했다.

"이것은, 나의, 염소입니다. 그것은, 하얀, 염소입니다."

"좋아, 아주 잘했어."

만족한 선생이 다시 말했다.

"자, 이번엔 어느 똑똑한 여학생이 앞으로 나와서 자신의 염소를 설명해줄 수 있을까?"

여학생들도 똑같은 소란을 떨며 너나 할 것 없이 팔을 쭉쭉 뻗었다. 선생이 한 여학생을 지적하자 그 아이도 앞으로 나와 그림을 들어올렸다.

"이것은 나의 염소입니다. 그것은 분홍색 염소입니다."

여학생이 영어로 말했다.

하지만 놀랍게도 선생이 자리를 박차고 일어났다.

"아니, 아니, 아니지!"

선생이 소리를 질렀다. 급히 손가락으로 안경다리를 잡아채 벗어들고는, 여학생을 엄하게 바라보며 말했다.

"분홍색 염소를 그리면 안되지! 분홍 염소 따위는 없어! 하얀 염소나 검은 염소나 갈색 염소는 있어도 말이야. 분홍색, 염소는, 절대, 없어! 자, 자리에 앉아!"

수업이 끝난 후 선생과 이야기를 나누었다. 친절하고, 지적이고, 열성적인 선생이었지만, 그 사람의 세계에는 분홍색 염소가 존재하지 않았다. 내 세계에서는 충분히 가능한 일이지만 말이다. 내가 가르친다면 분홍색 염소, 춤추는 염소, 차를 운전하는 염소가 존재할 것이다. 우리는 염소를 달나라에 보내기도 하고, 염소가 국가도 부르게 할 것이다.

부탄의 매력은 강렬했다. 이곳을 방문하는 많은 사람들이 그러했듯, 나는 이미 어떻게 하면 이곳에 다시 올 수 있을지를 궁리하고 있었다.

부탄에서 2주 일정이 끝난 후, 나는 인도 남부로 행선지를 옮겨 고아 Goa 주로 갔다. 아라비아해 근처에 있는 타지홀리데이빌리지 Taj Holiday Village 리조트에 짐을 풀었다. 지구상에서 가장 을씨년스러운 곳처럼 느껴졌다. 여름 끝자락에 내리퍼부은 비로 해수면이 높게 일렁거렸고, 하늘도 잿빛으로 온통 축축했다. 해변에는 육중해 보이는 리베리아 유조선이 삐딱하게 정박된 채 유령선처럼 이리저리 흐느적거리고 있었다.

부탄 바깥의 세상은 색채를 모두 잃어버린 듯했다. 나는 어느새 부탄이

라는 나라와, 그리고 그 나라 사람들과, 무엇과도 견줄 수 없는 깊은 사랑
에 빠져버린 것이다. 생애 처음으로 그리움이 사무치는 슬픔을 느꼈다.

인도를 떠나 도착한 이탈리아에서 친구들을 만났다. 플로렌스에 있는
두오모광장Piazza del Duomo의 한 노상카페에 앉아 부탄에 대한 끝없는 수다
를 늘어놓았다. 두 친구는 커피를 마시는 틈틈이 이리저리 눈을 굴리며
광장의 시적인 아름다움에 한껏 취해 있었다. 나는 이탈리아에 도착해서
현상해놓은 부탄 사진을 보여주었다.

"제발, 이제 부탄 얘기는 그만해. 인도는 어땠어? 인도에 2달 머문 거
아니었어? 주위를 좀 둘러봐. 여긴 이탈리아야. 그리고 이제 곧 프랑스로
갈 거 아냐?"

나는 대답했다.

"부탄으로 돌아가겠어."

"그래, 그거 참 멋진 생각이야!"

친구들은 나를 대포에 넣어 히말라야산맥으로 날려주겠다는 장난스런
제안을 했다. 나는 이미 어쩔 수 없었다. 내 마음은 벌써 날아가버리고 거
기에 없었으니까.

달라이 라마Dalai Lama가 뉴욕의 한 핫도그 노점상에게 다가가 말했습니다.

"전부 다 넣어서 하나 주세요."

노점상 주인은 달라이 라마에게 모든 양념을 다 넣은 핫도그를 하나 주었습니다.

달라이 라마는 노점상 주인에게 20달러 지폐를 내밀었습니다. 노점상 주인은 돈을 받아 주머니에 넣었지요.

"거스름돈은요?"

달라이 라마가 물었습니다.

"변화는 마음속에서 비롯하는 것이지요."

노점상 주인이 말했습니다.

—거스름돈을 뜻하는 영어 change에 '변화'라는 뜻도 있음을 이용한 유머

마침내 부탄 남자와
결혼을!

미국으로 돌아온 나는 인생의 새로운 전환점을 맞이하게 되었다. 부탄으로 돌아갈 방법을 갖가지로 모색했다. 사람들한테 부탄에 가서 일하며 살겠다고 말했다. 그리고 1995년과 1996년 두 차례에 걸쳐 다시 부탄으로 들어가 긴 여행을 했다. 몇 달 동안 부탄 곳곳을 여행하며 부탄 사람들의 생활방식을 익혔다. 부탄 사람들은 그런 나에게 매우 호의적이었다. 어떤 이는 내가 부탄을 왜 그렇게 사랑하는지 물었다.

"여기 있으면 내가 아주 관대해지기 때문이랍니다."

그것은 진심이었다. 부탄은 내가 서양에서 지내며 잊었거나 잃어버린 것들을 많이 가르쳐주었다. 나 자신을 성찰할 시간도 여유롭게 가질 수 있었다.

"당신은 전생에 아마 부탄 사람이었을 거예요."

사람들은 웃으며 그렇게 말하기도 했다. 나도 전생에 내가 부탄 사람이었다고 생각하는 것이 정말 좋았다. 그것이 부탄을 향한 비정상적일 정도로 강한 열망을 설명하기에 적합한 유일한 이유였다. 내가 만나본 부탄 방문객들은 다들 부탄에 매료된다. 어떤 이는 며칠 여행 정도로 다시 찾아오고, 어떤 이는 잠시 일을 하러 다시 찾아온다. 또 어떤 이는 다시 오고 싶은 마음이 간절하지만 이런저런 문제로 오지 못한다. 사랑하는 사람 때문에, 직장 때문에, 해야 하는 일이 너무 많아서, 혹은 다른 것에 심취하게 되어서 등등.

부탄을 처음 방문한 때부터 지금까지, 나한테는 그렇게 부탄으로 오는 것을 가로막는 요인들이 생겨나지 않았다. 혼자서 숱하게 되뇌던 순간들이 떠오른다.

'너는 예순 살이 되어서도 계속해서 부탄에 가려고 노력할 거니?'

그러면 나의 대답은 한결같았다.

'그럼, 물론이고말고. 그때도 결코 멈추지 않을걸.'

그 열망이 다른 모든 것을 앞섰다. 배고픔과 마찬가지로 그것은 피할 수 없는 갈망이 되었다. 그렇게 나는 사랑하는 가족과 소유물에 이별을 고했다. 프리랜서 작가라는 직업과 수년간 큰돈이 보장된 계약들을 모두 뒤로했다. 가족이나 친구들은 물론 일하며 만난 동료들 모두 놀라고 말았다. 저축해둔 돈이 부탄을 여러 차례 방문한 대가로 이미 바닥났고, 소유물 중 값나가는 것들을 팔아야 하는 지경에 이르렀다.

1997년, 드디어 부탄으로 이주했다. 나는 팀부 외곽에 있는 문화학교에서 무보수로 영어를 가르치게 되었다. 2년 후에도 여전히 자원봉사 선생이던 나는 팀부 변두리에 있는 미술학교로 전근을 갔다. 그리고 그곳에서 마침내 내 우주의 구심점을 찾게 되었다.

학교의 원래 이름은 국립예술학교National Art School지만 지역에서는 다들 그냥 '미술학교'라고 불렀다. 여기서 일하는 선생은 모두 불교와 관련된 예술을 하는 분들이다. 불교 그림인 탕카thanka를 족자나 액자로 만드는 예술가, 나무 조각가, 기왓장 장인, 직공, 자수업자 등으로, 매우 정교하면서 밀교密敎적인 불교 예술을 한다.

학생들은 사랑스럽고 진지하며 수업에도 적극적이다. 학생들은 그림을 그리고, 색칠을 하고, 기도를 하면서 수업시간을 보낸다. 그리고 하루에 2시간씩 나한테서 영어를 배운다. 아주 드물게 학교에 작품을 감상하러 서양 관광객들이 오는데, 그들과 영어로 대화해보고 싶은 게 학생들의 소원이었다. 그것이 바로 영어를 배우는 이유였다.

다른 나라에서 영어를 가르쳐본 미국인이라면 정작 뭔가 배우는 것은 자신이라는 것을 깨닫게 될 것이다. 문화, 전통, 습관, 언어……. 하지만 그곳에는 여기저기 지뢰밭이 포진해 있게 마련이다. 그리고 아주 쉽게 웃음거리가 되는 자신을 발견하게 될 것이다. 나는 그런 상황을 회피하지 않고 오히려 모든 기회를 이용해 사람들에게 웃음을 주었고, 어느새 그 방면으로는 도가 텄다. 그러면서 그들에게 압도되고 말았다. 분홍 염소 따위는 일찌감치 잊어버렸다.

내 학생들의 나이는 여덟살에서 스물세살까지 다양하다. 학생들은 영어 실력에서도 차이를 보인다. 그들은 나한테서 영어를 조금 배울 뿐이지만, 나는 그들한테서 유용하고도 비범한 것들을 아주 많이 배웠다. 입술을 대지 않고 물병으로 물 마시는 법, 병따개 없이 음료수 뚜껑 여는 법, 홍당무 1개와 양파 1개, 그리고 쌀 조금으로 맛있는 식사 한 끼 만드는 법, 신발과 키라에 진흙물 묻히지 않고 걷는 법, 가진 것 없이도 품위 있고 관대해지는 법, 물 반 양동이로 몸 전체를 씻는 법, 렌즈콩에서 돌멩이 골라내는 법, 화장지나 화장실 없이도 볼일 보는 법, 이불이 부족해도 추운 밤을 따뜻하게 보내는 법, 다래끼 치료하는 법, 산통疝痛으로 아픈 아기의 울음을 잠재우는 법…… 이 모든 것을 처음 1달에 다 배웠다.

이들한테서 배운 것 중 가장 귀중한 것을 꼽자면, 다양한 관점으로 세상을 보는 법이다. 학교에는 영어 교과서가 없고 그저 작은 종이만 주어질 뿐이었다. 딱히 교구랄 것도 없어서 임시변통으로 만들어 써야 했다. 학생들이 좋아하는 수업 내용 중 하나는, 바닥에 둥그렇게 원을 그리고 앉아서 이야기를 엮어가는 것이다. 내가 먼저 인물을 만들어 소개한다. 그러면 내 옆의 학생이 자기만의 이야기를 전개하고, 그 옆의 학생이 또 자기만의 생각으로 이야기를 비틀어놓는 등, 그런 식으로 계속해서 한 바퀴 돌며 이야기를 만들어나가는 것이다. 우리 반 학생은 20~30명인데, 원을 절반쯤 지날 무렵이면 반드시 등장인물 중 한두 명이 죽음을 맞이한다. 예를 들면 이런 식이다.

"카르마는 아주 가난한 시골 총각이에요. 카르마는 마을 촌장의 딸인 소남을 사랑해요."

내가 등장인물을 소개하면서 이야기를 시작한다.

내 옆에 앉은 학생이 이어서 말한다.

"소남의 아버지는 마을에서 가장 부자인 레키에게 딸 소남을 시집보내려 합니다."

다음 학생이 덧붙인다.

"레키는 돈은 많지만 마음씨가 아주 고약한 사람입니다. 소남이 카르마를 사랑한다는 걸 알고는 카르마를 미워하기 시작합니다."

이야기가 계속해서 흘러가다가 누군가 이렇게 말한다.

"그때 소남과 카르마가 다리 위를 걸어가다가 강물에 떨어져 죽고 말았습니다."

다른 문화권이라면 이야기가 이쯤에서 주인공들의 죽음으로 끝을 맺게 될 것이다. 하지만 부탄에서는 아니다. 잠시도 쉴 겨를 없이 옆의 학생이 말한다.

"그리고 두 사람은 환생했습니다."

또 다음 학생이 잇는다.

"소남은 아름다운 새가 되었고, 카르마는 말이 되었습니다. 그리고 말과 새는 서로 사랑하는 사이가 되었습니다."

내 머릿속이 빙글빙글 돌아간다. 죽음이 끝이 아니라니…… 정말 근사한 생각 아닌가! 내 머릿속을 채우고 있던 낡은 사고를 끄집어내고 색다르고도 포괄적인 세계관으로 채워넣었다.

학생들은 나한테서 그처럼 많은 것을 배우지는 못했을 것이다. 학생들의 영어 실력도 그리 눈에 띄게 향상되는 것 같지 않았다. 하지만 나는 그들의 모국어인 종카어를 점점 더 부드럽게 말할 수 있게 되었다. 첫해에는 많이 더듬거렸지만. 미국에서 누구를 가르쳐본 경험이 조금 있기는 했지만, 나는 결코 숙련된 선생은 못 되었다. 차라리 훌륭한 학생에 가깝다고 말해야 할 것이다. 나의 교수법에서 부족한 점이 있다면, 열정에 너무 사로잡힌 나머지 이야기를 꾸며내기를 좋아한다는 것이랄까? 어쨌든 이곳에서 맞는 모든 것이 내 인생에 위대한 도전이었다.

빈랑나무 열매와 《뉴요커》

아침마다 학교를 향해 언덕을 올라갈 때면, 윗마을에 사는 어느 부유한 주민이 신에게 드리는 의미로 집 앞에 피워놓은 노간주나무와 삼나무 향냄새가 공기를 가득 메우고, 연기가 하늘로 가늘게 피어오르는 모습을 볼 수 있다.

이름이 옴 체링(혹은 옴 체틴)인 할머니가 있었는데, 아주 날카로운 위트와 재치를 지녔다. 나는 종종 할머니에게 들러 인사하고 가벼운 담소를 나누었다. 사실 부탄에는 주름살 방지용 화장품이나 자외선차단제가 없는 탓에 좀 늙어 보일 뿐, 실제로는 그만큼 늙지 않은 것도 같았다. 어쨌든 할머니는 나를 놀리는 걸 좋아했다. 종종 가게 안으로 나를 초대했는데, 학교에 늦지 않을 것 같으면 그렇게 잠시 들어가 쉬었다 갔다.

가게 안에는 보통 할아버지나 할머니 서너 명이 모여 있고, 어떤 때는 아기나 어린 소녀도 있었다. 함께 차를 마시면서 일상적인 여가를 보내는 중이었디. 그런 그들에게 나는 즐거움을 넌겨주는 일송의 기분전환거리 였다. 말하자면 나란 존재는 형편없는 종카어 실력으로 이상한 명령어를 남발하거나 "저는 짧은 거리 동안 이 나라에 머물러 있는 중이에요." 식 의 엉성한 종카어를 곧잘 뱉어내는 미국인이었다.

처음 몇 달 동안 나는 어떤 연유에서인지 알 수 없지만 '교장선생'을 뜻 하는 우첸uzen을 '팔찌'를 뜻하는 돕추dopchu와 혼동하는 바람에, 교장선생 을 자꾸만 "팔찌님"이라고 불렀다. 그러면 교장선생은 난감한 표정으로 나를 바라본다. 하지만 결코 내 말을 수정하려 들지 않는다. 지나치게 겸 손한 탓이리라. 교장선생은 아마도 '나를 팔찌라고 부르는 의도가 도대체 뭘까?' 하고 고민 꽤나 했을 것이다.

옴 체링 할머니의 가게에 영어를 할 줄 아는 사람이 하나 있기라도 하 면 그들은 나를 가만두질 않는다. 할머니는 "어느 나라에서 왔어?", "부 탄을 좋아해?"같이 뻔한 질문을 하고는, 내가 빨리 대답해주기를 간곡히 기다린다.

부탄을 좋아하느냐는 질문을 받으면 나는 '아주 많이' 또는 '물론'을 의 미하면서 단어 그대로는 '하늘만큼 땅만큼'이라는 뜻인 "나 메 사 메."로 답한다. 좀더 시적인 표현을 쓰고 싶으면 "네게 심 부탄 루 엔 라내 마음은 부 탄에 있답니다."로 답하기도 한다. 이런 답을 들으면 그들은 한바탕 크게 깔깔대며 웃는다.

나는 마치 조련받은 원숭이처럼 내 임무를 즐겼고, 어떤 보상도 원치 않았다. 그렇게 사람들을 웃기는 방법을 알고는 있었지만, 다들 왜 그리 열심히 웃어대는지는 도통 이해하지 못했다.

"남편은 있어?"

나한테 남편이 없는 줄 뻔히 알면서도 할머니는 가끔 엉큼한 어조로 물었다. 할머니의 친구들은 벌써부터 내 답변에 웃을 준비를 하면서 하얀 이를 드러낸다.

"맵 메남편 없어요!"

나는 놀라는 표정으로 말한다. 아이큐가 50은 떨어져 보이게 눈을 크게 뜨고 머리를 격렬하게 흔들어대면서 말이다.

"마음이 부탄에 있다며. 그럼 말야, 어디 좋은 부탄 남자 만나서 결혼할래?"

할머니는 마치 자기가 바로 그 '좋은 부탄 남자'라도 된 양 목소리를 깔고 다시 묻는다.

그러면 나는 또 이때다 싶어 정직하고 희망찬 태도를 보이면서 말한다.

"네, 소개 좀 해주세요! 매일 밤 문고리 빗장을 내려놓고 있답니다. 그런데 아무도 오지 않네요."

언제나 똑같은 청중에 똑같은 이야깃거리인데도 매번 그들은 내 답변에 포효하듯 웃는다.

한번은 옴 체링 할머니네 가게에서 차를 마시다가 1루피 — 부탄에서는 눌트럼과 함께 인도의 화폐단위인 루피rupee를 많이 사용한다 — 짜리 사탕이 놓여 있는 선반에서 빈랑나무 열매를 보았다. 부탄 사람들은 약한 자극제 역할을 하는 빈랑나무 열매를 즐겨 씹는다. 석회로 문지른 잎사귀에 빈랑나무 열매를 싸서 통째로 입 안에 넣고 씹는 것이다. 그리 유쾌하지 않은 습관처럼 보이지만, 꽤 쌉쌀한 맛이 아드레날린을 촉진하는 역할을 한다. 잎사귀에 바른 석회 때문에 빈랑나무 열매를 씹다 뱉으면 입 안이 온통 빨개진다. 그래서 빈랑나무 열매를 자주 씹는 사람은 이나 입술, 때로는 턱까지 붉은 립스틱을 바른 모양이 되어서 결국 자청하지 않은 뱀파이어가 되고 만다.

학교의 한 선생도 빈랑나무 열매를 씹는데, 종종 나한테 권한다. 평소에는 씹을 마음이 전혀 들지 않았는데, 유리창이 없는 우리 교실 창문으로 바람이 횡횡 불어 들어오던 어느 날, 드디어 그 맛을 보게 되었다. 빈랑나무 열매는 한 15분 동안은 내 몸을 따뜻하게 덥혀주었다. 하지만 그 맛은 나한테는 아주 지독했고, 씹는 느낌도 최악이었다. 마치 톱밥을 씹는 것 같았다. 나는 유리가 없는 창으로 달려가 길가로 빈랑나무 열매랑 붉은 즙을 뱉어버렸다. 삼킬 엄두조차 나지 않았다. 다음날 조회에서 교장선생은 누가 학교 옆 오솔길에 빈랑나무 열매를 뱉었다며, 앞으로는 그러지 말라고 당부했다. 새로 부임한 미국인 영어 선생이 그랬다는 걸 알면 얼마나 놀랄까?

빈랑나무 열매는 보통 10센티미터 정도 되는 종이 깔때기에 네 조각씩 넣어서 5루피에 판다. 어느 날은 열매를 담은 깔때기가 미국 잡지《뉴요커《The New Yorker》의 속지였다. 독특한 로고와 산세리프체로 인쇄된 헤드라인, 고광택 종이를 보고 단박에 알아챌 수 있었다.

부탄 어디에서도 미국 잡지를 파는 가판대를 본 적이 없었다. 사실 신문이나 잡지 가판대조차 없다. 잡지가 몇 종 있기는 한데, 대부분 인도의 영화 잡지나 날짜가 지난 시사 잡지다. 뉴델리, 캘커타, 방콕 등지에서라면 서점이든 가게든 어디에서나 미국과 유럽 잡지들을 쉽게 접할 수 있을 것이다. 사실이지 잡지를 트럭이나 비행기에 실어 부탄으로 들여오는 데는 비용이 만만치 않게 든다. 부탄 사람들에게는 다른 물건들(음식, 옷, 주거용품 등)에 비하면 잡지는 별로 쓸모가 없기도 하고.

여기 사람들은 전통적으로 책을 즐겨 읽는 편은 아니다. 1960년대에 일반인을 위한 학교들이 세워지기 전에는 성직자나 지배계층만 교육의 혜택을 누렸다. 수도에 있는 작은 서점 몇 곳에서 불교 다르마dharma, 법전, 어린이책, 싸구려 통속소설을 비롯해 인도에서 인쇄한 찰스 디킨스와 도스토예프스키 등 고전소설을 만나볼 수 있다.

영어 책이라고는 찾아볼 수 없던 미술학교에, 유엔에서 근무하는 사람이 《뉴요커》를 한 묶음 기부했다. 나는 잡지를 처음부터 끝까지 다 읽고 난 후 학생들에게 주었다. 학생들은 기사를 읽는 대신 사진을 오려냈다. 우리는 표지 삽화, 만화, 광고, 사진 따위를 이용해 이야기를 만들었다. 제법 나이 먹은 청년 학생들은 크게 실린 자동차 광고에 매료되었다. 남학생 기숙사 침대 위에는 종종 그런 광고 사진이 붙어 있다. 학생들은 대부분 미래에 불교 예술을 창작하는 사람이 되는 것이 삶의 목표였지만,

값비싼 장난감에 광분해 테스토스테론이 분비되는 것은 보편적인 정서인가 보다.

나는 지금까지 《뉴요커》가 이토록 유용하게 쓰이는 걸 본 적이 없다. 학생들과 작업이 끝나면 쓰고 남은 잡지를 학교 밖 쓰레기통 옆에 있는 상자에 넣어둔다. 그러면 넝마주이가 수거해서 옴 체링 할머니에게 팔고, 할머니는 그걸로 빈랑나무 열매를 싸서 판다. 부탄에서 쓸모없이 버려지는 것은 아무것도 없다.

부탄에서 전화하기

부탄에서 휴대전화가 통용되기 전까지 통신을 이용한 의사소통 수준은 그야말로 엉성함 그 자체였다. 사람들은 집집마다 볼링공만큼 무거운 라제라Raj-era 검은색 전화기나, 전화 한번 걸라치면 끊임없이 전화선이 꼬이다가 마침내 전화기가 놓여 있던 곳에서 툭 떨어지고 마는 1960년대식 전화기를 가지고 있었다. 학교에서 전화를 거는 일은 너무나도 곤욕스럽다 못해 지루한 일이었다.

어쨌거나 부탄에서 누구랑 같이 일을 하려면 얼굴을 대면한 채 직접 말하는 것이 우선이라, 전화 걸 일 자체가 거의 없다. 또 전화를 걸면 통화가 연결될 가능성이 거의 없다고 봐야 한다. 상대방은 누군가와 얘기 중이거나, 복도에 나가 있거나, 다른 통화 중이거나, 전화기가 고장났거나,

전화선이 연결되지 않았거나, 통화료를 내지 않아 끊겼을 테니까. 설사 연결된다 해도 어딘지 엉성한 시스템 탓에 연결되었다 바로 끊어지고, 때로는 전혀 엉뚱한 사람이 튀어나온다. 사람들이 모여서 이야기를 나누고 있는데 전화벨이 울리면 일어나 전화를 받으러 가는 사람이 아무도 없다. 계속해서 이야기만 할 뿐이다. 예전에는 자동응답기조차 없었다. 지금은 있더라도 자동응답기를 쓰는 경우를 거의 본 적이 없다.

이쯤이면 부탄에서 스트레스가 적은 이유를 알아차렸을 것이다. 부탄인이 통신수단의 노예 따위가 되는 일은 없다 해도 과언이 아니다. 미국에서는 전화벨이 서너 차례 울릴 것 같으면, 어서 누군가 받아주기를 바라거나 아니면 바로 자동응답기가 답할 거라고 생각한다. 부탄에서는 일단 전화 걸 일 자체가 거의 없고, 전화벨이 스무 번이나 서른 번까지 울리도록 내버려두는 경우가 허다하다. 하던 일을 마저 끝내거나 느긋하게 여유를 즐긴다. 그런 다음에도 마음이 내킬 때만 가서 전화를 받는다.

메시지를 전달하는 것도 이곳 사무실 직원들한테는 기대할 수 없는 일로 보면 된다. 전달사항을 메모하거나, 나중에 메시지를 전달하려고 애쓰는 모습은 전혀 찾아볼 수 없다. 그야말로 완전히 다른 사고방식이다. 부탄에서 누군가에게 메시지를 전달해달라고 청하는 것은, 달리 말하면 그 사람의 발 위로 내 차를 운전해서 지나가도 되는지 묻는 것이나 다름없다. 그럴 때면 베일에 가려져 있던 적대감과 불신이 튀어나온다. 하지 못할 이유가 없는데도 선뜻 연필이나 펜, 종이를 잡으려 하지 않는다. 나는 도대체 왜 그러는 것인지 아무리 생각해보아도 마땅한 이유를 찾아내지

못했다. 그저 여기는 미국처럼 종이나 기록에 과하게 집착하지 않는다는
것뿐.

미술학교에는 전화기가 딱 1대 있는데, 자물쇠로 잠그는 나무상자 안
에 넣어둔다. 전화기를 넣고 잠근 상자는 교장실 옆 작은 벽장 안쪽에 있
는 의자 위에 놓아두는데, 마치 전화기가 뭔가 끔찍한 잘못을 저질러서
오랜 시간 벌 받고 있는 것처럼 느껴진다. 벽장문에는 검은색의 커다란
맹꽁이자물쇠가 달려 있고, 눈높이쯤에 작은 구멍이 있어서 그리로 들여
다보거나 전화벨 소리를 들을 수 있다.

게다가 아무나 전화를 받을 수 있는 것이 아니어서 때로는 구슬픈 마음
까지 든다. 전화만 담당하는 일꾼이 있다. 전화를 받고, 깨끗이 닦고, 어쩌
다 메시지를 전달하고, 나무상자와 벽장문을 잠그는 것이 전화 담당자가
하는 일이다. 우리는 그 사람을 통해서만 전화 통화를 할 수 있다. 우리는
모두 온통 부조리한 작은 무대 같은 학교에서 사무엘 베케트의 연극을 하
고 있고, 전화만이 그곳에 실존적 특성을 부여하는 역할을 맡고 있다.

어느 날이었다. 주문한 책이 늦어지고 있어서 멀리 떨어져 있는 사무
실 두 곳에 전화 걸 일이 생겼다. 나는 이미 주립교육청에서 책이 현재 푸
엔초링의 한 창고에 도착해 있다는 말을 들었다. 이제 팀부에 있는 지역
교육청에 이 사실이 맞는지 확인해야 했고, 푸엔초링의 창고에다는 책 좀
가져다달라는 전화를 걸어야 했다.

나는 동료 선생들에게 전화 담당자를 보았는지 물었다. 누가 들으면 내
가 왕이라도 보았느냐고 물었는 줄 알 것이다. 한 선생이 깜짝 놀란 목소

리로 말했다.

"여기 없는데요!"

그러자 다른 선생이 조심스럽게 말을 걸었다.

"아마 점심식사 중일 거예요."

도대체 그 사람을 왜 찾느냐는 눈치였다.

"전화 쓸 일이 생겼거든요!"

나는 간절히 말했다. 그냥 내가 직접 걸면 되는데, 도대체 전화 담당자 따위가 왜 필요한 거지?

몇 시간이 흐른 뒤에야 기적이 일어났다. 급한 내 상황을 알기라도 했는지 아니면 신이 기도를 들어준 건지, 전화 담당자가 내 앞에 불쑥 나타났다. 예순살가량으로 보이는 남자는 무릎 위로 껑충 올라갈 만큼 짧은 고를 입고 있었다. 어느 학생이 입다가 버린 낡은 옷이 분명했다. 또 부탄에서 흔히 볼 수 있는 샌들을 신고 있었다. 점심때 반주를 했는지 술 냄새가 역하게 풍겼다.

전화를 쓸 일이 생겼다고 하니 남자는 매우 놀란 모양이었다. 나는 얼른 빈랑나무 열매를 담은 깔때기 하나를 주머니에서 꺼내 건넸다. 남자의 기분이 좋아졌다. 남자가 고 앞섶 깊숙이 손을 넣어 열쇠를 낚아올렸다. 나는 전화번호 2개가 적힌 종이쪽지를 보물이라도 되는 양 꼭 움켜쥐고는 옆에서 기다렸다. 남자가 벽장문을 열고, 나무상자의 자물쇠를 풀고, 내가 전화기를 쓸 수 있을 때까지 기필코 기다리리라. 전화를 걸 때까지 반드시 기다릴 것이고, 책도 반드시 받아내리라.

전화 담당자는 열쇠가 여러 개 매달린 열쇠 꾸러미를 꺼내고는 단번에 벽장문 열쇠를 찾아냈다. 그동안 내 눈으로 한 번도 본 적이 없건만, 남자는 마치 매일 하는 일인 것처럼 재빨리 문을 열어젖혔다.

나무상자가 열리자 새로운 희망이 생겼다. 생각보다 쉬운 일이잖아! 학생들과 선생들이 무리를 지어 복도로 몰려들었다. 누가 전화를 쓰고 있어! 나는 손을 내밀어 수화기를 집어들었다. 하지만 전화 담당자가 고개를 저으며 다이얼을 돌리는 시늉을 해 보였다. 전화 사용에도 일종의 예의이자 규칙이 존재하는 것이다. 즉 전화를 거는 것조차 전화 담당자의 임무였다.

나 대신 전화를 거는 수고를 해준다는 것에 행복하기는커녕 의무감만 느껴졌다. 전화 담당자가 원하는 대로 해줘야 했다. 전화 담당자의 코밑으로 전화번호가 적힌 종이쪽지를 들이밀고는 다소 과장된 몸짓으로 첫 번째 전화번호를 가리키며 말했다.

"22215……."

갑자기 전화 담당자가 당혹스런 표정을 짓더니 부끄러운 듯 고개를 숙였다.

"선생님, 그분은 영어를 몰라요."

학생 중 하나가 말했다.

나는 종카어로 바꿔 말했다.

"네네네체나……."

이번엔 너무 빨리 말했나 보다. 구식의 검은색 전화기에 몸을 가까이

기울인 전화 담당자가 다이얼 위에서 손가락을 멈추고 말았다.

"네."

내가 다시 말했다. 기적이다! 남자가 2번을 돌렸다.

"네."

남자가 다시 2번을 돌렸다.

"네."

나는 반복했다. 남자가 잠시 머뭇거리다가 수화기를 쾅 내려놓았다. 뭔가 막힌 모양이었다. 처음부터 다시 시작해야 했다.

"네."

남자가 다시 2번을 돌렸다.

"네."

다시 돌렸다.

"네."

남자가 또 놓쳐버렸다.

손을 조정할 줄 모르는 건 아닐까? 남자의 두뇌에서 2가 세 번 나오는 건 무리란 말인가? 아니면 혹시 술에 취해서일까? 어쩌면 그럴지도 모르겠다. 아니면 무식한 것일까? 그럴지도 모르겠다.

내 인내심이 한계에 달했다. 마침 그때 남자가 숫자 5개를 제대로 눌렀다. 딸깍, 딸깍, 딸깍 하면서 익숙한 소리가 들렸다. 드디어 승리에 가까워진 느낌이었다. 하지만 아니었다.

남자가 아까보다 더 세게 전화기를 내려놓았다.

“통화 중이네요!”

영어로 소리쳤다. 사람들의 짐작과 달리 몇 마디 정도는 알고 있었나 보다. 이내 무거운 열쇠 꾸러미를 황급히 들더니 전화기를 다시 상자 안에 넣고 걸어짐그려고 했다.

“잠깐만요, 잠깐 기다리세요!”

나는 소리쳤다.

“다시 걸어주시겠어요?”

학생 하나가 통역해주었다. 남자가 고개를 끄덕였다. 그래, 충분히 다시 할 수 있어. 이번에도 분명히 전화 걸리는 소리가 들렸다. 하지만 남자는 다시 쾅 하고 수화기를 내려놓으며 말했다.

“통화 중이네요!”

귀까지 먹은 건 아닐까? 나는 포기하지 않고 다시 요청했다. 세 번째에 드디어 마법과도 같은 일이 벌어졌다. 수화기 건너편으로 여보세요 하는 소리가 들렸고, 마침내 컴컴한 터널 끝에서 한줄기 빛이 들어왔다. 남자가 내게 수화기를 건네주었다. 나는 행복감에 도취되었다. 필요한 정보를 받았고, 충분히 감사의 말을 한 다음 수화기를 도로 전화 담당자에게 넘겼다. 수화기를 받아든 남자는 두 번 다시 응하지 않겠다는 듯 조심조심 수화기를 올려놓았다. 그러고는 주머니에서 때 묻은 천 조각을 꺼내 전화기를 닦았다.

복도에서는 모두들 기뻐하며 환하게 웃었다. 전화 담당자가 전화기 상자를 닫고 막 잠그려는 참이었다. 나는 소리쳤다.

"기다리세요, 전화 쓸 일이 하나 더 있어요!"

학생이 다시 통역해주었다. '이미 겪은 고통으로 충분하지 않나요?' 하고 말하는 듯 전화 담당자가 나를 물끄러미 바라보았다. 두 번째 통화도 마침내 연결되었다.

그리고 몇 주 후 책이 도착했지만 나는 이용할 수 없었다. 대출 업무를 맡은 치미Chimi 선생이 사물함에 책을 넣고 잠가버린 것이다. 그렇게 하지 않으면 학생들이 꺼내보고 제자리에 꽂아두지 않는다는 것이 이유였다. 다행히도 유엔에서 누군가 또다시 《뉴요커》한 묶음을 보내주었다.

미술학교에서 가르친 지도 어느덧 2년이라는 시간이 흘렀다. 그즈음 나는 푸르바 남게이Phurba Namgay라는 이름의 선생을 알게 되었다. 탕카를 전문으로 하는 사람이었다. 부처나 다른 신들을 두루마리에 그리는 탕카 회화의 섬세한 작업은 400년이 흐르는 동안 크게 변하지 않았다. 재능이 남다른 이 예술가는 수줍음을 잘 타면서도 아주 친절한 남자였다. 광대뼈가 튀어나온 얼굴에 웃을 때면 눈이 사라지고 마는 남자는 우아함을 타고났다. 매우 이국적이면서 속내를 헤아릴 수 없는 사람이었지만, 다정함을 느끼게 하는 뭔가가 있었다.

처음 몇 달은 서로 말도 건네지 못한 채 계단에서 만나면 그저 목례를 하거나 미소를 지어 보이는 것이 고작인 사이였다. 하지만 서로 알아가면서 우리는 좋은 친구가 되었다. 그런 후에 상상할 수 없는 일이 벌어졌다. 우리가 결혼한 것이다.

부탄에서 직장에 다니는 사람들은 전통복장을 갖춰입어야 한다. 남자는 무릎까지 내려오는 고를 차려입는데, 앞에서 옷깃을 여미서 옆으로 겹쳐 끈으로 묶는다. 남은 천 자락은 등 뒤로 끌어당겨 모아 커다란 주름을 만들고는 단단하고 넓은 벨트로 허리를 감싼다.

나는 부탄 여자들처럼 길이는 땅바닥에 닿고 허리는 역시 단단히 벨트로 조이며 어깨에 코마koma, 브로치로 고정시키는 키라를 입는다. 키라 안에는 비단 셔츠인 완주wanju를 입고, 테고tdego라고 부르는 짧은 재킷으로 마무리한다. 정확하게 감쌀 경우 키라는 오른편에 주름이 만들어지고 걷기가 편하다. 허리에 두른 벨트를 단단히 조이면, 허리 위에 헴추hemchu라고 부르는 주머니 같은 공간이 만들어진다. 거기다 사람들은 열쇠나 펜 혹은 귀중품을 지니고 다닌다.

단정한 모습을 유지하려면 가끔 키라를 다시 여미고 어깨의 코마도 다시 고정시켜야 한다. 나는 나한테 필요한 수단을 터득해 나만의 신화를 창조했다. 벌떡 일어나 키라의 자락을 펴고는 앞쪽에 손을 넣어 주름 접힌 부분을 잡아 펼친다. 이는 준비가 되었음을 뜻한다. 소매를 걷어올리는 행위와 비슷해서 전혀 터무니없게 느껴지진 않았다. 이런 행동은 '저는 준비가 다 되었어요' 혹은 '이제 충분해요' 하고 말하는 것이다. 동료 선생들에겐 훌륭한 제스처가 된다.

완주의 칼라를 단정히 하고 손으로 쓸어내리는 행동은 매력적이고 순진한 소녀 같음을 뜻한다. 이런 식으로 옷을 만지작거리면서 말하면 상대방이 당신을 그렇게 본다는 말이다. 서양과 비교하면 귀걸이를 만지작거리는 행동에 견줄 수 있다.

계단을 오를 때는 걸려 넘어지지 않도록 키라 자락을 살짝 들어올려야 한다. 이런 제스처는 다소 옛날을 연상케 하는 면이 있다. 하지만 제대로만 하면 아주 우아하고 섹시해 보인다. 긴 치마를 입는 데 익숙하지 못한 나 같은 서양 여자가 제대로 하지 못하면 아주 뻣뻣하고 이상해 보인다.

허리에 매는 넓은 벨트는 케라kera라고 부른다. 고를 입을 때는 모든 자락을 한데 모아주는 역할을 하고, 키라를 입을 때는 허리를 단단히 조여 꼿꼿이 서거나 앉는 데 도움을 준다. 공들여 정돈하면 옷이 몸에 딱 맞는다.

남게이와 나는 고와 키라를 언어 삼아 구애를 펼쳤다. 조회에서 남게이가 등을 활처럼 휘어 어깨 너머로 넘겨다보며 고의 가장자리를 만지작거려 주름이 잘 펴졌는지 살피는 모습은 나를 황홀하게 만들었다. 내가 손을 테고 소매 안으로 넣는 모습은 마치 비밀스런 이야기라도 나누는 듯 자기를 유혹하고 있음을 남게이는 쉽게 알아차렸다.

내 남편 남게이는 불교 신자다. 남편은 불교 신앙 안에서 탄생과 죽음과 환생의 고리인 윤회를 통해 우리가 전생을 함께했음을 믿으며, 카르마가 또다시 이생에서 우리를 엮어주었다고 믿는다. 다음 생에서, 또 다음 생에서도 끊임없이 탄생하고 다시 탄생하는 반복이 이루어질 것이다. 다음 생에서 나는 남편의 어머니가 될지도 모른다. 그다음 생에서 남편은 내 강아지가 될 수도 있을 것이다. 그것은 중요하지 않다.

중요한 건 우리가 마침내 서로를 찾은 것이다. 남편은 그렇다는 것을 믿어 의심치 않는다. 우리 둘 다 예전에 결혼할 뻔한 기회가 있었지만 결

국 하지 않았다. 우리는 서로를 기다려온 것이다. 나는 그렇게나 먼 곳에
서 여기 부탄까지 달려왔다. 우리가 만날 가능성은 처음부터 너무나 희박
했다. 남편의 믿음에는 충분히 설득력이 있었다. 이제 나 역시 믿는다. 이
성을, 합리성을 거스르는 많은 것들을 믿는다. 부탄에서는 모든 것이 그
저 있는 그대로임을.

하늘에서 번개가 내리치거나,

발아래 땅이 꺼져버리거나,

하늘과 땅이 커다란 심벌즈처럼 강하게 충돌하거나,

머리가 불타오르거나,

독사가 무릎 위로 기어오르거나,

여유롭거나, 바쁘거나,

굶주리거나, 배부르거나,

행복하거나, 슬프거나,

그 어떤 것도 중요하지 않다.

중요한 건, 무슨 일이 생겨도 절대로 포기하지 않는 것이다.

—17세기의 성자이자 정치가, 마술사, 무사, 그리고 부탄을 통일한 왕 샤브
드룽 나왕 남걀Shabdrung Ngawang Namgyal

종카어는 너무 어려워!

부탄의 자국어인 종카어는 아주 애매하고 배우기 어려운 언어 가운데 하나다. 실제 사용하는 사람도 단지 10만에서 15만명이 전부라는 점에서 보면 쓸모없는 언어 같기도 하다. 부탄의 국민은 약 65만명이지만 전부 다 종카어를 사용하는 것이 아니라 영어, 네팔어, 힌디어 등을 쓰는 사람들이 많고, 거기다 방언도 200개가 넘는다.

처음 부탄에 왔을 때는 종카어를 배우는 것이 너무나 시급한 문제였다. 나는 작은 수첩에 단어들과 그 의미를 빼곡히 적어놓았다. 안녕하세요, 안녕히 가세요, 고맙습니다, 그러지 마세요, 엿 먹어!, 한심해라, 이런 염병할! 그리고 다른 긴요한 표현들이나 관용어구 등 일상에서 유용하게 쓰는 말들도 적어놓았다.

나는 학교에서 같이 근무하는 팔덴Palden 선생에게 종카어를 가르쳐줄 수 있는지 물었고, 팔덴 선생은 흔쾌히 그러마고 했다.

부탄인이 뭔가를 배우는 방식은 서양인과 또 다르다. 이것은 나한테 아주 유용한 정보였고, 선생 노릇을 한 지 2년이나 지나서야 깨우친 사실이기도 하다. 이 대목에서 독자 여러분은 선생으로서 나의 자질을 살짝 엿볼 수 있을 것이다. 사실이지 부탄 사람들은 서양인과는 판연하게 다른 방식으로 배운다. 어떤 과제가 주어지고 그들이 처음 하는 일이란 그저 암기하는 것이다. 이해를 했는지 안 했는지는 나중 문제고 그들은 먼저 암기에 충실한다. 그 때문인지 부탄 사람들은 기억해내는 데 명수다. 학교 복도를 따라 끝까지 걷다 보면 한두 개의 교실에서는 반드시 학생들이 암기하기 위해 교과서를 통째로 목이 터져라 외치고 있을 것이다.

그런 식의 암기가 끝나면 시험을 치른다. 시험은 보통 암기한 것을 그대로 반복하는 식이다. 이런 시험 방식은 인도에서 건너와 정착했다. 학생들은 그동안 외운 내용을 시험을 통해 재확인하고 얼마나 정확하게 외우고 있는지에 따라 등수가 매겨진다.

그런 다음에야 머릿속에서 소위 '배우기' 과정이 일어난다. 즉 암기한 것을 흡수하고, 지식창고에 추가한 다음, 연상 혹은 추측 행위에 적용하거나, 응용하고, 합리적인 추론을 하면서 지식의 축대를 쌓아가는 것이다.

미국에서는 소크라테스식 학습법을 쓴다. 선생이 강의를 한다. 학생들은 질문하고, 선생은 이에 답한다. 형식적이든 아니든 간에 이런 과정이 계속 반복된다. 그것이 미국 사람의 배우기 과정이다. 그런 반복 훈련으로 이치를 깨우치게 된다. 굳이 암기하려 하지 않는다. 미국인의 뇌는 그런 식으로 기능하지 않는다. 과정에 많은 설명이 따라줘야 한다. 그런 다음 내용을 다시 검토해보고 시험을 치른다. 운이 따라준다면 정보가 잘 흡수되어서 적용하고 추론하고 판단해 시험을 잘 치를 수 있고 (때로는 반대가 되기도 하고), 그런 다음에야 미국인은 어떤 것을 배웠다고 (반대인 경우는 배우지 못했다고) 간주하는 것이다. 배우기란 어떤 방법을 적용하든 간에 참으로 어려운 일이 아닐 수 없다.

팔덴 선생은 나한테 읽기와 쓰기를 먼저 배워야 말하기를 배울 수 있다고 했다. 그리고 부탄 알파벳을 읊어주면서 암기해오라고 했다. 고유의 문자가 없는 부탄은 고대 티베트의 문자인 초케Chooke를 차용해 종카어를 적는다. 부탄에서는 이 알파벳을 '셀제 숨쿠'Selj'e Sumcu라고 부른다. 셀제 숨쿠의 기본 글자는 30개다. 카, 캬, 가, 갸, 차, 챠, (드)쟈, 냐, 타, 탸, 다, 나, 파, 퍄, 바, 마, (트)사, (트)샤, (드)사, 와, 쟈, 자, (흐)아, 야, 라, 랴, 샤, 사, 하, 아.

이건 너무 쉽잖아? 며칠 내로 30자를 다 끝내버릴 수 있겠군. 나는 그렇게 생각했다. 팔덴 선생이 글자를 읊으면 나는 소형 녹음기로 녹음했다. 그리고 단기간에 암기를 끝내버렸다. 놀랍군, 이렇게 빨리 해낼 줄이야. 역시 나는 언어에 타고난 천재라니까.

그 후 팔덴 선생이 내게 너무도 가혹한 뉴스를 말해주었다. 소리가 바뀔 때마다 기본 글자에 붙는 첨자가 100개도 넘는데, 그걸 전부 다 외워야 한다는 것이었다. 그게 자음이라고 했다. 100개면 적어 보일 수도 있겠지만, 30개의 기본 글자에 각각 100개의 첨자를 붙인 경우의 수를 계산해보라. 나는 예나 지금이나 수학에는 도통 자신이 없다. 하지만 내가 가야 할 길이 험난하고 울퉁불퉁하고 아주 먼 길이라는 건 충분히 알 수 있었다. 골치 아프고 고통스런 일이 될 게 분명했다. 정말 종카어를 배워야 하는 거야? 무슨 소릴 하는 거야, 널린 게 시간이잖아! 그랬다. 나는 여전히 종카어를 배우고 싶었다. 다부진 마음을 먹고 쉽게 포기하지 않으리라 결심했다.

팔덴 선생이 첫 번째 자음 행렬인 키, 쿠, 케, 코를 쉽게 익히는 비결을 가르쳐주겠다고 했다. 하지만 문제는 그리 간단하지 않았다. 기본 글자와 자음의 조합이 끝도 없이 무한정 나열되고 있었다. 더욱이 그 소리의 차이에 익숙하지 않은 사람으로서는 구분하는 것조차 힘들었다. 몇 시간을 외워보려 노력했지만, 이내 나의 두뇌는 세차게 흔들어서 폭발 직전인 탄산음료수 병이 되어버리고 말았다. 복수하는 의미로 팔덴 선생에게 다음 말들을 시켜보았다.

"들의 콩깍지는 깐 콩깍지인가 안 깐 콩깍지인가?"

"간장 공장 공장장은 강 공장장이고, 된장 공장 공장장은 공 공장장이다."

그제야 나는 영어가 얼마나 훌륭한 언어인지 깨달았다. 다른 언어를 광범위하게 빌려다 쓰는 지혜를 가졌고, 각 단어가 엄격하게 변별적인 소리를 만들어내는 언어가 영어였다. 종카어는 왜 이리도 합리적이지 못하단 말인가?

영어에는 골치 아픈 격음aspiration이 없다. 종카어에 있는 격음들을 특별한 지식이 없는 사람이 무턱대고 발음하면 문제가 생기고 만다. 발음하는 위치에 따라 뜻이 전혀 다른 소리를 내게 되는 것이다. 여기서 발음하는 위치란 목구멍 안쪽, 코, 혀끝 등 입 안의 위치를 말한다. 만일 '겸손함'을 뜻하는 라la를 제대로 발음하지 못하면 '산', '일', '예'를 뜻하게 되고 만다. 또 몸의 어느 기관, 어느 근육을 사용하는지에 따라 완전히 잘못된 인상을 풍기고 만다. 존대를 나타내려던 말이 엉뚱하게 '산기슭에서 일해요.' 식이 되고 마는 것이다. 이쯤이면 내가 봉착한 문제를 조금이나마 이해할 수 있을 것이다.

팔덴 선생은 처음 4개의 자음을 기억하는 데 도움이 될 만한 짤막한 노래를 암기하라고 했다. 휴! 이제 96개만 남았다는 뜻이네. 하지만 96에 30을 곱하면 뭐지? 다음이 내가 암기할 짧은 운문이었다.

카-기-구-키

카-새브-쥬-쿠

카-딤-보-케이

카-나로-코

나는 내용이 뭔지 물어볼 수 없었다. 그냥 암기만 해야 했다. 의미는 나중에, 그로부터 아주 오랜 뒤에나 알 수 있었다.

부탄 아이들이 이 첫 자음 행렬을 배울 때는 율동을 함께 배운다. 아이들이 동요에 맞춰 춤추는 사랑스런 모습을 떠올리면 된다. 하지만 나이가 지긋한 미국 여자가 아는 사람, 낯선 사람이 섞인 점잖은 아시아인들

앞에서 어린아이처럼 율동을 하고 있는 모습을 상상해보라. 장소는 잔치가 벌어진 곳이거나, 사무실이거나, 아니면 가게가 될 것이다. 모든 사람들이 배를 잡고 구른다. 관심을 끌어내기 위한 필사적인 수단으로 부탄의 군중을 즐겁게 만들고 있는 나의 애절한 모습을 이제는 깨달았는가? 외로움이란 가끔 사람에게 이상한 일도 잘 하게끔 만드는 법이다.

종카어를 배우는 과정은 너무나 느렸다. 교습시간이 되면 나는 주말에 시장에서 점원한테 사용할 수 있는 한두 마디라도, 아니면 대화에 도움이 되는 최소한의 단어라도 가르쳐주기를 팔덴 선생에게 끊임없이 졸랐다. 마을 어른들은 대부분 학교를 다니지 않아 영어를 몰랐기 때문에 나에게는 그게 너무나 시급한 문제였다. 하지만 팔덴 선생은 그런 식으로는 절대 안되고, 읽기와 쓰기를 먼저 배워야 한다고 단호히 거절했다.

정말이지 나는 종카어를 빨리 배우고 싶었고, 대화도 많이 하고 싶었다. 결국은 짧은 단어 몇 개라도 배우기 위해 팔덴 선생의 뒤에 찰싹 붙어 여기저기 따라다녔다. 마치 범죄자가 된 기분이었다. 친구나 다른 선생에게 은밀히 물어보기도 했다. 식당에서 귀동냥한 사람들의 대화를 토막토막 사용해보기도 했다. 내 공책은 남몰래 발음을 적어내려간 단어들이 들어찼고, 나는 그야말로 언어 소매치기가 되어 있었다.

물건 살 때 유용한 말로 "이건 얼마예요?"를 배웠다. 하지만 문제는 내가 그렇게 종카어로 질문하면 사람들도 나한테 종카어로 대답한다는 것이다. 종카어 숫자를 아직 깨우치지 못한 나는 그냥 상냥하게 머리를 숙여 보이고는 얼른 자리를 뜬다.

내가 이 학교에 오기 전에 영어를 가르친 부탄인 여자 선생이 이런 나의 친구가 되어주었다. 젊고 사랑스러운 그 선생은 '지금 내 말 듣고 있는 거예요?', '그거 정말 훌륭하네요.', '내가 얼마나 애쓰는지 아시겠죠?'를 뜻히는 관용어를 일러주었다. 내화에서 사용해보았다. 누가 쌀 한줌을 내주면 충분하지는 않더라도 "정말 훌륭하네요."라고 말했다. 어쩌다 전화라도 걸면 "지금 내 말 듣고 있는 거죠?"라고 말했다. 하지만 '내가 얼마나 애쓰는지 아시겠죠?'라는 말은 나를 잘도 피해다녔다. 나는 한 번이라도 그 표현을 쓸 수 있는 날이 오기를 고대했다. 그리고 그 선생한테는 '놀랍군요.', '곧 다시 올게요.', '섹시해요.'라는 뜻의 영어를 가르쳐주었다.

이제 옷을 벗고 누워보세요

종카어를 배우고자 고군분투하는 나의 노력은 문화적으로나 종교적으로 말을 아끼도록 프로그래밍되어 있는 부탄 사람들에 부딪혀 허사가 되기도 했다. 부처는 제자들에게 정말 필요할 때만 말을 하라고 가르쳤다. 여가시간에 수다나 떨어대는 미국인은 다르마를 따르지 않는 이기적인 존재이므로 그들에게는 피해야 할 대상이었다. 다른 말로 하면, 부탄에서는 절대로 나불대며 잘난 척하지 마라.

부탄에 처음 왔을 때 차가 없던 나는 곧잘 낯선 이들의 차를 얻어탔다. 부탄에서 히치하이킹은 흔한 일이었고, 길을 걷다 보면 언제나 누군가 나타나 자비를 베풀어 차에 태워준다. 아니면 여러 사람이 모여서 함께 택시를 타기도 한다. 학교에 오가거나 큰 가게에서 일주일치 장을 볼 때면 종종 모르는 사람들과 휩쓸려 차에 타게 된다.

엉덩이가 의자에 닿자마자 이야기가 시작된다. 내 기분이 어떤지(정말 기분 좋아요, 무척 들떴어요, 너무 상심했어요), 날씨가 어떤지(오늘 아주 춥네요, 비가 그치기는 할까요?), 고맙다는 말이라든지(태워줘서 고마워요, 차가 정말 근사하네요), 혹은 동감을 불러일으키는 말이든지(왼쪽 신발이 너무 꽉 껴서 엄지발가락이 아파요, 발이 아프면 어떤지 잘 아시죠?)등등. 미국에서라면 내가 그렇게 말하고 숨을 고르는 동안 상대방 역시 자기 기분이랄지, 자기 발이 다친 경험이랄지 한 가득 이야기보따리를 풀기 시작한다. 하지만 부탄에서는 그렇게 상대방의 관심을 끌 만한 말을 하고 운전하는 사람을 돌아보면, 나의 장황한 말에 움찔 놀라는 모습만 돌아온다.

나는 미국 남부 태생이고, 공손한 편이고, 대화를 멈추는 건 상대를 불편하게 하니까 주의하라는 교육을 받고 자랐다. 내 고향에서는 말하고, 말하고, 가능한 한 많이 말하는 것이 훌륭한 태도로 여겨졌다. 말할 것이 있으면 말하고, 너 자신을 억제하지 마라. 말할 일이 없어도 말해라. 미국에서는 사람들에게 말을 걸고, 표현하고, 불평하고, 권유하고, 거들먹거리기도 하고, 강의하고, 소곤소곤 떠들면서 대기를 온통 소리로 채우고는 또 큰 소리로 웃어댄다. 그것도 전혀 쉬지 않고…….

부탄에서는 그런 일이 없다. 부탄에서는 말수가 적은 것이 훌륭한 태도의 본보기다. 자아도취 같은 건 아예 태어날 때부터 없다. 온 가족이 모이는 자리, 식사시간, 생일 잔치, 장례식, 모임에서 항상 이야기 도중 무거운 침묵의 시간이 생긴다. 사실이지 말하는 시간보다 말하지 않는 시간이 더 길 정도다. 사람들은 앉아서 먹고, 마시고, 심지어는 언어를 사용하지 않고 담소를 나눈다. 서양에는 존재하지 않는, 껍질 속 자기만의 삶을 살아간다. '말하지 않는 것'이 좋은 것 이상을 의미한다. 부탄 사람들은 침묵 속에서 편안함을 느낀다.

내 부탄 친구들이나 가족들은 분명히 말하지 않으면서도 서로서로 대화를 나눈다. 그들은 대화 중에 생긴 침묵을 틈타 고독감, 만족감, 명상, 행복감, 슬픔을 전달한다. 듣는 사람은 비록 상대가 말을 안 해도 무슨 말을 하는지 이미 알고 있는 눈치다. 일종의 몸짓언어라고도 할 수 있는데, 훌륭히 의미를 전달하며 부탄에서는 매우 흔한 일이다. 일단 이 침묵에 길들여지면 마치 물방울 속 두 마리의 아메바처럼 서로 말하지 않으면서 잘 소통하고 있는 듯한 근사한 기분이 든다.

물론 꼭 필요한 말도 몇 가지 있다. '당신 머리카락이 타고 있네요.', '방금 코브라가 당신 이불 속으로 들어갔어요.', '고맙지만 사양할게요, 제가 조개 알레르기가 있거든요.' 같은 말은 꼭 필요한 말이다.

그리고 예외 없는 규칙이란 없다. 부탄인들의 과묵함에 반기를 드는 예외는 바로 만취한 사람이다. 술 취한 부탄 사람은 당신 귀가 떨어져나갈 때까지 끊임없이 지껄일 것이다.

얼마 후에 나는 시내까지 차를 얻어타는 행운을 얻고는, 차에 올라타서 운전사와 동승한 사람들에게 공손한 목례로 인사를 나눈 뒤 그냥 그렇게 입을 다물고 침묵으로 일관하는 방법을 터득했다. 그것은 정말 사람들을 한결 행복하게 만들었다.

종카어를 배울 당시 나는 종카어와 영어 문장을 비교해놓은 책을 샀다. 많은 가게에서 팔았는데, 조그만 판형의 종이책으로 분홍색, 초록색, 노란색, 파란색 등 다양한 파스텔 색상으로 꾸며놓았다. 가정에서, 직장에서, 학교에서, 관공서에서, 시장에서, 병원에서 사용할 수 있는 말들을 장소별로 나누어놓아 매우 유용했다.

나는 반복해서 그 책을 읽었다. 관용구를 연습하고 암기해서 여러 차례 사용해보기도 했다. 하지만 그런 책을 통해 아무리 많은 문장을 암기했더라도 결코 필요하지도, 원하지도, 사용하지도 않을 것 같은 문장 하나가 무심코 눈에 띄게 마련이고, 이내 뇌리 깊숙이 꽂혀서 죽을 때까지 평생을 따라다니는 일이 생기는 것이 언어의 보편적 진리일까?

'병원에서 사용하는 말' 부분은 정말로 유용한 문장이 많이 담겨 있었다. 어떻게 아프고 어디를 다쳤는지 상세하게 말할 수 있었다. 약을 달라는 말, 의사를 언제 만나는지 묻는 말, 통증이 날카로운지 견딜 만한지 화끈거리는지 콕콕 쑤시는지 표현하는 말……. 그리고 "고 라 푸 비 마 네 이."라는 말이 있었다. 바로 이 문장이 이후 내 머릿속을 영영 떠나지 않는 말이 되었다. 이건 진료를 시작하기 전에 의사가 하는 말이었다. "이제 옷을 벗고 누워보세요." 날마다 혹은 매일 밤 사용할 수 있는 말은 결코 아니었다. 하지만 어쩐 일인지 이 문장을 떨쳐낼 수가 없어서, 결국 노래가 되어 나의 뇌리를 맴맴 돌았다.

그러던 어느 날 오후였다. 나는 팀부에 있는 직물가게에 갔다. 히말라야 지역에서는 축하와 행운을 빌 때 하얀 비단으로 만든 스카프를 선물한다. 카타kata라고 부르고, 각종 의례 때 몸에 두른다. 나는 얼마 전 장관으로 승진한 분에게 축하 선물로 줄 스카프를 사러 간 거였다.

점원이 선물을 포장하는 동안 뒤를 돌아보니 잘 아는 고위공무원 한 분이 가게 안에 있었다. 그곳에 사는 유일한 외국인인 나를 그분 역시 익히 알고 있을 터였다. 팀부를 떠날 때면 매번 그분 사무실에 들러야 하니까. 내륙지방을 여행하려면 서류에 그분의 사인을 받아야 했다. 그런 일은 다른 나라에서도 마찬가지겠지만 부탄의 관리에게는 특히나 성가신 일이었을 것이다. 어쨌든 그분은 내 주변에서 흔치 않게 나를 긴장하게 만들고 어설픈 행동을 하게 만드는 사람 중 하나였다.

그런데 그분 앞에서 내 안에 숨겨놓은 얼간이가 기어이 튀어나오고 말았다. 마침 새로 익힌 말을 뽐내고 싶은 나는 그분에게 다가가 ‘장관님 축하 잔치에 가시는 거 맞죠?’라는 말을 꺼내려던 참이었다. 하지만 환하게 웃고 있는 내 입에서 튀어나온 말은 이랬다.

“고 라 푸 비 마 네이이제 옷을 벗고 누워보세요.”

충격을 받은 그분의 얼굴을 보고서야 내가 저지른 실수를 알아챘다. 인정할 수 없다는 듯 그분의 눈썹이 활처럼 휘어졌고, 이내 몸을 돌려 가게 밖으로 나가버렸다. 그분은 아마 어디 메스꺼운 미국인이 천박한 말을 뽐어내지 않는 그런 곳에서 스카프를 샀을 것이다.

나는 잠시 얼어붙은 채로 서 있었다. 감히 내뱉지 말아야 하는 말이 튀어나온 것이다! 계산대 너머로 점원을 보았다. 점원도 쭉 뻗은 손에 내 선물 꾸러미를 들고는 그대로 얼어붙어 있었다. 우리 둘의 눈이 마주쳤다.

"야 라 마오, 맙소사!"

이번에는 적절한 말이 튀어나왔다.

"엠비그 말이 정답이네요!"

점원이 깔깔대기 시작했다. 그리고 나도 웃었다. 우리 두 사람은 꽤 오랫동안 그렇게 웃으며 서 있었다.

내 남편이라오!

나는 나만의 독창적인 종카어를 개척하면서 몇 년을 그렇게 언어와 씨름했다. 남게이와 결혼한 다음에야 종카어 실력이 조금씩 향상되었다. 부탄에서는 '머리 둘에 한 이불, 언어를 배우는 최선의 길'이라는 말이 있다. 그리고 또 효과가 있었던 건 나의 무모함이었다. 나는 단어를 모른다고 절대로 주저하지 않았다. 그냥 비슷해 보이는 단어나 혹은 비슷하게라도 소리가 나면 한 치의 망설임도 없이 사용했다.

한번은 남게이의 누나네 집에서 푸자puja, 신에게 공양하는 불교 의식를 치른 후였다. 남게이의 어머니랑 같이 침대에 걸터앉아 차를 마시며 담소를 나누었다. 물론 어머니는 영어를 모르기 때문에 우리는 종카어로 이야기를 나누었다. 그럭저럭 대화에 몰입하고 있는데 남게이의 여덟살짜리 조카인 타시Tashi가 방에 들어왔다. 몇 분 뒤 아이가 자지러지듯 웃어댔다. 뭐가 그렇게 우스운지 물었지만, 무례를 범하지 않으려는 듯 아이는 끝내 말하지 않았다.

그래서 타시가 왜 그렇게 재미있어했는지 님게이에게 물었다. 남게이가 타시에게 묻자 아이는 웃음을 섞어가며 재빠르게 설명했다. 우리의 대화 내용 때문에 웃었다는 것이다. 내용이 뭐였는지 듣더니 남게이도 껄껄 웃기 시작했다. 나는 분명히 이렇게 말했다. "날씨가 너무 추워요." 그러면 어머니는 이렇게 대답한다. "그래, 파로는 정말 아름다운 마을이지." 나는 또 이렇게 말한다. "있잖아요, 파로는 참 아름다운 마을 같아요." 그러면 어머니가 말한다. "맞아, 내일 가서 버섯 좀 따오려고 한단다." 우리는 그렇게 서로 엉터리 해석을 하면서 각자 이야기를 했다. 비록 둘 다 그다지 유식하지 않지만 생각한 바를 충분히 표현한다고 자부하면서 말이다. 어떤 면에서 나는 아직도 그날의 대화가 충분히 의사소통이 잘되었다고 생각한다.

팀부 외곽으로 나와서 시골에 사는 사람들과 이야기를 나누는 건 언제나 기분 좋은 일이다. 시골 사람들은 놀랄 만큼 해학적이다. 자기 나라 언어를 그토록 뻔뻔하게 엉망진창으로 만드는 외국인을 만나면 다들 깜짝 놀란다.

마을에서 다른 마을로 가다가 오솔길에서 만나는 사람들은 대개 나이가 쉰살은 넘고 정규교육을 받지 못했다. 부탄에서 공교육은 1960년 초에나 시작되었기 때문이다. 깊은 산골에 사는 아이들은 대부분 집에 남아 농사일을 한다. 학교가 많지 않기 때문에 학교에 다니려면 아이들은 부모를 떠나 기숙사에 들어가야 한다. 여자아이들은 그렇게 하기가 더더욱 힘든 일이라서, 부탄의 할머니들은 대부분 영어를 거의 모른다.

한번은 친구와 함께 강티_{Gangtey} 마을에서 왕두에 마을로 향하는 오솔길을 걸어가다가 건장한 젊은이와 그 뒤를 따르는 할머니를 만났다. 두 사람은 분명 일행처럼 보였다. 할머니는 그리 무거울 것 없어 보이는 작은 천 보따리를 하나 들었고, 남자는 큼직한 쌀가마니를 등에 짊어지고 있었다. 무게가 족히 50킬로그램은 되어 보였다.

길이나 숲 속 오솔길에서 사람을 만나면 으레 사용하는 문장으로 말을 걸어보았다.

"카 레 옴_{어디서 오는 길인가요}?"

왕두에에서 장을 보고 집으로 돌아가는 중이라고 했다. 머리로 왼쪽 방향을 가리키면서 2시간은 더 걸어야 집이 나온다고 했다. 느릿느릿한 할머니의 말로 대화가 술술 풀렸다. 대화 내용이 먹을거리나 몸, 집안일 따위를 크게 벗어나지 않아서 이해하기가 쉬웠다. 게다가 약간 술에 취한 듯 말이 좀 더뎌서 더더욱 이해하기 쉬웠다.

할머니는 말을 재미있게 하는 사람이었다. 재산도 좀 있고 땅도 몇 마지기 갖고 있다고 했다. 소를 치는 일도 할 줄 알아서 부자들의 소를 맡아 돌본다고 했다. 그래서 마을에서는 제법 지위가 있는 것이 분명했다. 손으로 짠, 약간 낡은 키라를 입었고, 안에는 완주 대신 무명실로 짠 셔츠를 입었는데, 젊은이의 것으로 보였다.

부탄 여자들은 일정한 나이가 되면 너비가 15센티미터 정도 되는 허리 벨트를 엉덩이까지 내려서 걸쳐 맨다. 젊은 여자들이 허리를 바짝 조여 매는 것과 비교된다. 그러면 벨트 위로 공간이 더 많이 생기는데, 거기에 온갖 물건을 다 담아가지고 다닌다. 때로는 물건을 너무 많이 담아서 배 불뚝이처럼 보이기도 한다. 이 할머니도 예외가 아니었다.

할머니는 또 황금색과 청록색이 조화를 이룬 귀걸이를 걸고 있었다. 전통문양과는 거리가 먼, 갈색과 크림색의 기하학적 문양이 들어간 마노를 줄줄이 꿴 목걸이도 걸고 있었다. 마노는 값어치 있고 귀한 티베트산 보석이었다. 할머니가 평균적인 시골 사람들처럼 가난하지 않다는 뜻이다. 머리카락은 짧게 잘랐는데, 칠흑처럼 검었다. 나이가 들면 쉽게 구할 수 있는 싸구려 중국산 염색약으로 머리를 검게 물들이는 건 흔한 일이다.

조금 떨어진 곳에서도 할머니 옷에서는 나무를 태운 냄새가 났다. 부탄 하면 떠오르는 대표적인 냄새다. 겨울이 오면 마을 어귀로 풍겨나오는 그 냄새는 따뜻함, 음식, 생존을 의미한다. 내가 부탄에서 제일 좋아하는 냄새다.

나는 젊은이를 가리켰다. 손자뻘은 되어 보였다. 로션이나 자외선차단제를 바르지 않고 온종일 밖에서 일하느라 햇빛에 그을려서 그렇지, 부탄 여자들의 나이는 대개 보이는 것만큼 그렇게 많지 않았다. 그런 사실을 감안하고 속으로 대충 계산해보니 둘 사이는 적어도 서른살은 차이가 나 보였다. 그래도 나는 신중을 기하기로 했다.

"아들인가 보죠?"

할머니에게 물었다.

"아이고, 아니에요. 내 남편이라오!"

할머니가 웃었다.

"정말요?"

겸연쩍은 마음을 애써 누르며 말했다.

"물론이지."

친구에게 몸을 기울이면서 언젠가 동료 선생에게 배운 말을 썼다. 내가 한 번도 써보지 못한 바로 그 말이었다.

"내가 얼마나 애쓰는지 알겠지?"

혼동한 게 틀림없어. 정말 제대로 들은 걸까?

"맞다니까."

내 생각을 읽기라도 한 듯 할머니가 종카어로 말했다. 머리를 흔드는 할머니의 두 눈에는 즐거움이 가득했다. 할머니가 호탕하게 웃었다.

마음이 가는 곳마다 신뢰를 쌓아라.

—석가모니

섬세하고 아름다운 구애

카와장사Kawajangsa는 팀부 변두리에 있는 마을이다. 행정상으로는 엄연히 팀부에 속한 마을이지만, 부탄 전역의 예술가와 장인들이 모여 있는 국립예술학교(미술학교)가 있어서 독립적인 성향을 띠고 있다.

카와장사로 가는 길은 국립도서관National Library에서 시작된다. 도서관은 반듯하고 깔끔하게 지은 새하얀 4층 건물이다. 처마와 창문 주위에 부탄 특유의 건축양식인 생강빵 같은 문양을 정교하게 그려놓았다. 미술학교의 조소 선생이 조각한 거대한 용 머리 석상이 네 귀퉁이를 지키고 서 있다.

국립도서관은 세계 어디에 내놓아도 뒤지지 않는 위풍당당한 자태를 뽐내고 있다. 수많은 불교 경전을 보유하고 있으며 각 층에는 지혜의 보살인 문수보살을 비롯해 여러 부처상이 아름다운 제단에 안치되어 있다. 도서관에는 언제나 붉은 가사를 걸친 승려들이 경전을 읽거나 공부를 하고 있어서 마치 사찰에 들어온 것처럼 느껴진다.

몇 년 전에는 불경을 갉아먹는 좀벌레도 골치를 앓은 적이 있다. 도서관 직원들은 도덕적인 딜레마에 처했다. 불경은 부처의 말씀이니 잘 지켜야 하고, 모든 생명체는 숭고한 삶을 영위하고 있으므로 살생하면 안된다. 살아 있는 모든 생명체와 조화롭게 살아가는 것이 이념이라 나라에서는 해충 방역도 하지 않는다. 도서관 직원들은 어떻게 했을까? 직원들은 연구를 하고 전문가와 상의한 후에 대책을 마련했다. 장뇌^{좀약에 쓰는 하얀 물질} 같은 물질을 이용해 해충이 늘어나는 것을 막는 약초요법이었다. 즉 퇴치는 하되 죽이지는 않는다.

도서관을 지나면 길은 오른쪽으로 굽이굽이 돌아 '일곱 자매 호텔'로 이어진다. 부탄에서 호텔은 단순히 호텔만이 아니라 식당이나 술집을 의미하기도 한다. 일곱 자매 호텔은 말 그대로 자매들 7명이 자녀들까지 몽땅 데리고 운영하는 곳이라 언제나 시끌벅적하다.

길은 다시 언덕으로 이어져 건물이 제각각으로 서 있는 소남 도르지^{Sonam Dorji} 다쇼^{Dasho, 공로를 인정해 왕이 왕실 고문으로 임명한 고위관료의 호칭}의 집에 당도한다. 소남 도르지는 미술학교 초대 교장을 지냈고, 기능공 자격도 소유한 장인이었다. 수십년에 걸쳐 여러 세대의 가족들 편의에 맞춰 그때그때 건물을 증축하는 바람에 이렇게 불규칙한 형태의 집이 되었다.

소남 도르지 집 바로 맞은편에는 카와장사 촌장의 집이 있는데, 지금

집을 확장하는 공사가 한창 진행 중이다. 전통적인 진흙집 대신 콘크리트와 철근을 이용해 현대식으로 짓는 터라, 주변에 비해 훨씬 부유한 느낌이 나고 네 귀퉁이의 각도도 모두 정확하다. 1층은 가게로 만들어서 미술학교 학생들이 작품을 내다팔 수 있도록 했다.

소남 도르지 집 뒤에는 국립문화유산박물관National Heritage Museum이 있다. 색을 칠하지 않은 3층 진흙집인데, 이 지역에서 가장 오래된 건물이다. 부탄 사람들이 예전에 사용하던 여러 도구들, 즉 양동이, 사발, 침구, 옷감 들을 전시해놓았다. 일종의 생활용품 박물관이다. 물건들이 일상적인 모습 그대로 배치되어 있어서 누군가 사용하다가 조금 전에 일어나 밖으로 나간 것 같은 분위기를 풍긴다.

박물관에서 파는 기념품은 현재 카와장사 지역주민들이 사용하는 나무 쌀통, 찬장, 베틀이나 다른 부엌세간들을 그대로 재현한 모형이다. 우리 시누이 집이든 그 옆집이든 들어가보면 똑같이 생긴 베틀, 표주박, 전통 바구니, 부엌세간들을 볼 수 있다. 유일하게 다른 점이라면 사람들이 진짜로 그걸 사용하고 있다는 것뿐이다.

길은 다시 왼쪽으로 작은 언덕을 돌아 미술학교까지 이어진다. 미술학교의 원래 이름은 국립예술학교인데, 공식적인 부탄어 명칭은 '조리그 추숨 페캉'Zorig Chusum Pekhang이다. '13대 예술 연구소'라는 뜻이다. 13대 예술이란 다음을 말한다. 회화, 서예, 목각, 자수, 주조鑄造, 가죽 세공, 대나무 공예, 대장장이의 일, 석공, 조소, 도예, 금은 세공, 직조. 현재는 학생 수가 100명 정도인데, 몇 년 전만 해도 겨우 60명가량의 학생들이 마룻바닥으로 된 호스텔에서 지내야 했다. 부탄은 점점 젊어지고 있는 중이다. 65만명의 인구 중 절반이 15세 이하의 아이들이라 학생 수가 점점 늘어나고 있다.

길가에는 선생과 그 가족들이 사는 집, 가게들이 줄줄이 들어차 있다. 부탄의 집들은 공기가 잘 통한다. 고정된 창문이 없고, 사방이 막힌 공간도 없다. 그나마 있는 창문에도 방한막이 없으며 심지어는 유리조차 거의 없다. 전통가옥에는 밤이면 닫아두는 나무문만 달려 있다.

부탄의 집들은 대부분 나무나 자갈, 흙 같은 싼 재료를 손으로 치대서 되는대로 만든다. 겉보기에는 세련되지 않았고 네 귀퉁이의 각도도 정확하지 않다. 팀부는 그다지 크지 않은 도시라서 어쩌다 빈 집터라도 나오면 매우 귀하고 비싸게 거래된다. 그래서 집들이 한데 뭉쳐놓은 듯 비좁게 들어차 있고 대부분 2~3층이다. 새로 지은 집이나 아파트는 안에 배수관이 설치되어 있지만, 예전 집들은 화장실과 수도시설이 바깥에 있다. 사람들은 밖에서 볼일을 보고, 공공수도로 몰려가 양동이로 물을 길어와서 음식을 만들고 몸을 씻는 데 사용한다.

부탄의 거리는 집, 가게, 사무실, 작은 찻집 ─ 모모momo라고 부르는 고기만두, 인스턴트 커피, 맥주, 위스키, 수프 따위를 파는 ─ 들이 마치 짜깁기해놓은 것처럼 늘어서 있다. 거기다 길가를 이리저리 거니는 닭, 소, 개, 처음 보는 특이한 동물들까지 어우러져 있어서 브뢰헬Bruegel, 플랑드르의 화가로, 시골 풍경을 많이 그렸다 그림에 나오는 마을 풍경을 연상하게 만든다. 단지 얼굴이 붉그스레한 네덜란드 농부들 대신 아름답고 날씬한 부탄 사람들이 문지방 위에 걸터앉아 있거나, 1층 창가에서 마주보고 이야기를 나누거나, 수돗가에서 플라스틱 대야에 옷을 빨고 있는 모습이 다른 점이라면 다른 점이랄까.

빨랫줄과 나뭇가지마다 말리려고 옷가지들을 널어놓았다. 여자들이 입는 장방형의 키라와 커다란 천들이 형형색색의 아름다운 색을 뽐내며 바람에 펄럭인다. 마당 앞 기다란 장대 위에는 염원을 담아 매달아놓은 알록달록한 깃발들이 줄지어 지붕 위로 나부끼고 있어서 마치 마을에 축제가 한창인 양 생동감을 더해준다.

길 한가운데서 어린아이들이 강아지랑 신나게 뛰노는 모습은 아주 흔하다. 위험하다는 걸 아는지 어쩌다 오가는 차들도 엉금엉금 거북이걸음을 한다. 행여 자동차 바퀴가 아이 가까이로 다가오는 것 같으면 아이의 엄마는 다림질을 멈추고 눈을 들어 운전사에게 손짓한다. 수도에는 자동차가 많아지고 있어서 교통사고도 꽤 많이 일어난다. 하지만 사람이 다치는 경우는 거의 없다고 한다. 다들 그렇게 좋은 카르마를 지니고 있는가 보다.

거리는 늘 북적이지만 그저 모두들 즐길 뿐, 행동에 특별한 목적 같은 건 없다. 건물을 에워싸고 있는 작은 사과밭들은 교통체증에도 여유로운 마음과 그늘을 제공해준다. 파란색 고나 키라로 된 교복을 입은 학생들이 여기저기서 혼자 고독을 즐기거나, 아니면 무리를 지어 어디론가 간다.

길은 미술학교를 지나 언덕 저 멀리까지 구불구불 이어지는데, 갈수록 생강빵 모양의 문양을 장식한 집이나 아파트들이 많아진다. 그 너머 길

꼭대기에 전통의약연구소Institute for Traditional Medicine가 있다.

미술학교 아래에 있는 카와장사 촌장네 집 앞에는 커다란 참나무가 있다. 그리고 그 앞에 공동수도가 있는데, 언제나 누군가 목욕하고 있거나, 미리를 감거나, 양동이 한 가득 남아온 옷을 빨고 있다. 카와장사 사람들이 만들어내는 예술품의 세심한 품질과 정밀함이 믿어지지 않을 정도로, 그네들의 육체적인 삶은 그렇게나 엉성하다.

원래 미술학교 앞에는 매점이 하나 있었다. 선생과 학생들은 매점 앞에 앉아 햇볕을 쬐거나, 1평방미터쯤 되는 나무판에서 까롬carrom을 했다. 까롬은 당구와 비슷한 게임으로, 작고 동그란 판을 각 모서리에 있는 구멍으로 넣으면 된다. 당구대로 공을 쳐서 구멍에 넣듯이, 까롬에서는 가운뎃손가락으로 동그란 판을 퉁겨서 자기편 판들을 전부 구멍에 넣으면 이긴다. 왕에게서 매점 부지를 하사받고 매점을 연 주인은 몇 년 전에 이사를 갔다. 그 후 매점 문은 닫혔고, 사람들은 이제 조금 아래쪽에 있는 다른 가게 앞에 판을 벌이고 까롬을 즐긴다.

부탄의 예술은 종교의 일부분처럼 여겨지기 때문에 마을 사람들 모두 강한 자부심을 가지고 있다. 탕카 미술이나 신성한 상을 조각하는 일은 매우 경건한 행위다. 카와장사 사람들은 여유롭고 즐거운 마음으로 작업에 몰두한다. 그래서인지 매우 능란하다.

미술학교 맞은편 길모퉁이에는 가게가 2개 있는데, 이 지역에서 유일하게 생필품을 파는 곳이다. 두 가게에서 파는 품목은 거의 동일하다. 달걀, 산지에서 만든 치즈, 음료수, 비스킷, 그림용 공책, 연필, 향, 버터램

용 기름, 플라스틱 빗, 머릿기름, 샴
푸, 비누, 양말, 쌀, 매운 장아찌, 맥주, 차, 설탕, 분유, 기타 필수품⋯⋯.

가내수공업 장인들은 마을의 작은 언덕에 모여 산다. 그들의 집은 이
리저리 절묘하게 짜깁기한 것 같은 모양을 하고 있다. 그곳을 지나노라면
아낙네들이 베를 짜는 덜커덕덜커덕 소리에 섞여 압력밥솥에서 증기 빠
지는 쉬쉬 소리가 들린다.

부탄은 어디서나 압력밥솥으로 밥을 한다. 연료는 가스통에 담은 프로
판가스다. 압력밥솥을 이용하면서 연료비도 적게 들고 요리도 한결 수월
해졌다. 증기는 요리 시간을 줄이고 미네랄과 영양분이 잘 살아 있게 만
든다. 고기를 부드럽게 만들어주기도 한다. 부탄의 시골에서 생산하는 고
기는 육질이 매우 질긴 편이다. 서양에서는 육질을 부드럽게 만드는 호르
몬을 인위적으로 먹이지만, 이곳에서는 먹이지 않는다. 산을 부지런히 오
르내리는 이곳 소들의 근육은 그야말로 단단하다. 골짜기에는 언제나 소
들의 워낭 소리가 아이들의 웃음소리에 섞여 울려퍼진다.

탕카 예술가 남게이

미술학교에서 근무할 때 남게이는 카와장사의 까롬 챔피언이었다. 학
년이 끝나가는 10월 말 무렵이면 선생, 학생 할 것 없이 점심시간마다 학
교 앞 허름한 매점으로 몰려가 나무판 주위에 모여 게임을 지켜본다. 역

시 유리를 끼워넣지 않은 매점 창문 앞에 의자가 하나 놓여 있는데, 남게이는 거기 앉아 지역주민은 물론 다른 선생이나 학생들의 도전을 받았다. 구경하려는 학생들로 창문 주변이 붐볐다. 모두들 남게이를 이겨보려고 애썼지만, 결코 만만치 않았다. 남게이의 눈과 손이 협력해 빚어내는 기술은 타의 추종을 불허했다. 구경하는 것도 제법 재미가 쏠쏠했다.

남게이의 외모나 옷은 티 하나 없이 깔끔했다. 눈이 부시게 하얀 라게 lage — 고의 소매에 덧대는 20센티미터 너비의 소맷동 — 와 잘 닦은 검은색 정장용 신발, 호리호리한 풍채까지, 남게이는 다른 선생들과 아주 많이 달랐다. 남게이는 분명 무리 중 하나였지만 동시에 동떨어져 보였다. 우리 사이에 과연 어떤 일이 일어날 수 있을까? 나 자신에게 질문을 던져보았다. 있을 수 없는 일이다. 우리는 너무나 다른 세상에서 자랐다. 하지만 부탄은 불가능한 일도 가능해지는 곳이 아니던가? 마음 한편에서는 그런 생각을 떨칠 수가 없었다.

기억을 더듬어보자면, 그 당시 나는 여울의 거센 물살을 가르는 카누를 조정하듯이 순전히 본능에 의존한 채 시간을 따라 흘러가고 있었다. 우리는 학교 계단에서 우연치고는 퍽 자주 마주쳤다. 남게이가 나를 좋아한다고 다른 선생들이 누누이 말해주었고, 남게이는 자꾸만 나한테 말을 걸고 싶어했다. 수줍음이 가득한 얼굴로 말이다.

다른 선생들의 놀림에 많이 익숙해진 나는 거꾸로 그들을 놀리기도 했다. "그 사람 좀 놀리지 마세요." 하고 그들을 책망해보기도 했다. 하지만 남게이는 그들의 무심한 말 따위는 안중에도 없는 것 같았다. 여기 선생들은 초현실적이고 꼼꼼한 불교 회화와 조각 예술을 하는 사람들이다. 하지만 트럭 운전사 같은 장난기도 지녔다. 그들은 셰익스피어의 《한여름 밤의 꿈》에 등장하는 퀸스, 스너그, 플루트, 스타벨링, 보텀 그리고 스너우트 같은 존재들이다. 그리고 나한테는 무척 사랑스런 사람들이다.

"농담이 아니에요!"

그들은 진지하게 답했다.

나는 어느새 관심을 가지고 남게이를 지켜보기 시작했다. 여기 선생들은 모두 남자였지만, 내성적인 남게이와 달리 모두들 시끄럽고 잠시도 가만히 있지 않는 성격이었다.

"내 말 좀 들어봐요. 당신은 나이도 먹을 만큼 먹었고, 결혼도 안 했잖아요. 남게이 선생도 나이를 먹을 만큼 먹었고 결혼을 안 했어요."

그들은 내가 이해했는지 살피듯 힐끗거렸다.

"좋아요, 그 사람이랑 결혼할게요. 하지만 그건 순전히 당신이 벌써 결혼했기 때문이에요. 이미 아내가 있다니 너무나 슬프네요. 어쩜 저를 기다리지도 않으셨어요?"

"아내라면, 부탄에선 여러 명도 가능하답니다!"

그러면 나는 이렇게 말한다.

"말도 안돼요, 두 번째 아내는 싫어요. 두 번째 아내라면 당신의 더러워진 소맷동이나 다림질하고 있어야 하겠지요."

사실 몇십 년 전만 해도 부탄의 시골에서는 일부다처제를 흔히 볼 수 있었다. 히말라야 전역에서는 남자와 여자가 여러 차례 결혼을 한다. 때때로 남자는 여동생과 결혼하고, 여자는 오빠와 결혼한다. 그것이 부의 상징이었고, 물려받은 재산이나 전답을 지키는 최선의 방법이었다. 말하자면 생존전략의 일종인 것이다. 하지만 일부다처제는 요즘은 흔한 모습이 아니다. 학교에도 내가 알기로 아내가 여럿인 선생은 없었다.

종카어를 점점 더 많이 말할 줄 알게 되면서 남게이하고도 많은 대화를 주고받았다. 남게이는 영어를 조금 할 줄 알았지만 영어로 말을 걸지는 않았다. 유창하지는 않은 것이다. 집에서는 이웃집 친구인 춘니Chuni가 단어와 문장을 가르쳐줘서 남게이에게 더 자주 말을 걸 수 있었다.

어느 날 남게이와 나는 학교 중앙에 있는 교무실에 단둘이 남아 있었다. 남게이에게 종카어로 결혼했는지 물었다.

"암수 메결혼 안 했습니다."

남게이가 강조하듯 말했다.

"혹시 아이들은 있나요?"

사람 일은 모르니까.

"없습니다."

남게이가 대답했다.

남게이는 언제나 우아하게 걸었으며 몸을 많이 움직이지 않았다. 꽤 자족적인 사람으로 보였다.

"정말이지 석가모니가 따로 없어."

도르지Dorji 선생이 그렇게 말했다.

학생들 작품을 평가하고 있는 남게이의 모습은 참으로 멋졌다. 학생들은 전형적인 초상화 작법에 따라 정교하게 연필 데생을 한다. 종이 위에 격자선을 그은 후 부처의 머리, 팔과 손, 연꽃, 신화 속 동물들을 데생한다. 종이가 부족할 때는 점토로 만든 판 위에 분필 가루를 뿌리고 바늘을 이용해 그림을 그리기도 한다.

학생들 그림은 전부 다 내가 보기엔 흠잡을 구석이 없어 보인다. 하지만 학생들이 교탁으로 나오면 남게이는 아주 잠시 그림을 응시한 다음 빨간 펜을 들어서 팔뚝 부분을 0.5밀리미터 늘리거나 발의 각도를 아주 조금 수정한다. 물론 다른 선생들도 모두 이런 재능과 섬세한 안목을 가졌을 것이다. 그러나 나는 오로지 남게이를 관찰하는 데만 열중하고 있었다.

얼마 지나지 않아 우리는 매일같이 이야기를 나누게 되었다. 대화 내용은 내가 종카어로 구사할 수 있는 단어에 국한되었다. 날씨, 학교, 학생 그리고 음식 이야기가 대부분이었다. 결혼에 대해 신중히 생각해본 적은 없었지만, 어느새 그 단어가 내 마음 한구석을 차지하고 있었다.

같은 학교의 선생을 좋아하게 되었다고 춘니에게 고백했다.

"누구야?"

카와장사 마을은 너무 작아서 모두들 서로를 알고 있다. 사실 춘니도 남게이의 가족을 잘 알고 있었다.

"그 집 분들은 종교적인 믿음이 아주 강해. 그 가족의 고향인 트롱사 Trongsa 마을에는 골짜기가 하나 있어. 사람들이 그러는데, 그 골짜기의 물을 마시면 아름다운 목소리로 변해서 꾀꼬리처럼 노래하게 된대. 그 사람도 분명 노래를 잘 할 거야."

그렇게 말하면서 춘니가 득의양양한 표정을 지었다. 그게 마치 잃어버린 고리라도 되는 듯, 우리를 완벽하게 이어줄 유일한 인연이라도 되는 듯 말이다.

흥미롭기는 했지만, 그게 내가 찾는 확실한 증거는 아니었다. 아직도 남게이한테서 미스터리 같은 난해한 감정이 느껴졌다. 미국 남자들은 같은 문화권에서 자랐기 때문에 행동을 예측하기가 훨씬 쉬웠다. 이 안에 살고는 있지만 아직도 문외한이나 마찬가지인 나한테 부탄의 문화는 여전히 알쏭달쏭한 점이 많았다. 물론 나는 부탄을 좋아하지만, 여전히 이해하지 못할 구석이 한둘이 아니었다.

이때까지만 해도 나는 남게이에 대해 풀지 못한 부분이 너무 많았다. 하지만 그 무엇도 남게이를 사랑하는 데 방해는 되지 못했다. 그것까지 사랑하는 과정에 불과했으며, 나는 미스터리와 우리 둘이 이루어지기 힘들 것 같은 슬픔까지 어느 정도는 즐기고 있었다. 어쩌면 내 DNA가 조작한 장난이었는지도 모르겠다. 어느덧 나는 점점 더 직관에 의존하고 있었다.

직관을 이용하고 연마하는 것이 마침내 사고방식에 변화를 가져왔다. 부탄을 방문한 미국인 친구가 최근 미국 사람들이 얼마나 광적인 수준으로 육체적 능력을 끌어올리는 일에 열광하는 중인지 말해주었다. 이제는 모두가 멀티태스킹multitasking, 동시에 여러 가지 일을 하는 것 시대에 맞춰 하루를 계획해야 하고, 주도면밀하게 모든 일들을 수행해야 한다고 했다.

나는 친구와 미국에 대해 많은 이야기를 나누었다. 이곳 부탄에서는 상황이 정반대다. 멀티태스킹은 존재하지도 않을뿐더러 삶의 속도도 훨씬 느리다. 이곳에서는 정신을 한곳에 집중할수록, 물건을 덜 소유할수록, 시계에 덜 의존할수록 지각의 수준, 즉 정신적 에너지가 더 강하게 충전된다.

많은 서양 사람들이 기적을 느끼는 감각을 잃어가고 있다. 그러다 정말 기적이 일어나기라도 하면 알아볼 수나 있을까? 너무 바쁜 나머지 알아차리지도 못할 것이다. 그들은 부와 능력처럼 멋진 것들을 얻었다. 하지만 육감이나 통찰력, 그리고 지각력에 해당하는 놀라운 능력들은 대부분 잃어버렸다. 하루하루 분초를 다투며 살아갈수록 그런 인식을 위한 시간은 점점 줄어드는 것이다.

당신을 좋아해요

남게이가 우리 집에 차를 마시러 오고 싶다고 했다. 집에서라면 학교에서보다 서로 교감하기도 좋고, 다른 선생이나 학생들이 우리를 엿볼 일도 없을 것이다.

첫날 남게이는 작은 《종카어-영어 사전》을 선물로 가져왔다. 나는 돌아가신 할머니가 떠올랐다. 할머니는 신사가 숙녀에게 선물로 주기에 적당한 세 가지는 책, 양산 그리고 장갑이라고 언제나 말씀하셨다. 여동생과 나는 그처럼 구시대적인 생각에 그냥 웃어넘기기만 했다. 이제 그 일이 내게 일어나고 있었다.

방문하는 횟수가 늘면서 작은 마루에 마주앉은 우리 사이에는 사전이 쌓여갔다. 우리는 서로에게 영어와 종카어를 가르쳐주었다. 남게이는 언제나 호두나 쌀, 달걀, 버터 같은 것들을 가져왔다. 누나가 짠 직물과 약간 사케 맛이 나는 지역의 술 아라도 사서왔다. 우리는 그렇게 서로에게 구애를 펼치고 있었다.

본능적인 끌림만 계속될 뿐, 아직 딱히 진척된 것은 없었다. 학년이 끝나갈수록 나는 점점 더 동요되었고, 남게이가 나를 좋아하고 내가 남게이를 좋아한다는 것은 부인할 수 없는 사실이 되었다. 나는 어느덧 여중생 시절로 돌아가 있었지만, 분명 좋은 기분만은 아니었다. 점점 더 멍청해지고, 아이큐마저 뚝 떨어지는 느낌이었다. 수도꼭지를 잠그지 않고 나오고, 멍하게 있다 밥때를 놓치고, 담배를 너무 많이 피우고, 매점에 지갑을 두고 나오는 일들이 날마다 되풀이되었다.

남게이는 어떻게 생각할까 너무 궁금해하는 통에 없던 여드름까지 생겼다. 나는 뭐든 빨리 진행시키고 싶었다. 내가 키스하고 싶은 것만큼 남게이도 나에게 키스하고 싶을까? 나는 너무 깊이 남게이에게 빠져 있었고, 남게이 역시 나를 지켜보고 있다는 것을 알았다. 남게이도 분명 나를 좋아한다. 하지만 그렇게 심각해 보이지는 않았고, 남게이는 그 이상 아무것도 하지 않았다. 나는 남게이를 볼 때마다 달려가 품에 안기고 싶었다. 그런데 남게이는 정녕 이런 감정을 느끼지 않는단 말인가?

그 해의 마지막 수업이 있던 날이다. 나는 학교 계단 맨 위에 앉아서 학생들이 제출한 숙제를 검토하고 있었다. 나 말고 다른 선생들은 모두 퇴

근한 줄로 알았는데, 남게이가 다가와 내 옆에 섰다. 검은색의 긴 양말을 신은 다리, 남게이한테서만 나는 라벤더 비누 향기. 분명 남게이였다. 하지만 아무 말도 하지 않았다. 그냥 그렇게 서 있을 뿐이었다.

나는 고개를 들지도 못한 채 말했다.

"냐 츄 루 가예당신을 좋아해요."

남게이가 말했다.

"냐 츄 루 가예."

그 말은 나를 혼란 속으로 몰아넣었다. 물건을 주섬주섬 챙기고는 팅기듯 일어나 걷고 뛰기를 반복해 춘니 집으로 달려가 다급하게 벨을 눌렀다. 문간에 나온 춘니에게 말했다.

"좋아한다고 말해버렸어!"

"그래서?"

"그런데 기분이 좋지 않아. 내 발음만 교정해주었어!"

"무슨 소리야?"

"내가 '냐 츄 루 가예'라고 말했어. 그런데 남게이가 그냥 내 발음만 교정해주는 거야. '냐 츄 루 가예' 하고 말이야."

어눌한 나의 종카어 발음을 사람들이 교정해주는 일이 잦은 터라, 내 말을 따라하는 건 발음을 교정해주는 것이라 믿었다.

마치 나를 외계에서 온 존재처럼 바라보며 춘니가 말했다.

"이런 바보 같으니라고! 발음을 교정해준 게 아니라, 그 사람도 너를 좋아한다고 말한 거야!"

“어떻게 알아?”

“이런 세상에, 정말 골칫덩어리라니까.”

“남게이가 나를 좋아하기라도 한다는 거야?”

“물론이지.”

춘니가 웃으면서 말을 이었다.

“이제 좀 진정하고, 어서 안으로 들어와. 이젠 밖이 제법 쌀쌀해.”

그 후부터 남게이와 나 사이엔 분명 어떤 변화가 일어나기 시작했다.

내 손을 잡아준 남게이

12월 중순이 되었다. 부탄의 국경일인 12월 17일에 학교에서는 방학식을 한다. 카와장사의 하늘은 흥분과 기대로 한껏 두터워졌으며 북 치는 소리로 가득 메워졌다. 환영식에 사용하는 문과 사열대도 세워졌다. 시험은 끝났고 모두 해방이었다. 방학식 며칠 전에는 학교 잔디밭에 하얀색의 부탄식 텐트를 세운다. 직사각형 모양의 커다란 천막인데 캔버스 천으로 되어 있다. 3면은 막혀 있고, 운동장을 향한 앞면은 드나들 수 있도록 열어놓는다.

부탄에서는 행사를 치르기 전 여기저기에 이런 천막을 세운다. 천막에는 '8개의 상서로운 기호'를 그려넣는다. 행운의 징표라고 할 수 있는데, 인도나 히말라야 지역에서는 흔히 볼 수 있다. 힌두교에서 유래한 기호들로, 부처의 신체 일부나 다르마의 구성요소, 혹은 부처의 가르침을 표현하는 상징적인 뜻을 갖고 있다.

'연꽃'은 육체의 순결, 말과 마음을 나타내고 동정심을 상징한다. '끝없는 매듭'은 지혜와 자비를 나타낸다. '양산'은 질병과 해로운 세력을 막아준다. '황금 물고기'는 고통으로부터 벗어나는 자유와 해탈을 의미한다. '보물 화병'은 장수와 번영을 상징한다. '오른쪽 나선의 소라고둥'은 다르마를 온 세상에 전파하는 소리를 나타낸다. 깨어남을 의미하는 '승리의 깃발'은 죽음과 무지, 고통을 이기는 신체, 언행, 정신의 승리를 나타낸다. 그리고 '다르마의 수레바퀴'는 카르마의 법칙과 부처님의 가르침을 상징한다. 생동감 넘치는 상서로운 기호들이 골고루 그려진 아름다운 하얀색 천막은 학교에 축제의 분위기를 한껏 조성해준다.

정부에서 파견한 고위관리들이 오전 10시경 학교에 도착해 학생들에게 상장을 수여하고 연설을 한다. 학생들은 보통 몇 주에 걸쳐 운동경기, 연극, 노래, 춤, 콩트 같은 오락 프로그램을 짜며, 작품 전시회도 준비한다.

방학식이 열리는 날 아침에는 몇몇 직원들과 학생들이 모여 점심식사 준비를 담당한다. 조리실 밖에 불을 피우고 큰 솥을 걸고 요리를 한다. 고기카레, 밥, 과자 그리고 차를 준비한다. 손님들이 편안히 있을 수 있도록 천막 안에 깔개나 탁자, 의자를 갖다놓는 사람들도 있다. 어떤 학생들은 화단에 자란 잡초를 뽑고, 어떤 학생들은 무리를 지어 잔디밭에서 자신들이 선보일 장기 연습을 한다.

방학식이 진행되는 동안은 각자 반의 순위를 확인하거나, 다음 학년으로 잘 진급했는지 살피느라 학생들은 긴장하고 흥분한 상태다. 상을 받는 학생도 있고.

이제 학교 안의 모든 사람들, 심지어 학생들까지도 남게이와 나를 응원하고 있다. 부탄 사회에는 이런 식으로 지역주민들이 남녀의 구애를 응원하고 도와주는 분위기가 있었다고 한다. 미국식으로 말하면, 옛 서부개척 시대에 여선생과 구혼자를 위해 마을에서 댄스파티를 열어주는 것과 비슷하다. 오랜 관행은 쉽게 변하지 않았다. 심지어 텔레비전에서 흔히 보는 미국의 가벼운 사랑이나 인터넷, 온라인데이트, 선술집, 그 어떤 것에도 영향을 받지 않았다.

모든 일이 마치 침묵의 미뉴에트처럼 조용히 진행되었다. 서로의 마음속에서 들끓는 사랑의 호르몬은 이미 충분했다. 분명한 건, 이 모든 순간이 내가 일생 동안 겪은 일 중 가장 경이롭고 눈을 뗄 수 없을 만큼 아름다운 순간이었다는 사실이다.

계속해서 나 자신에게 질문을 던져보았다.

'네가 지금 원하는 게 뭐지?'

하지만 밖에서 밀려오는 어떤 힘이 내게 그냥 믿으라고 말했다. 결코 의심하지 말라고. 그래서 그러기로 했다. 나는 지금 지도에도 표시되어 있지 않은 조그만 마을에 있다. 미국에서는 데이트를 즐긴다. 영화를 보러 가거나 같이 저녁식사를 하고 파티에 간다. 서로 화학반응이 없어도, 매력을 느끼지 못해도 수많은 대화가 오간다. 그들은 어쩌면 화학반응을 유도하기 위해 대화를 하는 건지도 모르겠다. 하지만 남게이와 나는 전혀 달랐다. 우리에게는 그런 것들이 전혀 필요하지 않았다.

그날 내가 할 수 있는 일은 그리 많지 않았다. 나는 그저 도울 일이 없을까 서성거리기나 하면서 지난 2달 동안 해온 일, 즉 남게이와 자주 마주치는 일에만 집중했다. 남게이는 어디에나 있었고 눈에도 잘 띄었다. 부탄의 전통예절에 전문가 이상의 소양을 가지고 있는 남게이가 행사 준비의 전과정을 주도했다. 남게이가 학생들에게 소리쳐 명령하면, 학생들은 이리저리로 몰려다니며 지시받은 일을 처리하고 물건들을 나르느라 바빴다.

그때 남게이는 국기게양대 옆에서 국기를 접느라 분주했다. 국기게양식 때 걸림 없이 잘 펴져서 노랑, 주황의 화려한 금잔화 꽃잎들이 예쁘게 떨어져내릴 수 있도록 말이다. 그럴 때는 남게이를 방해하지 않았다.

잠시 후 남게이가 학생들 몇 명과 천막 앞에 서 있는 모습이 보였다. 한 여학생이 카메라를 가져와서 사진을 찍으려는 참이었다. 남게이가 손을 들어올리더니 같이 사진 찍자며 나에게 손짓을 했다. 이것으로 나의 세상은 바뀌어버렸다. 처음 있는 일이었다. 학생들이 주변에 있을 때는 거의 아는 척도 안 하고 말도 걸지 않았으니까.

곧 고위관리와 손님들이 속속 도착했고 모두 제자리에 섰다. 국가가 연주된 후 남게이가 국기를 펼쳤다. 때맞춰 꽃잎들이 비처럼 쏟아져내렸다. 대기는 노간주나무 향내로 진동했다. 신에게 진지한 기도를 올린 후 주요 인사에게 경의를 표하고 나서, 드디어 운동경기가 시작되었다. 멀리뛰기, 높이뛰기 그리고 다른 운동경기도 있었다.

멀리뛰기가 시작되었을 때 나는 잔디밭에서 여학생들과 이야기를 나누고 있었다. 그때 교직원들은 모두 멀리뛰기에 참여해야 한다는 교장선생의 유쾌한 목소리가 들렸다. 모두들 웃고 즐거워했다. 나는 교장선생에게 사정해 빼달라고 할 수도 있었지만, 남게이가 운동도 못하는 사람으로 생각할까 두려웠다.

학교 건물 옆에 나무와 줄로 구획을 만들어놓은 멀리뛰기 경기장이 있었다. 모래가 깔려 있어서 그다지 위험할 건 없어 보였지만 왠지 모를 불안감이 엄습했다. 지금 바닥까지 끌리는 키라를 입고 있지 않은가. 게다가 키라와 같이 신기에는 좀 앞서 나간 패션이기는 했지만 가장 중요한 포인트로 하이힐까지 신고 왔다.

모래사장 옆에서 학생 2명이 줄자로 멀리 뛴 거리를 측정했다. 차례가 다가올까 두려움에 떨면서 지켜보고 있자니, 의욕에 찬 선생 서너 명이 최대한 멀리 뛰어보고자 팔다리를 휘저으면서 신체의 다양한 부위로 착지하는 모습들이 눈에 들어왔다. 이를 지켜보는 관중은 포복절도로 화답했다.

달리기, 특히나 길고 우아한 점프를 하기에 키라만큼 불편한 복장도 없을 것이다. 나는 절대로 눈에 띄거나 다른 사람들보다 특별히 잘하고 싶지 않았다. 하지만 나는 외국인이다. 그래서 최선을 다해야 했고, 그것이 안전보다 더 중요한 사항이었다. 교장선생이 나를 호명했을 때는 불안이 극에 달해 공포심마저 느껴질 정도였다.

하지만 시간을 끄는 건 최선을 다하는 것이 아니다. 뭉그적거릴수록 관중의 시선을 더 끌게 마련이다. 학생과 선생과 관리들로 이루어진 군중은 이미 다른 선생들의 멀리뛰기 쇼로 한껏 달아올라 좀더 멋진 광경에 안달이 난 상태였다. 이런 때에 언제나 일을 저지르는 미국인 영어 선생 '미스 린다'만큼 훌륭한 구경거리는 없을 것이다. 이미 주사위는 던져졌고 나는 자발적으로 이 쇼에 참여했다.

"어서 뛰어요, 선생님!"

학생들이 웃고 환호하면서 나를 꼬드겼다.

남게이를 포함한 모든 이들의 눈이 나한테 향해 있었다. 내가 멀리뛰기 경기장으로 나가 서자 모두들 환호했다. 하이힐을 벗어던지고 키라를 최대한 끌어올린 다음 출발선 앞에 서서 잠시 기도했다. 이윽고 달리기 시작해서 도약대를 딛고는 공중으로 날아올랐다. 그리 멀리 뛰지는 못했지만 차가운 모래 위로 안전하게 착지했다. 그것도 기적같이 앞으로 잘 웅크린 채였다. 나는 마치 올림픽 체조선수처럼 팔을 앞으로 뻗어 잘 버틴 다음 몸을 꼿꼿이 일으켜세웠다. 분명 나 스스로도 놀랄 만큼 완벽한 착지였다.

인정이라도 하듯 관중이 환호했다.

"잘했어요!"

수업시간의 내 목소리를 따라하며 누군가 소리쳤다.

물론 내 이름이 우승자나 준우승, 3위 자리에 있는 건 아니었다. 나는 4등을 했다. 하지만 무엇보다 모래 위에 얼굴을 처박거나 발이 삐는 일 따위는 없었다. 나는 남게이를 똑바로 바라볼 용기조차 내지 못했다. 그래도 내 온몸으로 신념에 찬 위대한 도약을 일궈낸 셈이었다. 그것은 내 생애에 최고로 멀리 뛴 경기였고 일생을, 아니 결혼과 사랑까지도 부탄과 함께할 것을 다짐하는 약속이었다.

나는 거의 아무것도 먹을 수 없었다. 천막 하나에는 각자 자기가 먹고 싶은 것을 먹을 수 있도록 차린 음식들이 많이 있었다. 학생들은 잔디밭 군데군데 모여 점심을 먹었고, 윗사람들은 다른 천막 안에 차려진 편안한 의자에 앉아 점심을 먹었다.

점심식사 후에는 모두 연단 앞 잔디밭에 모여서 상장을 받는 학생들을 지켜보았다. 나는 100명쯤 되는 학생과 선생들 뒤쪽에 서 있었다. 잔디밭 저 끝에는 버스에서 막 내린 관광객들이 또 다른 무리를 이루어서 우리 쪽을 지켜보고 있었다.

그때 사람들이 수군거리기 시작했다.

"미스! 미스! 미스!"

'미스'는 바로 나였다. 모두 나를 바라보면서 불렀다. 팔을 들어 군중 앞으로 나아가라고 가리켰다. 학생과 선생들이 모두 나를 위해 홍해처럼 반으로 갈라져 내가 앞으로 나아갈 수 있도록 환한 통로를 만들어냈다.

그때였다. 저 앞에 남게이가 우뚝 서 있는 모습이 보였다. 남게이는 팔을 앞으로 쭉 뻗은 채 웃고 있었다. 남게이의 옆에는 빈 공간이 마련되어 있었다. 그랬다. 이렇게 달콤하고 수줍은 남자가 나를 자기 세계로 불러들이고 있었다. 학생과 선생들 앞에서 자기 옆에 서주길 당부하면서 그렇게 공식적으로 나를 받아들인 것이다.

나는 천천히 통로를 걸어가 남게이 옆에 섰다. 남게이를 바라보았다. 남게이가 웃으며 내 손을 잡는 것이 아닌가! 정말로 내 인생에서 최고로 달콤하고 환상적인 순간이었다. 그전까지도 없었고 그 이후에도 없었다. 나는 우주 전체가 그 순간 내 안으로 밀려들어오는 것 같은 강렬함을 느꼈다. 삶은 위대하고 근사하다. 내 키가 순식간에 3미터쯤 커진 듯했다.

나는 누가 축하해주었는지 기억하지 못한다. 여덟 반 중에서 누가 1등을 했는지, 그 방학식의 다른 것들도 모두. 오로지 남게이가 내 옆에 서 있고, 서로 손을 잡고 있다는 것만 의식할 뿐이었다. 남게이가 멋진 도약으로 우리 두 사람의 운명을 함께 봉인하는 걸음을 내딛었다는 사실과 함께.

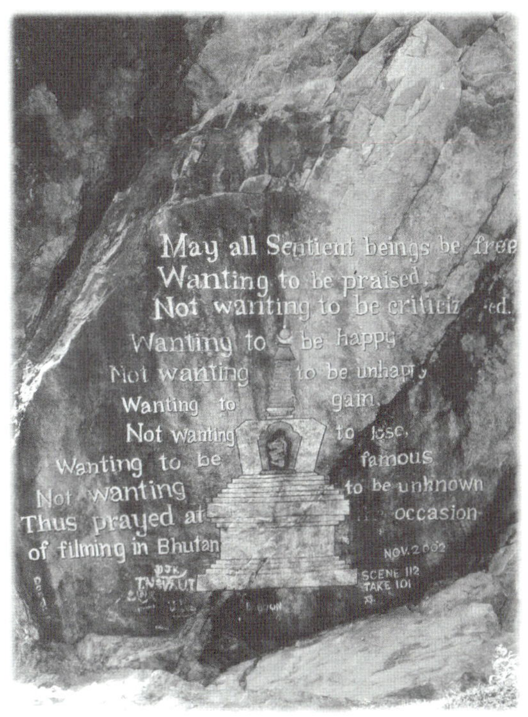

만일 당신이 지금 지옥 속을 걷고 있다면, 계속해서 걸어가시오.

—윈스턴 처칠

아 끼 고 사 랑 하 며

본격적으로 결혼을 생각한 건 겨울방학 무렵이다. 우리는 종카어와 영어 공부를 계속했고, 곁눈질로 서로를 힐끔힐끔 보거나, 똑같은 책 위에서 손을 더듬거리는 일이 잦아졌다. 그야말로 빅토리아여왕 시대로 가 있는 기분이었다. 그것은 아주 흥미로웠고, 멋졌고, 심장을 뛰게 하는 일이었다. 나중에 어떤 결과가 올지 아직은 장담할 수 없지만, 부탄에 온 후 내 인생이 다시 한 번 새로운 변화를 맞이하게 된 것이다. 원래 나는 사람의 발길이 닿지 않은 곳을 탐험하는 걸 좋아한다.

불교 미술가인 남게이는 나와 마찬가지로 미술학교 선생이다. 요리에 능하고, 장작을 잘 패고, 자기 몸무게 3배쯤 되는 물건도 너끈히 들어올린다. 바느질, 정원 가꾸기, 가축 키우기에도 능하다. 전구를 갈거나 부러진 자물쇠를 수리할 줄도 안다. 믿음직스럽고, 보호본능이 있고, 세련되고, 잘생기고, 근면하며, 신앙심이 깊다. 무수한 신들을 달래는 다양한 의식을 잘 주관할 줄 안다. 미국 남자에게 필요한 자질들과는 많이 다르겠지만, 모두 부탄에서는 매우 중요한 것들이다. 결혼 상대로는 그야말로 최고였다.

하지만 남게이가 받은 교육은 나와 사뭇 달랐다. 남게이는 그림 그리는 것을 좋아한다. 어렸을 때는 라마승인 외삼촌과 함께 살았고, 종이와 연필을 구하기 어려운 시절이라 나뭇가지로 땅바닥에 그림을 그렸다. 예술가의 자질을 일찍 보여준 남게이는 승려의 길 대신 팀부에 있는 국립예술학교로 가서 탕카를 배우게 된다. 8년 동안 학교에서 공부한 다음 부탄 전역의 절 여기저기에서 탕카를 그리는 수습 시절을 15년간 보냈다. 그 후 학교로 돌아와 학생들에게 탕카를 전수하고 있다.

남게이 집에서 보낸 첫 밤

부탄은 모계 중심인 사회라, 결혼하면 대부분 남자가 여자네 집으로 들어간다. 시골에서는 중매로 결혼하는 경우도 있지만 요즘은 주로 연애결혼을 한다. 결혼은 종종 약속만으로도 성사되지만, 돈이 좀 있는 부부라면 결혼식이나 축하식을 치를 수도 있다.

결혼을 약속한 후 나는 남게이네 집으로 들어가 살겠다고 했다. 나한테는 재산도 가족도 없었고, 나는 셋방에서 살고 있었다. 남게이는 그다지 좋은 생각이 아니며 매우 어려울 것이라고 했다. 왜냐하면 내가 살던 집에는 커다란 온수기가 있었기 때문이다. 남게이네 집에는 온수시설이 없었다.

나는 부탄에서 부탄 남자와 결혼하는 것이기 때문에 부탄식으로 살아야 한다고 믿었다. 어떤 면에서는 그들의 생활방식에 익숙해 있기도 했다. 아니, 적어도 그렇게 생각했다. 만일 우리가 시내 반대편에 있는 내 집에서 살 경우, 남게이의 가족은 안 그래도 나랑 어색한 사이인데 방문하는 것조차 어려워질 것이란 게 내 생각이었다. 어쨌든 살다 정 힘에 부치면 언제든지 이사할 수 있다는 식으로 토를 달았다.

모든 일이 잘될 거라고 굳게 믿었다. 부탄 사람들 모두 외국인에게 친절한 것은 분명한 사실이니까. 친절함은 타고난 그들의 성품이기도 했다. 그리고 그 모든 생각의 밑바닥에는, 남게이와 결혼하기 전 부탄에서 산 2년 반이라는 세월 동안 이 나라 전체가 나를 보살피고 키워주었다는 믿음이 깔려 있기도 했다. 몇 년 전, 그러니까 심토카에서 지금의 집 ─ 남게이를 만날 때 살던 ─ 으로 이사 올 때였다. 나는 택시를 빌려서 이삿짐을 실어 날랐다. 여행 가방 여러 개와 몇 상자나 되는 책들, 그릇과 냄비로 가득한 짐이었다. 택시 운전사는 아주 상냥했고, 몇 번이나 오가며 내 짐들을 날라주었다. 심지어는 옛집에서 물건을 꺼내는 일은 물론 새 집으로 물건을 들이는 일까지 도와주었다. 유일하게 슬픈 일이라면, 두 집 사이 어디쯤에선가 신발 한 켤레를 잃어버렸다는 것뿐이었다. 그런데 1달쯤 지난 어느 날, 쌀과 채소를 가득 담은 봉지를 들고 가게에서 나오던 중이었다. 누군가 소리쳤다.

"신데렐라! 신데렐라 아가씨!"

이사할 때 도와준 그 택시 운전사였다. 운전사는 함박웃음을 지으며 천천히 택시를 몰고 오더니, 한 손으로는 운전대를 잡고 다른 손을 차창 밖으로 내밀어 잃어버린 내 신발을 흔들었다.

남게이는 결국 내 집을 포기하고, 누나네 집 위층에 있는 자기네 집으로 들어가 사는 것에 동의했다.

몇 주 동안 우리는 서툰 영어와 종카어를 써가며 이야기를 나누고, 서로의 언어를 배워가며 미래를 설계했다. 우리 앞에는 사전들이 널브러져 있었고, 난로에서는 뜨거운 불꽃이 계속해서 타올랐다. 담뱃불이 구루 린포체 성자의 눈에 상처를 입히기 때문에 반드시 금연해야 한다고 남게이가 말했다. 담배에 불을 붙이는 순간마다 금강승Vajrayana, 바주라야나. 인도와 티베트의 밀교 중 한 일파의 다키니Dakini, 깨달음을 얻은 존재로 여성성을 지니고 있다가 하늘에서 떨어진다고도 했다. 니코틴 중독이 있기는 했지만, 그 모든 걸 책임질 수 없는 나는 피나는 노력으로 결국 담배를 끊을 수 있었다.

몇 주 후에는 가족이 모두 모인 남게이의 집으로 초대를 받았다. 남게이는 학교 바로 윗마을에 살고 있었다.

방문하기로 한 날이 되자 불안이 이내 물살이 되어 내 온몸을 휩쓸었다. 다리에서 맥이 풀려 그만 주저앉아버릴 것만 같았다. 그렇게 다리 힘이 풀린 건 난생처음이었다. 나는 쉽게 다리 힘이 풀려 휘청대는 그런 사람이 아니었다. 하지만 지금까지 경험한 그 어떤 일보다 엄청난 일이 내 앞에 다가왔고, 미처 가늠해볼 새도 없이 완전히 새로운 인생 속으로 첫 발을 내딛게 되는 순간이었다. 그리고 남게이의 가족사에 이를 데 없이 막대한 방식으로 침범하는 순간이기도 했다. 일단 방문하고 나면 돌이킬 수 없을 거라는 데 생각이 미쳤다. 부탄의 시골에서 이런 식의 방문은 결혼과 동등한 의미를 갖는다. 현실적인 의미로 우리가 이미 결혼한 거나 마찬가지라는 말이다.

물론 내게는 커다란 도박이었다. 하지만 한편으로 나는 그들이 내밀어 준 기회에 경탄하고 있었다. 그들은 과거에도 지금도 불교 집안이다. 남게이의 두 누나네 가족은 카와장사 시내에 서로 이웃해 살고 있다. 어머니는 두 딸의 집을 동일하게 오가며 산다. 큰누나 초키_{Choki}는 목각 공예가 덴두프_{Dhendup}와 결혼했다. 작은누나 카르마_{Karma}의 남편 페마_{Pema}는 남게이와 내가 다니는 국립예술학교에서 탕카를 가르치는 화가다.

지금까지 그들은 외국인과는 전혀 상관 없는 생활을 해왔다. 그들은 내가 만나본 사람들 중 그 누구보다도 수줍음이 많고 전혀 뽐내지 않는 사람들이다. 그리 부유하지는 않지만 겸손하고 근면하며 신앙심이 깊다. 굳은 믿음을 바탕으로 살아가며, 친절할 수 있는 기회는 결코 놓치지 않는다. 외국인한테만 그런 것이 아니다. 부탄에는 외국인이 별로 없어서 가까이 만난 적도 거의 없었으리라. 그들에게 나는 차라리 외계에서 왔다는 표현이 맞을 것이다. 그런 나를 그들은 자기네 영역으로 맞아들이려 한다. 그것이 나의 다리를 후들거리게 만든 이유였다.

불교에서는 말한다. 도움을 줄 수 없으면 적어도 상처는 주지 마라. 그들에게 상처 주고 싶지 않았다. 서로 너무도 다른 우주에서 왔음을 알기에, 중간 어디쯤에서 과연 만날 수나 있을지 걱정이 되었다. 마치 침입자가 된 기분이었다.

1월 어느 토요일, 태양이 밝게 빛나는 아침이었다. 아름다운 키라로 단장하고 있는데 정원에서 새들이 일제히 춤을 추며 지저귀는 소리가 들렸다. 나는 옷을 벗어던지고 다른 키라로 갈아입었다. 그러다 또 다른 키라로. 마침내는 내가 갖고 있는 키라가 전부 방바닥 여기저기로 흩어졌다. 어떤 것도 괜찮아 보이지 않았다. 집이 도둑이 한바탕 휩쓸고 지나간 꼴이 되었다. 이웃집 춘니에게 달려갔다.

춘니는 내가 지금 입고 있는 것도 충분히 아름답다고 말해주었다.

"걱정 마, 아주 좋은 분들이야."

"내가 걱정하는 건 그런 게 아냐."

남게이와 나는 이미 모든 결정을 내린 상태였다. 가족에게는 선택의 여지가 없었고, 이제 무슨 일이 생기든 이 길을 함께 가야만 했다.

나는 남게이 어머니에게 드릴 선물로, 커다란 통에 담긴 네덜란드산 버터쿠키와 호두 한 자루를 준비했다. 길을 내려가 택시를 타고 남게이의 집으로 갔다. 계단을 올라가 현관 앞에 다다르자 남게이의 조카가 나를 맞으러 나왔다. 남게이는 집에 없었다. 주말 특산품을 사러 채소가게에 갔다고 했다. 고등학생으로 보이는 조카는 남게이가 곧 돌아올 거라고 했다.

나는 기어들어가는 목소리로 말했다.

"아, 그렇구나. 그럼 좀 있다가 다시 올게."

그렇게 돌아서려 했다.

"잠깐만요, 이리 들어와서 차 좀 마시고 계세요."

남게이의 초숌choshom, 집 안에 불교식 제단을 꾸며놓은 방에 들어가 방석에 책상다리를 하고 앉아 차를 마셨다. 부탄의 가정집에는 설사 수도시설은 없어도 대부분 초숌은 있다. 공들여 조각하고 밝게 색칠한 나무 제단이 한쪽 벽을 차지한다. 제단 위에는 금박을 입혀 만든 신들의 조각상이 밀폐된 유리상자에 담긴 채 줄지어 놓여 있다. 모셔놓은 신은 가족의 성향에 따라 집마다 조금씩 다르지만, 구루 린포체 성자, 분노의 화신인 도르지 드롤로Dorji Drolo, 샤브드룽 나왕 남갈, 수호신인 차나 도르지Chana Dorji, 자비의 보살인 관세음보살Chenrezig 들이 빠지지 않는다. 또 타라보살Tara도 있다. 하얀색 타라보살은 오랜 소원과 열망, 화목한 결혼과 건강을 염원할 때, 초록색 타라보살은 돈이나 안전한 여행처럼 기간이 좀 짧은 염원을 위해 모신다.

부탄 사람들은 이런 방을 꾸미는 데 재산을 대부분 투자한다. 여윳돈이 조금이라도 있으면 좀더 크고 정성이 한껏 들어간 불상을 여러 개 제작하며, 비단으로 표구한 탕카 족자도 벽에 건다. 제단 위 신들의 조각상 앞에는 사발 7개에 물을 담아서 상징적인 제물로 삼는다. 사실 신에게 바치는 제물이 부의 척도가 되어서는 안된다. 물은 누구나 올릴 수 있는 평등한 제물이다. 그래서 매일 아침 정화수를 올리는 것이다.

남게이의 초솜에는 탕카 족자가 없는 대신 불상을 그린 그림과 탕카 사진만 걸려 있다. 그토록 아름다운 탕카를 그리는 사람이건만 자기 작품은 소유하고 있지 않다. 그저 다른 사람들만을 위해 그림을 그리는 것이다.

님게이의 제단에는 빨갛고 파란 꽃들이 예스러운 청동이나 은으로 된 화병에 뒤죽박죽 꽂혀 있고, 방 안에는 백단향 향기가 그윽했다. 약한 먼지 냄새, 구석에 있는 유리상자 안에 노란색 비단으로 감싸놓은 오래된 기도책에서 곰팡이 냄새도 났다. 토르마torma라고 부르는, 커다랗고 복잡해 보이는 버터조각상butter sculpture이 정화수 뒤에 일렬로 놓여 있어서 제단의 공들인 외관을 더욱 풍성하게 만들어준다.

줄지어 켜놓은 버터램프가 꼭대기를 빨강, 파랑, 초록, 노랑 꽃들로 장식한 하얀색 오벨리스크obelisk를 더욱 빛나게 해준다. 버터램프는 은색의 성배에 목화 심지를 꽂은 것으로, 불이 타들어가며 온기도 약간 발산한다. 옛날에는 실제로 버터를 사용했기 때문에 버터램프라는 이름이 붙었지만, 지금은 식물성기름으로 가득 채워져 있다. 주변의 모든 물건들, 특히 금박을 입힌 불상은 버터램프 불빛에 반사되어 이글거리는 것처럼 보인다.

노란 비단으로 테두리를 두른 붉은빛 비단 캐노피canopy가 천장을 대부분 덮고 있어서 방은 마치 텐트처럼 아늑한 분위기다. 그리고 모든 물건이 오랫동안 버터램프의 연기에 그을려서 적갈색을 띠고 있다. 방 안에는 나무로 된 것도 많고 천들도 많아서 어쩌면 불에 타버릴 것도 같았지만, 또 절대 그럴 일은 없어 보였다. 가족의 믿음을 외적으로 아름답게 표현한 것이라 하겠다.

구석 벽에는 나무틀에 캔버스 천을 댄 액자가 기대 있는데, 아마도 조카가 그린 듯한 미완성 탕카 그림이었다. 주변 바닥에는 밝은 빛깔의 물감이 담긴 작은 사발과 붓 몇 개가 놓여 있었다. 코끼리와 원숭이, 토끼, 새가 아름다운 나무 옆에 서 있는 정글 풍경을 담은 탕카 그림이다. 코끼리 위에 원숭이가 있고, 원숭이 위에 토끼, 토끼 머리 위에 봉황새가 앉아 나무에 열린 선홍색 열매를 따려는 모습이다.

이런 그림은 부탄 어디서나 볼 수 있다. 주로 집이나 절의 벽에 그려져 있다. 협동과 우애를 상징하는 충실한 친구 4명에 관한 유명한 설화를 바탕으로 한 것이다. 친구들은 서로 도움으로써 자신의 생존을 보장받는다. 남게이의 조카 도르지Dorji는 열한 살인데, 방학이면 남게이한테서 탕카를 배운다.

한번은 열린 문 틈으로 나이든 여자 분이 재빨리 몸을 움직여 지나가는 모습이 보였다. 남게이의 어머니가 틀림없었다. 부탄에 처음 온 사람이라면 이상하게 여길 만한 부분이다. 어머니가 나를 피하고 있다고 생각할 것이다. 하지만 나는 이제 잘 안다. 남게이의 어머니는 내가 자기를 보는 것조차 수줍은 것이다. 가족들의 초조함은 이미 극에 달했을 것이다. 남게이의 미국인 친구가 집에 온 것이다.

언젠가 친구인 춘니가 해준 말이다. 때때로 마음속에서 가만히 멈춰 움직이지 말라고 말하는 목소리가 울리거나 그런 기분을 느낄 때가 있을 거라고 했다.

“의심이 나면 그냥 가만히 있어.”

이것은 도교의 기본원리로 우웨이wu wei, 즉 언제 행동하고 언제 행동하지 말지를 알려주는 타고난 인지력이다. 때로는 ‘행동 없는 행동’으로 묘사되기도 한다. 내 젊은 시절 노랫말을 인용할 것 같으면 “네가 할 일은 그냥 자연스럽게 행동하는 것일 뿐”과 같은 맥락이다. 그것은 내게 큰 의미로 다가왔다. 그래서 나는 그냥 그대로, 아름다운 초솜의 차분한 분위기에 몸을 맡긴 채 가만히 있었다.

때마침 남게이가 걸어올라오는 모습이 창문으로 보였다. 남게이는 아름답게 누빈 고를 입고 채소를 가득 담은 재활용 쌀 포대를 한 손에 들고, 다른 손에는 줄로 엮은 달걀 꾸러미를 들고 있었다. 남게이가 계단을 올라오는 발소리가 들리자 이내 내 심장이 콩닥거리기 시작했다. 복도에서 속닥이는 소리에 이어 작은 소란이 일어났고, 내가 초솜에 있음을 알리는 말소리도 섞여서 들렸다. 남게이가 종카어로 말하는 소리가 들렸다. 귀한 손님인 만큼 음식 접대를 철저히 해줄 것을 당부하는 중이었다.

남게이가 방에 들어오더니 과장되고 들뜬 목소리로 나를 반겼다.

“헬로오오오!”

비꼬려는 건 아니다. 하지만 남게이는 스티브 마틴Steve Martin, 〈레이 스티븐 쇼〉 진행자처럼 너무도 야성적이면서 이상한 모습을 보여주었다. 자기 가족을 만나본 적이 없는 미국인 여자가 여기 자기 집에 와 있다. 그래도 남게이는 언제나 그런 것처럼 애써 침착하려는 듯했다. 그런 어색한 모습이 내 마음을 아리게 했다. 여러 번 우리 집에서 만나면서 둘 사이에 생긴 친근함이 오늘은 그 어디에도 없었다. 이제 나는 남게이의 영역에 들어와 있었고, 우리는 시간을 재조정할 필요가 있는 듯했다.

부자연스러운 대화가 몇 마디 오가고, 남게이가 자리를 떴다. 몇 분 후 차 한 잔과 비스킷을 들고 돌아왔지만 그것도 잠시뿐, 다시 눈앞에서 사라졌다.

서양 사람들에게 이것은 아주 이상하게 보일 것이다. 하지만 부탄 사람들은 누구나 이처럼 행동한다. 부탄에서는 방문한 사람에게 제일 편안한 장소를 내줘야 하며, 집에 있는 최고의 음식을 대접해야 한다. 대화는 선택이다. 하지만 음식은 아니다. 남게이와 가족들은 부엌에서 나를 위해 근사한 점심을 준비하고 있었다. 다른 부탄 가정이라도 마찬가지였을 것이다. 그래서 나는 홀로 기다렸다. 그것이 여기 관습이니까.

그래도 남게이가 집에 같이 있다고 생각하니까 초조함이 사라지면서 나의 탐험가 감각이 본격적으로 되살아났다. 아직 완전히 낙관할 상황은 아니었지만 말이다. 하지만 나는 이제 슬슬 이 방문을 즐기기 시작했다. 열린 창으로 산들바람이 살살 불어들어오고 있었다. 집은 미술학교 바로 뒤 언덕 위에 있다. 창문을 통해 푸른 산으로 둘러싸인 팀부의 전체 경치가 한눈에 들어왔고, 하늘에는 구름이 잔뜩 끼어 있었다. 놀랄 만큼 아름다운 광경이었다. 그렇다, 내가 진정 있어야 할 곳은 바로 이곳이라는 확신이 들었다.

1시간쯤 지났을까, 남게이가 붉은빛이 도는 밥이 담긴 큰 그릇과 팍샤 파_{phak sha pha}를 들고 나타났다. 팍샤파는 돼지비계를 말린 것으로 부탄에서 진미로 여기는 음식이다. 남게이는 내 앞에 음식을 내려놓고, 미소를 짓고는 다시 나갔다. 나는 남게이가 자기 음식을 가지고 올 거라는 생각에 얼마간 기다려보았다. 전통적인 부탄 가정에서는 손님이 혼자 식사를 하는 것이 맞는 일이지만, 남게이와 나는 우리 십에서 미국식으로 함께 밥을 먹었다. 남게이는 돌아오지 않았다.

나는 일어나서 옷매무새를 매만져 고쳤다. 밥공기와 팍샤파를 들고 부엌으로 갔다. 모두 거기에 있었다. 남게이, 어머니, 조카가 부엌 바닥에 소가죽 방석을 깔고 앉아 밥을 먹는 중이었다. 나는 문간에 멈춰섰다. 그들은 마치 뭔가 끔찍한 일이라도 일어난 양, 아니면 뭔가 불법적인 일을 저지른 듯한 표정을 지으면서 다들 벌떡 일어섰다.

남게이가 황급히 다가와 내 손에서 음식 그릇을 받아들었다.

나는 웃으면서 종카어로 말했다.

"모두 어서 앉으세요. 같이 먹고 싶어서 왔어요. 초솜에서 혼자 먹으려니까 너무 심심해서요."

모두들 놀라 나를 바라보았다. 이것은 관례에 매우 어긋나는 일이다. 하지만 그들도 곧 웃었다.

"투우프 그래요!"

남게이가 말했다.

남게이와 어머니 사이 바닥에 내 음식을 내려놓았다. 나는 그들 사이에 있는 곰가죽 방석 위에 앉았고, 우리는 그렇게 근사한 식사시간을 보냈다. 앞으로 이어질 수많은 식사 중 첫 식사가 그렇게 시작되었다.

밤이 깊어가자 남게이의 어머니는 내게 초솜에서 자라고 했다. 남게이 집에서 밤을 보낼 생각은 없었다. 사실 계획한 것은 아무것도 없었다.

그들은 요와 담요를 가지고 와서 편안한 잠자리를 만들어주었다. 허리 벨트를 풀고, 키라를 어깨에서 고정하는 코마를 풀고 나서 작은 둥지로 기어들어갔다. 부탄에서는 대부분 이런 식으로 잔다. 매트리스는 따로 없다. 깔고 덮을 수 있는 것이라면 무엇이든 이용해 침구를 만든다. 아침에는 요와 이불을 잘 개어 장롱에 넣어두거나 옷걸이 위에 걸쳐놓는다. 부탄을 방문하는 사람들과 얘기해보면 불만은 대부분 호텔의 매트리스가 불편하다는 것이다. 그 매트리스야말로 부탄이 제공할 수 있는 것 중 최상이라는 사실만 알았더라도 그런 불평은 하지 않았을 것이다.

가족들이 곤히 잠든 어둠 속에 나는 혼자 눈을 뜨고 깨어 있었다. 너무 흥분한 상태라 쉽게 잠들 수가 없었다. 이건 분명 실제 상황이었다. 나는 이제 남게이와 결혼했고, 남게이의 가족들과 더불어 삶을 꾸려가게 된 것이다. 이제 우리 인생은 어떻게 흘러갈까? 아무런 예감도 들지 않았다. 무슨 일이 일어날지 알 수 없다는 것이 나를 불안하게 만들지는 못했다. 오히려 아주 황홀한 기분이 들었다. 이제 커다란 모험이 눈앞에 펼쳐질 것만 같았다. 나에게 남은 것은 그 무대에 오르는 일뿐이다. 나는 극도의 행복감에 사로잡혔다. 뭔가 기념비적인 일이 일어나기 직전이었다. 앞으로 무슨 일이 있든, 나는 이제 이 사랑스럽고 멋진 사람들과 이 놀라운 곳에서 앞으로도 쭉 함께할 것이라는, 거역할 수 없는 운명을 느꼈다.

그 후 몇 년이 흘렀다. 어느 날 남게이가 왜 자기를 사랑하게 되었는지 물었다. 마음씨가 무척 곱고 아주 잘생겼기 때문이라고, 그리고 천상에 가까운 일을 하기 때문이라고 나는 답했다. 그 초솜에 누워 있으면서 나는 남게이와 결혼할 뿐 아니라 이 나라 부탄과도 결혼하고 있음을 깨달았나. 내 생애 가장 행복한 순간이있다.

부탄의 결혼식

우리는 결혼식을 여러 차례 치렀다. 처음에는 불교식으로 전통혼례를 올렸다. 신들에게 고하는 것은 아주 중요한 일이기 때문이다. 점술사가 2000년 3월 10일을 길일로 택해주었다.

겨울의 끝자락이라 좀 싸늘하면서 메마른 바람마저 불던 그날, 하늘은 청명하고 구름 한 점 눈에 띄지 않았다. 전형적인 3월의 날씨였다. 좁은 초솜에서 버터램프 수백개가 만들어내는 열기 속에서 몇 시간을 보내다 밖으로 나왔을 때 느껴지던 상쾌한 한기가 얼마나 반가웠는지.

초솜에서 나와 남게이는 붉은 법복을 입은 수도사 5명, 라마승 1명과 함께 앉아 있었다. 그들은 2미터짜리 뿔피리를 불고, 의례 절차에 따라 북을 쳤으며, 우리의 행복과 건강을 비는 경문을 낭송했다.

작은누나 카르마가 몇 년 전부터 남게이의 결혼을 기원하면서 손으로 누벼 만든, 붉은색과 노란색이 곱게 어우러진 비단 고를 입은 남게이는 정말이지 멋졌다. 나는 비단으로 공들여 만든 혼례용 키라를 입었다. 전통에 맞게 붉은색과 분홍색이 조화를 이룬 가리개를 여러 개 덧대어 만든 키라였다.

남게이의 가족과 내 친구 몇 명을 합해 40여명의 사람들만 참석한 결혼식이었다. 그들은 한 사람씩 초슘으로 들어와 우리에게 하얀색 스카프인 카타를 선물했다.

내 가족이 올 수 없어서 부탄인 친구가 부모 역할을 대신 해주었다. 남게이와 나는 한나절 내내, 그리고 저녁까지 초슘의 방석 위에 앉아 있었다. 예식이 끝난 후 음식과 마실 것이 나왔고, 춤도 이어졌다.

나는 옷가방 2개, 냉장고, 접시 몇 점과 냄비, 작은 시디플레이어와 시디들, 그리고 새 매트리스를 자동차에 싣고 남게이의 집으로 들어갔다. 불교 국가인 부탄에는 지참금이 없다.

외국인인 내게 부탄 정부는 신랑이 태어난 지역에서 민법적인 예식 절차를 다시 밟으라고 주문했다. 그래서 몇 달 후 우리는 트롱사 드종Trongsa Dzong까지 6시간 동안 차를 타고 갔다. 한밤중에 트롱사에 도착한 우리는 여관에서 잠을 청했다.

드종 안에 있는 판사실에서 열린 오전 예식에서 나는 키라를 갖춰입고 의례용 스카프인 라추rachu를 걸쳤다. 라추는 여자들이 정부 건물에 드나들 때면 왼쪽 어깨 위로 걸쳐 입는 붉은색의 기다란 스카프다. 남게이는 고를 입고 겉에다 명주로 만든 카브니kabney를 둘렀다. 카브니는 숄처럼 생긴 천인데, 몸에 두른 다음 한쪽 어깨 위에서 고정한다. 부탄 남자들이 드종을 방문할 때면 갖춰입는 복장이다.

커다란 책상 너머에서 판사가 의식을 진행하면서 뭔가를 읽어내려갔다. 우리는 그 앞에 서 있었다. 판사가 하는 말을 알아들을 수는 없었지만, 남게이가 가끔 종카어로 다음 말을 따라하라고 했다.

"네, 그렇게 하겠습니다."

끝까지 엄중한 의식이었다. 판사는 우리 둘 중 누구라도 상대방한테서 문제를 발견하면 즉각 자기한테 와서 보고해야 한다고 말했다. 우리는 웃었다.

판사실을 나와 옆에 있는 비서실로 갔다. 거기서는 서류가 잔뜩 쌓인 커다란 책상 앞에 앉아서 비서가 계속 내미는 큼직한 서류에 끊임없이 사인을 했다. 인도가 영국의 식민지이던 당시의 고리타분한 제도가 여기까지 영향을 끼친 것처럼 보였다. 우리가 사인한 모든 서류에 아름답게 세공한 도장도 함께 찍었다.

사무실 직원이 커다란 쟁반에 차를 내왔다. 사무실 밖에서는, 법원에 왔거나 다른 업무를 보러 들른 마을 사람들이 무리를 지어 서서 계속해서 우리를 기웃거렸다. 트롱사에서 부탄 남자가 외국 여자와 결혼하는 장면은, 설사 전례가 있었다고 해도 아마 아주 보기 드문 구경거리였을 것이다.

결혼 증서에 같이 서명을 해줄 증인이 필요했다. 나의 증인이자 들러리는 트롱사에서 호텔을 운영하는 아움 린지Aum Rinzy였다. 나는 예전에 관광객 신분일 때 여러 차례 아움 린지의 호텔에 묵었다. 호텔 식당에는 구불구불한 오솔길이 나 있는 처녀림으로 둘러싸인 아름다운 트롱사 마을 전체가 내다보이는 커다란 창이 있다. 나는 종종 그 창가에서 밥을 먹었다. 아움 린지는 내 결혼을 아주 기뻐해주었다. 특히 같은 마을 출신의 남자와 결혼한다는 사실에 즐거워했다. 아움 린지는 남편이 넷인데 모두 오빠들이다.

오후에는 아움 린지의 호텔에 가서 점심을 먹었다. 결혼 증서에 엄지손가락 지장을 찍자마자 아움 린지는 요리를 하러 서둘러 호텔로 돌아갔다. 간소하고 빨리 나올 만한 메뉴를 시켰는데 매우 공이 들어간 잔치 요리가 나왔다. 결국 식사는 그날 저녁까지 연장되었고, 즉흥적인 음악과 춤에 아라 술까지 곁들여졌다. 마을 사람들 거의 모두가 그 작은 호텔로 몰려와 미국인 여자와 '시골 아이' 출신 남게이에게 행운을 빌어주었다.

트롱사에서 결혼을 기념하는 일은 참으로 감동적이었다. 트롱사에서 서쪽으로 4킬로미터 정도 떨어진 곳에 첸데브지Chendebji라는 유명한 마을이 있고, 거기가 남편의 조상이 대대로 살아온 본관이다. 그처럼 가풍이 훌륭하고 대부분 불교 신자인 집안의 일원이 된다는 사실 역시 감동을 주기는 매한가지였다. 첸데브지는 '커다란 사이프러스나무가 자라는 곳'이라는 뜻이다. 하지만 전설 속 그 나무는 지금은 사라지고 없다. 고대문헌에 의하면 몸통과 거대한 뿌리 안쪽에 있는 구멍에 사람들 8명이 한꺼번에 들어가 잠을 잘 수 있을 만큼 큰 나무였다고 하니, 정말 안타까운 일이 아닐 수 없다.

첸데브지 옆에는 쿠엔가 라브텐Kuenga Rabten 궁전이 자리잡고 있다. 옛날에 첸데브지 사람들은 궁전의 동쪽과 서쪽 입구에서 문지기 역할을 하면서 오가는 사람들을 통제하는 일을 했다. 분쟁의 시기 ― 특히 두 번째 왕인 지그메 왕추크Jigme Wangchuck 시절 ― 나, 왕이 편찮거나 손님을 원치 않을 때면 이들 문지기들이 궁전으로 통하는 말리잠Maleyzam 다리 입구를 닫아 통제했다. 이런 일을 하는 사람을 치폰chipon이라고 불렀다. 많은 사람들이 왕을 알현하러 왔고, 치폰은 교대로 마을 여기저기를 돌아다니며 방문객을 통과시키거나 발길을 돌리도록 했다. 통과 여부는 주로 왕을 즐겁게 할 수 있는지에 달렸다. 어떤 방문객은 치폰에게 약간의 돈을 쥐어주기도 했다. 이것이 마을 사람들이 대부분 부유하게 된 원인이기도 한 것 같다.

마을의 수호신 겔프 덩리 카르포Gyelp Dungley Karpo가 첸데브지를 보호해준다. 한때는 100가구 이상 살던 큰 마을이었지만, 지금은 22가구만이 명맥을 유지하고 있다. 각각의 가정에는 왕으로부터 하사받은 이름과 서열이 있다. 남게이의 가족 이름은 토그토Togto이고, 서열은 2위라 마을에서 위상이 제법 높다. 라마승을 9명 잇달아 배출했고, 그들 모두 가장 큰 절이자 승려학교인 '라마 오브 왕두에 고엠파'Lama of Wangdue Goempa에서 일한다. 남게이의 본관은 마치 중동에 온 듯한 느낌을 주었다. 유일하게 없는 것이라면 호빗이랄까.

남편에게는 직계가족 외에도 고모, 삼촌, 사촌 들이 많다. 돌아가신 아버지는 점술사였다. 결혼 후 들은 이야기인데, 시아버지가 우리의 결혼을 예언했다고 한다. 남게이의 아내 될 사람이 아주 멀리, 아무도 모르는 먼 곳에서 온다고 했으며, 남게이에게 때가 될 때까지 기다리라고 했단다.

그리고 우리는 푸나카에 있는 모추 강과 포추 강이 합해지는 지역에서 17세기에 결혼한 적도 있다고 했다. 처음 그 말을 들었을 때는 좀 회의적이었다. 하지만 지금의 나에게 회의적인 것은 거의 존재하지 않는다. 바로 이곳, 인습에 얽매이지 않은 곳에서 살며 얻은 시각이다.

너무 다른 두 사람

결혼 후 처음 6개월이 어떻게 지나갔는지 도통 기억에 없다. 멋있는 동시에 두려움을 느꼈다. 마치 신세계를 발견한 것 같았다. 아마 남편도 분명 같은 느낌이었으리라. 우리 둘 다 사전준비나 대화가 많이 부족한 채 결혼했다. 당시의 시간들을 희미하게나마, 그리고 최대한 공정하게 더듬어보자면, 환상적인 영화의 장면들이 지나간 것처럼 느껴진다. 게다가 그 일이 마치 나 아닌 다른 사람에게 일어난 일인 것처럼 낯설다.

당시에는 이방인과 같이 사는 느낌이었다고 남편은 지금에야 털어놓는다. 분명 남편에게 내 행동은 변덕스럽게만 느껴졌을 것이다. 그래, 내가 조금은 기분파였는지도 모르겠다. 어느 날 밤 남편이 빗자루를 들고 쥐를 잡으러 뛰어다닐 때는 거의 미칠 지경이었다. 남게이가 부엌에서 뭔가를 여러 차례 후려치는 소리가 들렸고, 마침내 견디다 못해 내가 방에서 뛰쳐나가 부엌으로 가보니 강아지만한 쥐가 날뛰다가 문지방을 넘어 열린 창문 너머 어둠 속으로 사라지는 모습이 보였다. 나는 몇 시간 동안 쉬지 않고 울었고, 남게이는 곁에서 줄곧 나를 위로하려고 상당히 애쓰는 모습을 보여주었다. 다음날 아침 친절한 이웃들이 음식을 보냈고, 나는 창피한 나머지 얼굴을 들 수가 없었다. 밤사이 분명 내 울음소리를 들은 모양이 있다.

우리는 여러 면에서 극과 극으로 달랐고, 차츰차츰 합일점을 찾아가야만 했다. 나는 그동안 살아온 생활방식을 거의 다 바꾸거나 재조정해야 했다. 변기 물을 콸콸 쓸어내리는 대신 물을 한 바가지 붓는 방법을 익혔다. 유아독존하면서 혼자 살아가는 것 대신 남게이와 함께했고, 여러 이웃에 둘러싸인 집에서 살게 되었다. 사람들은 모두 우리의 일거수일투족을 알았고, 특히나 내 거동에 관심을 가졌다. 카와장사에는 다른 외국인이 없어서 내가 거리를 걸어가는 것만으로도 시선을 끌기에 충분했다. 언제나 어린아이들이 내 뒤를 졸졸 따라왔고, 그런 수행단과 활보하는 일에 익숙해져야 했다. 남게이의 먼 친척들도 우리를 방문했다. 남게이는 집안에서 사랑을 많이 받는 존재였고, 게다가 모두들 나를 만나고 싶어했다. 나는 남편에게 충분히 가치 있는 아내로 보이기를 바랐다.

어른이 되고도 많은 시간을 혼자 산 나는 약간 지저분한 식습관이 몸에 배어 있었다. 식사에 대한 내 철학은 그랬다. 음식 차리는 것이 번거로우면 그냥 싱크대에 서서 먹어도 괜찮다는 것이다. 지저분하든 아니든 간에 부엌에 서서 그냥 먹는 건 결코 좋은 광경이 못 된다. 남게이는 기겁했다. 남게이는 청결을 중시했고, 언제나 조심스레 음식을 준비한다. 천천히 요리를 하고 점잖게 자리에 앉아 먹는다. 남게이는 매끼의 식사와 요리 과정을 즐겼다. 매일 몇 시간에 걸쳐 음식을 준비하고, 먹고, 설거지한다. 요리한 그릇째로 먹는 일은 그야말로 나쁜 품행에 속했다.

인내심이 많이 부족한 나는 요리나 음식을 즐기지 않는다. 식사를 준비할 때면 언제나 허둥지둥하기 때문에, 부탄에 와서 제대로 된 요리를 만들어본 적이 한 번도 없었다. 나는 그동안 혼자 있을 때는 크래커나 맛 좋은 붐탕산 치즈, 과일, 쿠키 따위를 차와 함께 먹었고, 가끔 껍질을 깔 만한 여력이 있으면 여기저기 나뒹구는 당근을 깎아 먹었다. 맛있고 정성 어린 식사가 그리우면 레스토랑으로 달려갔다. 그래서 모든 것을 처음부터 다시 시작해야만 했다.

반면에 남게이는 달랐다. 남게이의 식단은 한 단어로 요약된다. 바로 밥이다. 아침이든 점심이든 저녁이든 남게이는 쌀을 깨끗한 찬물에 씻어서 밥솥에 안치는 일로 식사 준비를 시작한다. 아시아 전역이 그렇듯 부탄의 주식 역시 쌀이다. 나는 밥을 지어본 적이 없고 그 방법조차 몰랐다.

물론 내가 밥을 아주 싫어하는 건 아니다. 레스토랑이나 다른 사람들 집에서 밥이 나오면 그냥 먹는다. 하지만 부탄 사람들에게 집에서 매일 밥을 먹는 것은 재고할 필요조차 없이 당연한 일이었다. 팀부 시장에서 고를 만한 먹을거리조차 한정되어 있었기 때문에 결국 나는 어쩔 수 없이 내 식단에 변화를 주어야 했다. 그렇게 아침, 점심, 저녁으로 밥을 먹고, 차를 곁들인 뻥튀기 — 이것도 쌀로 만든 것이다 — 를 간식으로 먹으며 1달을 보내고 나니, 밥이 담긴 공기를 보기만 해도 원시적인 괴성을 지르면서 열린 창으로 꽁지 빠져라 도망치는 내 모습이 상상될 지경이었다.

그래도 나는 그런 감정을 애써 억누른 채 파스타를 만들어 식구들에게 대접하기도 했다. 아무래도 신혼이라 신경질 가득한 투정을 부릴 정도까지는 아니었나 보다.

쌀과 함께 내운 칠리고추는 부탄 사람들이 정말 좋아하는 음식이다. 다른 음식을 모두 가져가고 그들에게 쌀과 칠리고추만 남겨준다 해도 더할 나위 없이 기뻐할 것이다. 심지어 어린아이들조차 매운 음식을 좋아한다. 하긴, 이미 모유를 통해 칠리고추 맛을 경험했을 테니까. 내 생애에서 칠리고추를 먹지 않는 날이 온다면 그때 나는 더할 나위 없이 행복할 것이다!

부탄 사람들은 식사 때마다 한두 가지 '카레'를 곁들인다. 여기서 카레라는 말은 밥 위에 올릴 수 있는 모든 것을 뜻한다. 에마다체ema datse는 치즈를 녹여서 칠리고추랑 같이 요리한 것으로, 이것 역시 대표적인 부탄 요리다. 또 부탄 사람들은 고기를 좋아하는데, 특히 야크고기, 돼지고기, 소고기를 말려서 먹는 것을 즐긴다.

우리 집에는 사용법이 까다로운 압력솥이 3개 있는데, 남게이는 그 솥들을 아기, 엄마, 아빠라고 부른다. 나는 그중 하나에 채소를 썰어 넣고 요리하는 법을 익혔다. 중간 크기의 엄마 솥은 뚜껑에 붙은 고무마개가 망가져서 흔들거린다. 제일 큰 아빠 솥은 손잡이 한쪽이 떨어져나갔다. 하지만 아기 솥은 거의 새 것이나 다름없다. 전기밥솥으로 밥하는 법도 배웠다. 찬물에 쌀을 세 번 씻은 다음 손으로 잘 저어서 돌멩이나 왕겨 같은 잡티를 건져내고 밥솥에 안치면 된다. 무엇보다 중요하게 배운 사실은, 칠리고추를 썬 다음에는 바로 손을 씻어야 한다는 사실이다. 칠리고추를 다진 손으로 눈을 문질러본 사람이라면 쉽게 이해할 수 있을 것이다.

서로에게 익숙해지고 상대방의 방식에 맞춰나가면서 일상의 세부적인 사항도 차차 새롭게 정리되었다. 언젠가 학교를 마치고 집에 돌아와 마루에서 비질을 하던 때가 생각난다. 남게이가 문간에서 놀란 표정으로 나를 보고 있었다.

"왜 그런 표정을 짓고 있는 거죠?"

"그게 당신네 비질하는 방법인가요?"

"그래요. 무슨 문제라도 있나요?"

나 자신을 옹호하듯 말했다.

남게이가 시범을 보였다. 비를 가져가 내가 지켜보는 가운데 방을 쓸었다. 나와 남게이의 차이점은 쉽게 알 수 있었다. 그리고 그것은 아주 놀라운 일이었다. 내가 스크램블드에그라면 남게이는 에그즈베네딕트eggs Benedict, 머핀 위에 달걀과 햄을 얹은 음식였다. 물론 어쩌다 비질하는 사람과 일생 동안 하루에도 여러 차례 비질하는 사람의 차이이기도 했다. 남게이는 빗자루 끝부분까지 통달해 있는 사람이었다. 매우 솜씨 좋게 빗자루 각을 세워 모든 먼지 입자를 그야말로 위풍당당하게 한쪽으로 몰았다. 남게이는 비질에 있어 그야말로 달인이었다.

세탁기 없이 몇 년을 보내면서 나는 '흠뻑 물 먹여 빨래하기' 기법을 고안해냈다. 심지어는 특허를 낼까도 생각했다. 나는 어둠 속에서도 색깔을 구분할 줄 안다. 색깔별로 옷들을 비눗물에 하루이틀 푹 담가둔다. 그런 다음 물속에서 휘휘 저어 헹구고는 널어서 말린다. 자, 어디 나의 실력을 보여줘볼까! 그런데 이를 본 남게이는 기막혀했다. 남게이는 옷을 분홍색 뻘렛비누로 세차게 문지른 다음 솔로 한 면을, 그다음에는 뒤집어서 다른 면을, 그리고 마지막으로 욕실 콘크리트 바닥에 대고 문질러서 빨았다. 빨래 역시 노동력이 많이 들어가는 일임을 나는 그제야 깨달았다. 남게이 는 심지어 캐시미어 스웨터나 비단 스카프도 그런 식으로 빨았다. 남게이 는 내가 옷을 깨끗이 빨지 못한다고 생각했고, 나는 남게이가 필요 이상 으로 옷을 학대한다고 생각했다. 결혼하고 몇 년 뒤 우리는 공정하면서도 객관적인 세탁기를 들였다. 나는 세탁기 덕분에 우리의 결혼이 지금까지 유지될 수 있었다고 본다.

스냅사진처럼 떠오르는 신혼 초기의 장면이 있다면 어느 아침 일일 것 이다. 장롱에서 검은색 타이츠를 꺼냈다. 내가 알기론 분명 구멍이 난 타 이츠였다. 그런데 입고 보니 놀랍게도 구멍이 기워져 있었다. 정말이지 깜짝 놀랐다. 내가 타이츠를 수선하는 남자와 결혼했단 말인가? 분명 그 랬다. 내가 아는 남자 중에 타이츠를 수선할 줄 아는 사람이 있었던가? 생각해보았지만 떠오르지 않았다. 남게이는 많은 남자들이 수를 놓거나 바느질을 하는 문화권에서 자랐다. 멋진 일이라고 생각한다. 배려와 능력 은 물론이고, 섬세한 부분까지 신경써준 일이 나를 감동시켰다. 한편 미 국에서는 이제 물건을 고쳐 쓰는 경우가 전혀 없다는 사실이 나를 슬프게 했다. 망가진 것을 고치거나 수선하는 일은 매우 감동스런 일이다.

이제 우리가 결혼한 지도 10년이 지났다. 결혼은 인내를 실험하는 장이다. 사람이 얼마나 변할 수 있는지 측정하는 수단이기도 하다. '늙은 개도 새로운 기술을 배울 수 있다'는 미국 속담이 새삼 떠오른다.

사람들은 날마다 시골에서 도시로 이사한다. 부탄에는 물이 풍족하지만 도시의 수도시설은 그 수요를 따라가지 못하고 있다. 부탄의 수도시설은 단지 잠시 동안 물을 모아서 여럿이 사용하는 식이다. 일부 도시나 우리가 사는 카와장사처럼 사람이 많은 지역에서는 물이 부족한 경우가 다반사다.

남게이 집으로 들어가면서 물 문제는 없는지 물어보았다. 물이 부족한 편인지 묻는 질문이었다.

"아니, 물 문제는 없어요."

남게이가 말했다.

돌이켜보면 어리석은 질문이었다. 그것은 다른 일에서도 여러 번 반복되었지만 의미론적인 질문이었다. 남게이는 그 질문을 집에 물이 없느냐는 뜻으로 들었고, 물론 집에 물이 없는 경우는 없을 것이다. 그래서 문제가 없다고 대답한 것이다. 사실 일주일에 3일은 물을 쓰는 데 전혀 지장이 없었다. 하지만 나는 일주일에 7일 동안 물을 쓰는 데 지장이 없어야 했다. 내가 상황을 제대로 파악한 것은 이미 남게이의 집에 정착한 뒤였다. 온수와 수돗물 공급이 모자람 없이 풍족한, 도시 맞은편에 있는 나의 옛집을 포기한 뒤에야 상황을 제대로 알게 된 것이다.

반면에 나는 방이 8개나 있는, 아주 근사한 건물에서 살게 되었다. 부탄의 전통가옥 스타일로 지은 남게이의 집은 부엌, 초솜, 마루, 창고, 화장실, 침실 3개가 있다. 아도비점토 벽돌에 회반죽을 바르고 진흙도 함께 섞어 지은 집으로, 아주 견고하고 방음이나 단열도 잘되었다. 마룻바닥은 나무로 만들었고, 유리가 아니라 덧문을 단 창이 있다. 가구로는 티베트산 양탄자와 조그만 의자들, 색칠한 커다란 궤가 여럿 있다. 침실에는 매트리스와 장롱 2개가 있다.

나는 이 집의 여백을 좋아했다. 화려하게 꾸민 초솜은 여러 잡동사니로 미어터질 지경이었지만, 다른 방은 잡동사니 없이 무척 깔끔했다. 모든 것이 무척이나 만족스러웠다. 부엌과 침실은 기본적인 기능만 고려한 곳이었다. 집은 티끌 한 점 없이 깨끗했다.

물과 마찬가지로 전기도 도전 욕구를 불러일으켰다. 밥솥, 작은 난방기기, 각 방마다 천장에 매달린 형광등을 켤 만한 전력은 충분했다. 하지만 드라이어로 머리를 말릴 때면 다른 전력은 모두 차단해야 했다. 다시 말해 나한테는 전기 문제가 있지만 남게이한테는 전기 문제가 없는 셈이었다. 우리의 기대는 그만큼 달랐다.

수년간 부탄에서 살았지만 나는 부탄 사람들이 얼마나 환경을 사랑하고 검소하게 살아가는지 결코 완벽하게 이해하지 못했다. 기나긴 일주일의 끝에서 힘든 하루를 보낸 어느 날 저녁, 나는 지저분한 흙길을 걸어 집으로 갔다. 남게이의 집은 미술학교에서 5분 남짓 걸리는 곳에 있었다.

태양은 이제 곧 산 너머로 떨어질 채비를 하고 있었다.

그날따라 목욕 생각이 너무도 간절했다. 대개 우리는 양동이에 물을 퍼와서 가스불로 데운 다음 욕실에 양동이를 놓고 물을 끼얹어가며 씻는다. 작은 플라스틱 물주전자에 물을 넣어 머리 위로 뿌리면서 일종의 샤워를 하기도 한다. 하지만 그날 밤엔 진짜 목욕이 그리웠고, 하루 종일 온통 그 생각뿐이었다.

집에 도착하자마자 나는 천을 잘라 만든 수건과 샴푸를 집어들고 욕실로 가서 수도꼭지를 틀었다. 물은 나오지 않았다. 부엌으로 달려갔다. 보통 그런 경우를 대비해 10리터짜리 플라스틱 양동이에 물을 가득 채워둔다. 부엌 구석에 있는 양동이는 비어 있었다. 부엌 수도꼭지에서도 물은 나오지 않았다.

나는 그만 부엌 바닥에 주저앉아버렸다. 그리고 울음을 터뜨렸다. 나는 지저분하고 고단하게 보낸 하루의 끝에서, 단지 목욕하고 싶어서 울고 있었다. 나는 지쳤고 너무 힘들어서 울었다. 남게이를 정말로 사랑하고 남게이 없이 사는 건 상상도 할 수 없었지만, 더는 해낼 수 없을까 봐 두려워 울었다.

이 모든 역경, 다른 문화 사람과 결혼한 데 따른 어려움과 스트레스, 언어 문제, 부족한 물과 전기, 내 앞에 쌓인 모든 것들을 더는 헤쳐나갈 수 없을 것 같았다. 이미 내 인생에서 먼 길을 달려왔다. 하지만 앞으로는 그보다 더 멀리 가야 한다. 그동안 나는 나한테 주어진 많은 특권과 안락을 누리며 살았다. 그런 사치와 멀리 떨어진 곳에서, 이렇게 많은 것이 부족하고, 기존의 생활방식을 모두 버려야 하는 곳에서 살아본 적이 그전까지는 결코 없었다.

30분쯤 지나 남게이가 집에 왔을 때는 이미 어둠이 깔린 후였고, 나는 여전히 불 꺼진 부엌 바닥에 주저앉아 울고 있었다. 남게이가 불을 켜고는 나를 보았다. 그리고 한마디 말도 없이 몸을 돌려 나가버렸다. 이대로 나를 저버리는 것일까?

그것이 나를 더 울게 만들었다. 문밖 계단에서 남게이의 무거운 발걸음 소리와 물이 찰랑거리는 소리가 들릴 때까지 그렇게 울었다. 남게이는 언덕 아래 이웃집에서 커다란 양동이 2개에 물을 가득 담아 짊어진 채 집으로 돌아온 것이다. 물을 데우는 동안 차도 한 잔 만들어주었다. 그런 다음 여전히 바닥에 앉아 징징대고 있는 나를 들어올려 욕실로 안고 갔다. 내 옷을 벗긴 다음 부드럽게 씻어주었다. 마치 괴팍하지만 소중한 보물 같은 아이를 대하듯이 말이다.

남게이도 몸을 씻었고, 우리는 같이 저녁을 먹었다. 잠자리에 들 무렵에는 우리 둘 다 웃는 상태로 매우 깨끗했으며, 나는 무척이나 행복했다.

거대한 히말라야산맥 중심부에서는 이상한 시장이 열린다. 그곳에서
사람들은 회오리 같은 삶을 무한한 지혜와 교환할 수 있다.

—제트순 밀라레파Jetsun Milarepa, 티베트 요가 수행자이자 시인

단순하고 간결한
부탄의 생활방식

남편이 부탄 밖으로 나가본 경험이라면 인도와 네팔을 조금 다녀본 것이 전부다. 미국 문화에 대한 지식은 전부 나를 통해서 얻은 것이다. 우리는 공통적인 일상 이야기에 주로 초점을 맞추었고, 간간이 어떻게 자랐는지 이야기했다. 남게이는 미국의 풍요로움에 꽤 놀랐으며, 미국인들의 직선적인 대화방식이 마음에 든다고 했다. 그리고 남게이는 미국 사람들은 모두 멋지고 사랑스럽다고 믿는다. 지금까지 만난 미국인이 대부분 교육을 잘 받은 사람들이었고, 남게이는 무엇보다 교육에 후한 점수를 주는 사람이니 말이다. 게다가 멋지고 사랑스런 미국 사람을 하나 알게 되었기 때문인지도 모르겠다. 물론 그건 나다. 흠흠.

나는 서양 교육을 받은 사람이고, 그것만으로도 부탄에서는 높은 입지를 가질 수 있었다. 하지만 거기에는 약간 오해의 소지가 있었다. 내가 받은 교육에는 이런 문화권에서 살 수 있는 예비지식이 포함되어 있지 않기 때문이다. 어쩌면 앞으로도 부탄 사람들의 기대에 못 미칠 것이 분명하다. 예를 들면 나는 디비디플레이어를 어떻게 설정하는지 잘 모른다.

"아니, 당신은 교육도 많이 받았는데……."

남게이가 화가 나기도 하고 놀라기도 한 목소리로 말했다. 남게이의 눈에는 비싸고 폭넓은 서양식 교육으로 무장한 나라면 그런 것에도 당연히 지식이 있을 것으로 보이니까.

"맞아요. 하지만 내가 받은 석사학위로는 6달러로 스타벅스에서 커피나 사 마실 수 있는 정도랄까."

나는 그렇게 툭 던졌다.

"그게 무슨 뜻이지?"

"뭐, 그냥 그렇다는 말이에요. 자, 얼른 설명서나 보자고요."

남게이와 함께 미국 방문

우리는 결혼한 첫해가 끝나갈 무렵 미국을 방문하기로 결심했다. 남게이와 미국의 내 가족을 만나게 해주고 싶었다. 물론 내 나라도 보여주고 싶었다. 3년 넘게 부탄에서만 지낸 나에게 고향집에 재적응할 시간이 필요하기도 했다.

결혼생활이 9개월로 접어들었을 무렵 우리는 방콕으로 향하는 비행기를 탔다. 방콕은 며칠 묵기에 좋은 장소였고, 미국으로 향하기 전에 일종의 기압 조정이 필요했다. 우리는 아직 아시아권에 있지만 방콕은 부탄과는 비교할 수 없을 정도로 발전한 도시다. 그래도 미리 남게이한테 주의를 줄 필요까지는 없다고 생각했다.

방콕에서 맞은 첫날 저녁, 샤워를 하고 나와 보니 남게이가 보이지 않았다. 나는 재빨리 옷을 입고 복도, 로비, 바를 찾아보았다. 길거리에도 나가보았지만 남게이는 감쪽같이 사라져버렸다. 심장이 달음박질치는 걸 느끼며 다시 방으로 올라왔다. 그때 남게이가 발코니에서 나타났다. 비행기가 활주로를 따라 착륙하면서 만들어내는 빛줄기를 계속 지켜보고 있었던 것이다.

남게이는 거기 머무는 동안 그렇게 몇 시간을 서서 비행기가 만들어내는 빛줄기를 지켜보았다. 함께 보기도 했는데, 그것은 가히 장관이었다. 하늘에서는 4초 간격으로 비행기가 선명한 구슬이 되어 보일 듯 말 듯한 줄을 타고 대각선으로 비스듬하게 나타나서는 방콕의 밝은 빛 속으로 사라지기를 반복했다. 남게이는 하늘을 날아다니는 것은 새 말고는 없는 곳에서 자란 사람이었다. 놀라는 것이 당연했다. 착륙하는 비행기는 예전 내 인생에서는 흔한 것이었지만, 상황이 바뀐 삶에서 남게이의 눈으로 목격한 첫 번째 것이었다.

나는 남게이가 내 고향 내슈빌을 좋아하기를 바랐다. 내가 자란 테네시주와 부탄은 위도에서 한두 줄 차이만 난다. 두 곳 모두 시골인데다 종교적인 곳이고, 전통을 중시하는 산악마을 공동체다. 부탄 사람들은 여행을 자주 다니지 않는 편이고, 내슈빌도 과거에는 그랬다. 내슈빌 사람들도 원래 자리에 그대로 있는 것을 좋아해서 몇 단계만 거치면 모두 만나게 된다. 부탄 사람들은 충실한 불교도이고, 테네시 사람들은 충실한 침례교도다. 부탄처럼 테네시도 예의를 중시한다. 내슈빌에서는 마담_{madam, 여자에게 쓰는 존칭어}과 써_{sir, 남자에게 쓰는 존칭어}를 쓰도록 배우고, 그래서 테네시 사람들이 미국의 다른 주 사람들보다 훌륭한 예절과 품위를 지닌 것으로 간주된다.

테네시 시골에서는 ─ 아마 다른 시골도 마찬가지겠지만 ─ 사람들이 서로서로 위하며 살아간다. 부탄이나 테네시나 사회구성원들이 힘을 합쳐 이익을 창출하는 사회적자본이 풍부한 곳이고, 또 여자들의 영향력이 상대적으로 강한 곳이기도 하다.

부탄 사람들의 이국적인 외모와 조용한 성품 이면에는 소싯적에 만난 오랜 친구처럼 느껴지는 부분이 있다. 한번은 외딴 동부 지역으로 여행 간 적이 있다. 예전에 승려였다는, 뭐든지 고칠 줄 아는 것처럼 보이는 건장한 체구의 운전사는 우리가 가져간 카세트테이프 플레이어에 자기 테이프를 틀어도 되는지 물었다. 그렇게 구석진 시골에서라면 아마 허술한 저작권법이나 아시아의 기발한 재주가 만들어낸 어떤 신기한 곡이 나올지 아무도 모르는 일이었다.

"물론 되고말고요."

대답을 마치고는 어떤 이상한 잡종 노래가 나올까 마음의 준비를 했다.

놀랍게도 내슈빌에서 꽤나 유명세를 탄 로니 밀샙Ronnie Milsap, 컨트리음악의 전설로 불리는 맹인 가수의 노래가 나왔다. 로니 밀샙의 부드러운 발라드 곡은 어디서나 알아차릴 수 있다. 이내 온통 눈물범벅이 된 나는 운전사에게 부탁해 여행 내내 그 테이프를 반복해서 들었다. 그야말로 로니 밀샙은 부탄의 동쪽 지역에서 두루 방송을 탄 셈이다. 몇 년 전에는 타이완이나 태국의 작은 마을 시장에서도 로니 밀샙의 해적판을 쉽게 구할 수 있었다.

부탄 사람들은 컨트리음악을 좋아한다. 그들은 〈테네시 왈츠The Tennessee Waltz〉의 가사도 잘 알고 있다. 심지어 부탄에는 밴조의 사촌쯤 되는 드라민dramyen이라는 악기가 있는데, 드라민 연주를 들을 때면 고향에서 그리 멀지 않은 곳에 있는 것 같은 착각도 든다.

한번은 부탄 친구들을 위해 디너파티를 하면서 미국 남부의 요리를 준비해보았다. 프라이드치킨, 밀크 그레이비milk gravy, 우유를 넣어 만든 소스를 뿌린 으깬 감자, 옥수수 빵, 베이컨을 넣은 껍질콩 요리, 잭다니엘에 재운 돼지고기 바비큐, 미시시피 머드 파이Mississippi mud pie, 그리고 후식으로는 바나나푸딩을 준비했다. 손님 중에 몇 명은 잭다니엘에 흠뻑 취해버렸다. 모두들 지금까지 먹어본 음식 중 최고였다며 — 예의상 하는 말이기도 했지만 — 정말 그런 것처럼 먹어치웠다.

미국에서는 우리 둘 다 가게 진열대에 넘쳐나는 물건들에 놀랐고, 그런 가게가 엄청나게 많다는 것에 놀랐다. 생각해보라. 미국에서 우리는 지나치게 많은 물건을 가지고 살아간다. 내 부모님은 내슈빌 교외에 사는데, 집에서 약 5킬로미터 반경 안에 대형마트가 4개나 있다. 부모님 차고에는 냉동고가 2대나 있다. 도대체 냉동해서 보관해야 할 만한 물건들은 다 무어란 말인가? 마트의 음식들이 바닥나기라도 한단 말인가? 부모님 다리가 동시에 부러져 마트에 갈 수 없는 상황을 미리 대비라도 한단 말인가?

남게이와 처음 식료품점에 같이 갔을 때 남게이는 놀라움을 금치 못한 채 어슬렁어슬렁 다녔다. 마트 앞쪽에 있는 작은 냉장고에 '특가'로 나와 있는 치즈를 보고는 나를 향해 외쳤다.

"이 많은 치즈 좀 봐요!"

"잠깐 이쪽으로 와보세요."

남게이의 손을 이끌고 치즈 코너로 갔다. 진열장에 치즈가 가득 들어차 있고, 그 진열장은 앞에서 뒤쪽까지 쭉 뻗어 있었다.

"자, 이 많은 치즈를 좀 보세요!"

나는 텔레비전 게임쇼에서 상을 수여하는 것처럼 과장된 동작으로 팔을 올리며 말했다. 남게이는 심한 충격을 받은 얼굴이었다.

계산대에서 점원이 우리 물건들을 계산했다. 남게이는 궁금해했다.

"점원이 어떻게 우리 물건 값을 전부 알죠?"

"바코드로 인식하는 거예요. 상자나 봉지 위에 그려진 검은 선들 보이죠? 계산대에서 저기 작은 유리 안으로 이 선을 읽으면 가격이 나와요."

나는 나 자신도 믿기 어렵다는 듯이 말했다.

"플라스틱 plastic bag을 줄여 말한 것. 비닐봉지를 이렇게 부른다 괜찮아요?"

물건을 포장하는 직원이 남게이에게 물었다.

"플라스틱은 많지 않아요."

남게이가 대답했다.

"예, 거기 담아주세요."

내가 얼른 점원에게 말했다. 그리고 남게이에게 덧붙였다.

"우리 물건을 비닐봉지에 담아줄지 물어본 거예요."

"그런데 왜 그렇게 말하지 않고 플라스틱이라고 한 거죠?"

남게이가 물었다.

"사실 그렇게 물은 거나 다름없어요."

나는 대답했다.

부탄이 나한테 마법 같고 이상할 만큼 신나는 곳이라면, 미국은 남게이 한테 똑같이 이상하고도 신나는 곳이었다. 남게이를 미국 여기저기로 데려가는 것은 두려움에 빠진 멸종 위기의 눈표범snow leopard을 라스베이거스로 데려가는 것과 같았다. 어렸을 때 본 영화 《뉴욕으로 간 타잔Tarzan's New York》이 떠올랐다. 영화 속에서 제인과 타잔은 악랄한 서커스 단장이 납치해간 양아들 보이를 되찾기 위해 뉴욕으로 간다. 비행기가 홍콩에서 잠시 멈췄고, 둘은 양장점에 들러 타잔이 입을 양복을 한 벌 맞춘다.(잠깐, 아프리카에서 미국으로 가는데 홍콩을 경유한다고? 내 기억이 정확하지는 않다.) 정글에서 나무덩굴을 타고 다니던 타잔은 어깨가 벌어지고 근육이 발달한 탓에 재킷을 입으면 뒤가 찢어지고 만다.

실은 방콕에서부터 떠오른 영화였다. 우리는 거기서 터번을 쓴 시크교도 양복점 주인한테서 양복을 한 벌 샀다. 남게이는 처음으로 양복을 가지게 되어 무척이나 기뻤다. 나는 넥타이 매는 법을 가르쳐주었고, 남게이는 이제 적어도 외관상으로는 서양 남자다운 면모를 갖추게 되었다.

미국으로 여행 가기 전까지 남게이는 엘리베이터를 타본 적도, 햄버거나 밀크셰이크를 먹어본 적도 없었다. 진공청소기, 식기세척기, 쓰레기압축기, ATM 기계, 자동판매기, 자동잠금 장치가 달린 자동차, 서양식 영화관 따위를 본 적도 없다. 쇼핑몰에 가려고 고속도로를 시속 60킬로미터 이상으로 달려가는 것도 처음 해보는 일이다. 로데오, 메트로폴리탄 미술관Metropolitan Museum of Art, 히말라야 예술품이 많은 뉴욕의 루빈 미술박물관Rubin Museum of Art도 마찬가지다. 싱글몰트 스카치 위스키? 그런 것도 마셔본 적이 없다. 이제 남게이는 서구문명에서 느낀 그 경이로움을 좋아한다고 말한다.

"미국 도로에는 왜 차들만 다니죠? 사람들이 걸어가지도 않고, 밀을 말리는 것도 아니고……."

남게이가 말했다.

여덟 살에 자동차를 처음 봤으니 그것도 당연한 말이다. 남게이에게는 미국의 개들이 아주 순하게 길들여져 있다는 사실이 낯선 모양이었다. 그리고 아이들은 그 반대라는 사실도……. 월그린스Walgreen's, 미국의 약국 체인점, 타겟Target, 미국의 대형할인점, 샤퍼이미지The Sharper Image, 생활용품점에 가서도 신기함에 넋을 잃고는 몇 시간 동안 생활용품과 가전제품 코너를 돌아다녔다. 하지만 그것들을 가지고 싶어하지는 않았다. 그저 보는 것만으로 즐거워할 뿐이었다.

나는 쇼핑몰의 경비원에게 의심받지 않는 방법을 알려주었다.

"주머니에서 손을 빼고 다니세요. 코트 지퍼는 열어놓고요. 그리고 물건을 너무 많이 들지 마요."

대형쇼핑몰에 처음 간 날은 부탄의 식구들, 지인들에게 선물할 손톱깎이, 양말, 칫솔 따위를 하도 많이 사는 바람에 단번에 유명인사가 되고 말았다.

팀부에서 선택의 폭은 아주 좁다. 그저 한정된 가게에서 한정된 품목만 살 수 있을 뿐이다. 그런 점에서 미국에서 즐길 수 있는 다양한 선택의 폭은 남게이의 흥미를 끌기에 충분했다. 팀부에서 식탁보랑 속옷이랑 신발 한 켤레를 사러 작은 가게에 들렀다고 하자. 마침 꼭 맞는 신발을 발견했다. 신발은 끔찍하게도 초록색에다 금속 소재로 만든 것이지만 그걸 신경 쓰고 있을 형편이 못 된다. 꼭 맞는 신발이 눈앞에 있다는 사실이 중요하고, 그렇기에 그 신발을 사야 하는 것이다. 비록 레프러콘_{leprechaun, 아일랜드 민화에 나오는 작은 남자 요정}처럼 보일지라도 말이다.

히말라야 산속에서 소떼와 양떼를 몰며 자란 남게이는 라마승인 외삼촌한테서 종교의식에 맞춰 가르침을 받았다. 충실한 불교 신자이고 예술가로서도 나름 명성을 가진 사람이다. 그런 남게이가 미국에서는 한순간 가전제품의 열렬한 추종자가 되었고, 대량소비의 제단 앞에서 경배했다.

중산층이지만 그에 걸맞지 않게 과다한 가전제품들로 가득한 내 부모님 집을 남게이는 아주 좋아했다. 빌트인 진공청소기 시스템이 제일 먼저 놀라움의 발단을 제공했다. 나는 내친김에 다용도 벽장을 열고는 벽에 매달려 있는 진공청소기 튜브를 잡아 구멍에 끼우고 스위치를 켜서 작동하는 법까지 일러주었다. 그것이 남게이를 본 마지막이었다. 남게이는 완전히 진공청소기에 빠져버렸다.

부엌에 앉아 엄마와 이야기를 나누고 있노라면 가끔 엄마가 말한다.

"네 신랑은 지금 어디 있니?"

"모르겠어요, 엄마."

위층에서 진공청소기 모터 소리가 들린다.

"양탄자가 다 닳겠구나."

결국 우리는 부탄으로 오던 중 방콕에 들러 진공청소기를 샀다.

엄마가 욕실 수납장에 보관해둔 다용도 행주는 행주를 1장 뽑아내면 입구에 새로운 행주가 삐죽 튀어나온다. 그 기발한 포장 방법을 본 남게이의 얼굴 위로 퍼지는 놀라운 표정이란……. 남게이는 옷을 갈아입는 나를 침실까지 따라들어와서 말했다.

"이거야말로 우리한테 필요한 건데 말이야."

한낱 청소용품에 그렇게 큰 만족감을 표현하는 사람은 이전에 본 적이 없는 것 같다.

그뿐이 아니다. 방마다 하얀 비닐봉지를 씌워놓은 쓰레기통이 있고, 거기 버린 쓰레기가 이따금씩 어디론가 배출되고 있다는 사실에도 놀라워했다. 부탄에서는 몇 개 안되는 비닐봉지를 씻어 말린 후 재활용한다. 그 몇 개가 몇 년을 가기도 한다.

부모님 집에 머무는 동안 남게이는 날마다 차고에 있는 커다란 통에 쓰레기를 가져다 버리는 일을 했다. 그러던 어느 순간 진실을 깨달은 남게이의 얼굴이 어두워졌다.

"이 쓰레기가 전부 다 어디로 가는 거죠?"

남게이가 물었다.

"쓰레기 하치장으로요."

남게이가 머릿속으로 계산하는가 싶더니 말했다.

"분명히 나라 절반이 쓰레기 하치장이겠군요."

부탄에서는 채소 쓰레기는 퇴비로 만들어 쓰고, 플라스틱이나 종이 쓰레기는 창고에 있는 큰 플라스틱 통에 넣어둔다. 그리고 통이 어느 정도 차면 두세 달에 한 번씩 차로 20분 걸리는 쓰레기 하치장에 가서 버린다. 종이는 겨울이면 장작난로의 불쏘시개로 쓰기도 한다. 부탄에서도 쓰레기가 점점 많아지고 있는 건 사실이다. 부탄이나, 쓰레기 문제를 안고 있는 다른 나라들은 처리방법에서만큼은 아직 미국을 따라잡지 못한 것 같다.

남게이가 대량소비의 현장에서 한껏 즐기는 동안, 가전제품이라곤 없이 3년을 버텨온 나도 역으로 문화 쇼크를 겪는 중이었다. 그동안 텔레비전을 보지 않았다. 이메일은 물론 인터넷조차 하지 않았다. 진공청소기나 식기세척기는 말할 것도 없다. 세탁기가 없다는 말을 들은 엄마는 결국 눈물을 흘렸다. 물이 철철 흘러나오는 시간이 얼마 되지 않아서 대부분 양동이를 들고 밖으로 나가 물을 퍼와야 한다는 사실은 차마 엄마한테 털어놓을 수 없었다.

부탄은 멀고 외진 곳이지만 내가 남게이와 함께 공유하는 우리 집이다.

미국 방문이 무척 즐거웠지만 부탄으로 돌아간다는 사실이 더 좋았다. 남
게이에게 어떤 점이 가장 마음에 들었는지 물었다.

"얼음이랑 물이 냉장고 문에서 바로 나오는 게 참 좋았어요."

이게 내 남편의 모습이다.

부탄에서 쇼핑하기

여행을 끝내고 부탄에 돌아온 후 곧바로 텔레비전을 장만하게 되었다.
남게이가 팀부 유엔 사무실에 근무하던 여자한테서 25인치나 되는 큰 텔
레비전을 사왔다. 계약기간이 끝나 부탄을 떠나면서 물건들을 내놓은 것
이다. 하지만 한동안은 텔레비전을 그저 소유하고 있다는 사실만으로 만
족해야 했다. 거의 1년 동안이나 침실 구석 자리를 차지하고만 있었는데,
선을 연결하고 유선방송에 가입해야 하는 번거로움이 있었기 때문이다.

몇 달 후 우리는 팀부 외곽의 작은 집으로 이사를 갔다. 이제 집 안에서
도 물이 콸콸 나왔다. 집 옆으로 팀부 강이 흘러가고 아름다운 경치를 담
아내는 창문이 있었다. 언제나 물이 철철 흐르는 화장실. 지상의 천국이
따로 없었다.

단열처리는 부탄에서도 이제 막 새롭게 등장한 개념이다. 중앙난방 장
치가 없어서 대부분 겨울을 춥게 보낸다. 우리 집도 예외가 아니었다. 하
지만 겨울을 제외한 나머지 계절에는 아주 좋았다. 여름에는 모든 창문을

열어놓아 강물 소리와 함께 살아간다. 잠자기에는 최상의 조건이었다.

　시내를 벗어난다는 이유로 남게이는 처음에 그 집을 달가워하지 않았다. 팀부를 오가느라 자동차 유지비가 너무 많이 들까 염려한 것이다. 게나가 집은 페인트칠도 다시 해야 하고 몇 군데 수신도 필요해 보였다. 하지만 막상 이사를 한 후에 남게이는 집 꾸미는 일에 푹 빠져버렸다. 주말 시장에는 밀수업자들이 중국에서 들여온 티베트산 양탄자가 나오는데 그것을 고르는 일도 무척이나 즐거웠다. 방글라데시에서 들여온 접시 몇 점도 샀고, 팀부에서는 구할 수 없던 다른 물건들도 구입했다.

　남게이에게 쇼핑은 미국 여행에서 얻게 된 새로운 취미였다. 남게이는 쇼핑하는 것을 좋아했고, 나는 그런 남게이를 보는 것이 즐거웠다. 남게이가 어렸을 때만 해도 부탄에서는 누구도 '쇼핑'을 하지 않았다. 우선 살 것이 없었고, 또 돈도 없었다.

　"신발은 어디서 난 거예요?"

　어느 날 남게이에게 물었다.

　"아버지가 만들어주었어요."

　"뭘로요?"

　"사슴 가죽."

　남게이의 가족들은 아버지가 만들어준 가죽신을 신고 어머니가 짜준 옷을 입는다. 나는 최후의 모히칸과 결혼한 것 같았다. 남게이가 십대였을 때 종종 의식을 행하는 라마승 외삼촌을 도와주었는데, 그러면 사람들이 가끔씩 인도에서 들어온 동전을 주고 갔다. 외삼촌은 남게이 앞으로 돈을 모아두었는데, 어느 날 신발을 장만할 정도의 금액이 되었다. 그때가 1970년대였다. 남게이는 그 돈을 주고 인도에서 들어온 신발을 샀다.

이제 팀부에도 다양한 상품들이 들어와 있어서 사람들은 훨씬 다양한 선택을 할 수 있다. 게다가 매년 새로운 상품이 생긴다. 하지만 월마트 같은 대형마트는 아직 없다. 수건, 접시 같은 생활용품을 몇 종류 파는 작은 가게들이 고작이다. 상품은 모두 트럭이나 드루크항공으로 실어온다. 비행기는 작고 연료는 비싸다. 그래서 부탄으로 들어오는 상품은 제한적일 수밖에 없다.

가구 몇 점을 인도나 태국에서 수입하지만, 사람들은 대부분 가구를 직접 만들어 쓴다. 근처의 목공소에 가서 낡은 이케아 카탈로그에 나오는 가구들을 훑어본다. 그리고 탁자나 의자나 책장 등 마음에 드는 것을 짚어주면 목공이 그것과 아주 유사하게 만들어준다. 이케아 가구와 다른 점이라면 견고하고 단단한 목재로 만들어졌다는 것, 가격은 4분의 1밖에 안하고 이 세상에 하나뿐이고 특별한 가구라는 것이다.

남게이가 가구 몇 점을 주문했다. 거울 1개, 장롱 2개, 나를 위한 작업대 1개, 작은 선반 2개였다. 가구들이 잔뜩 도착하는 것을 보고 깜짝 놀란 나는 침을 꿀꺽 삼키면서 얼른 청구서를 열어보았다. 거기에 200달러도 안되는 금액이 적힌 것을 보고는 예상 외로 너무 싸다는 것에 오히려 놀라고 말았다.

몇 년 동안 나는 팀부 가게들을 이리저리 기웃거리면서 우리에게 필요한 물건을 찾는 데 어느 정도 도가 텄다. 팀부는 상업활동이 그리 왕성하지 않아서 몇 년 동안 같은 물건이 선반에 놓여 있기 일쑤다. 먼지가 뽀얗게 쌓여 있거나, 오래되어 귀퉁이가 떨어져나가기도 하면서 계속해서 같은 자리를 지킨다. 가게가 문을 닫기라도 하면 한두 달 뒤 거리 끝에서 새로운 가게가 문을 연다. 그 가게에는 옛닐 가게에서 왔을 거라고 짐작되는 물건이 많이 눈에 띈다. 자리만 달라졌을 뿐 똑같은 소유주였는지도 모른다. 아니면 옛 소유주가 물건을 통째로 다른 사람에게 팔아넘겼거나.

팀부의 가게들은 3평방미터 정도의 공간에 독특한 기준으로 물건을 분류해놓는다. 네팔과 방글라데시에서 들여온 옷들 ― 특히 아이들이 많아지기 시작한 이후로는 아이들 옷이나 신발이 주를 이룬다 ― 과 가전제품, 음식, 책, 스포츠용품이 온통 뒤섞여 있다. 가게 위에는 보통 간판을 거는데, 팀부 어디나 마찬가지지만 사실과 부합하는 간판은 아주 드물다. 예를 들어 영어와 종카어를 섞어 쓴 '페마 숍'^{Pema Shop, 페마는 종이라는 뜻}을 보았다고 치자. 그 간판에 '신발, 문구, 의류'라고 적혀 있다면, 한때는 이 가게가 그런 물건을 팔았음을 알 수 있다. 하지만 가게 주인이 바뀌었거나, 신발, 문구, 의류가 다 팔리고 없거나, 주인이 업종을 바꿀 결심을 한 상황이라면, 막상 당신이 가게 안으로 들어가도 신발 한 켤레, 옷 한 벌, 종이 한 장 찾아볼 수 없을 것이다. 대신 쌀, 칫솔, 라디오 따위가 있을 것이다. 물건이 바뀌었다고 간판을 바꾸는 일은 거의 없는 것 같다.

최근에야 나는 상품판촉 전략의 보편적인 진리를 이해하게 되었다. 어떤 물건을 여러 차례에 걸쳐 계속해서 보면 어느샌가 그 물건이 자연스레 마음속으로 들어와 자리를 잡게 된다. 혐오감과 허용 사이에 그어져 있던 경계선이 어느덧 희미해지고, 일종의 스톡홀름증후군Stockholm Syndrome, 인질이 범인에게 정신적으로 동화되어 호감과 지지를 나타내는 심리현상에 빠지고 만다. 인도에서 수입된 것 같은데 언제나 가게 출입구에 걸려 있는 흉물스런 폴리에스테르 셔츠를 나는 2년이나 그냥 지나쳤다. 셔츠는 빛이 바랜 흰색으로, 앞에 초록과 주황색의 커다란 항아리 2개가 그려져 있었다. 커다란 화병 같았다. 정말이지 끔찍해 보이는 옷이었다. 그런데 어느 날 나는 그 옷을 사고 말았다. 한두 차례 그 옷을 입고 다니면서 누군가는 "야, 정말 멋진 꽃병인걸!" 하고 말해주기를 기대했다. 나는 완전히 안목을 잃어버린 것만 같았다.

싸구려 셔츠는 어디서나 흔하고, 특히 변해가는 시대정신을 반영한다. 팀부로 이사 왔을 때 최고의 유행상품은 불운의 상징을 2개나 품은 셔츠였다. 앞면에는 영화 《타이타닉》의 이미지, 뒷면에는 비운의 영국 왕세자비 다이애너의 얼굴이 있었다. 그 후 한동안은 마이클 조던, 다음에는 LA 레이커스미국 프로농구팀 로고가 유행을 이어갔다. 지금은 미국의 모든 것들이 그야말로 뒤죽박죽 섞여 있다. 하지만 일본의 헬로키티는 모든 이미지 중에서 가장 오래 명맥을 유지하고 있다. 심지어 미키마우스도 제치고 있다.

내가 재미있어하는 것 중에도 점점 눈에 많이 띄는 것들이 있다. 아시아의 싼 노동력에 기초해 돌아가는 제3세계 공장에서 미국의 이미지나 슬로건을 도용해서 자국화한 것들이다. 예를 들면, 꽁무니에서 불꽃을 내뿜는 커다란 트럭이 그려진 셔츠가 있다. 전형적인 몬스터트럭Monster

Truck의 이미지다. 그런데 그 위에 적힌 문구는 몬스터트럭이 아니라 몬스터스트럭Monster Struck이다. 한번은 어린아이가 천사가 그려진 티셔츠를 입고 있었다. 그런데 천사 밑에는 영어로 "나는 똥 싸는 놈"I'm a Little Shithead이라는 말이 적혀 있었다. 아시아의 한 대량공장에 빈이적 표현에 능한 사람이 하나 있는 모양이었다.

시장에는 태국에서 들여온 접시와 냄비들이 있다. 하지만 대부분 완벽한 세트를 이루지 못하고 이상한 조합을 보인다. 들여오는 중에 일부가 분실되거나 깨진 것이 틀림없다. 이불, 시계, 신발 그리고 중국에서 밀수하는 비단 제품도 있는데, 모두 손으로 직접 만들었음을 증명이라도 하듯 매우 싸고 조악하다. 면이나 울, 비단은 거의 자연에 가까운 수준이다. 가게 진열대는 모조 루이비통 손가방, 모조 크리스티앙 디오르와 랑콤 화장품, 플라스틱 빗, 다채로운 색상의 매니큐어, 인도에서 들여온 크림, 로션, 샴푸, 안전핀, 사탕, 싸구려 플라스틱 보석 따위로 꽉꽉 채워져 있다.

우리 집은 개발도상국의 진정한 이미지를 여실히 보여준다. 마루에는 태국에서 온 멋진 접이식 의자들이 놓여 있으며, 그 아래에는 값비싸고 아름다운 티베트산 양탄자가 깔려 있다. 식당에는 모조 이케아 식탁과 단풍나무로 만든 의자들이 있다. 밥 먹거나, 숙제하거나, 차를 마시거나, 논쟁하거나, 이야기를 나누거나, 친구들과 둘러앉아 있기에 아주 유용하다. 우리는 이 나라에서 몇 개 안되는 고급스런 매트리스를 가지고 있는데, 값나가는 소장품이기는 하지만 올려놓을 침대가 없어서 그냥 침실 바닥에 놓고 쓴다.

일주일에 한번은 친구인 타라Tara와 함께 소위 '박스 더미'에 간다. 타라
는 영국 여자로, 1970년대에 부탄 왕의 삼촌과 결혼해서 부탄 사람이 되
었다. 당시에는 부탄을 드나드는 외국인이 거의 없던 시절이다. 아들이
셋인데, 그중 하나는 인도에서 배우로 활동하고 있다. 타라는 영국인답게
기질이 좀 유별나고 짓궂은 농담도 자주 한다.

'박스 더미'는 타라가 붙인 이름인데, 최근 팀부 여기저기에 생겨나는
옷가게들 안에 있다. 옷가게 주인은 방글라데시 의류공장에서 소매가 없
거나, 지퍼가 망가졌거나, 얼룩이 있는 옷들을 대량으로 사온다. 그 옷들
은 커다란 박스 안에 차곡차곡 쌓여 있다. 우리는 마음에 꼭 들고 가격도
만족스러운 옷을 찾을 때까지 몇 시간이고 그 박스 더미를 뒤진다. 때로
는 보석 같은 옷을 만날 수 있다. 흠도 없고 거의 새 것이나 다름없는 옷
말이다.

한번은 마음에 꼭 들지만 앞에 커피 얼룩이 묻은 듯한 셔츠를 하나 찾
았다. 나는 타라한테 물었다.

"어거 어때요?"

"어떻게 보이기를 원하는데?"

"약간 쇠락한 우아함이랄까……. 얼룩이 너무 눈에 띨까요?"

"약간. 그냥 사서 입고 다녀봐."

미국에 편지 보낼 일이 있었다. 모든 것이 최고로 효율적인 미국과 달리 이곳 팀부에서는 봉투를 사고, 우표를 사고, 그 외 문구용품을 사는 일에 하루를 대부분 사용해야 한다. 그마저도 상당한 집중과 노력이 필요하다.

팀부 남쪽의 강둑 위에 리버뷰 호텔Riverview Hotel이 있고, 그 옆에 제지공장이 2개 있다. 미화해서 표현해서 그렇지, 제지공장은 부탄의 많은 건물들이 그렇듯이 가파른 언덕에 미끄러져내릴 것만 같은 모습으로 — 마치 중력을 거부하는 듯이 — 서 있는, 판잣집이나 다름없는 건물이다. 시골에서 도시로 이주하는 사람들이 늘어나면서 사람들은 산기슭 위로 더 높이 더 높이 집을 짓는다. 땅 가격에 높은 프리미엄이 붙으면서, 이전에는 짓기 어려워 보이던 건물이 어느 순간 그럴듯한 모습으로 갑자기 들어선다.

사실 공장이라는 말에는 약간 오해의 소지가 있다. 종이소매점이라고도 말할 수 있는 두 '공장'은 작은 대기실 2개와 중앙에 큰 방이 있는 진흙집이다. 큰 방에서 일꾼들 대여섯 명이 쉬엄쉬엄 종이를 만드는데, 손으로 하는 작업이라 아주 정교해 보인다.

첫 번째 공장 안의 공기는 편안하고도 친근했다. 작은 대기실에는 모양도 크기도 갖가지인 종이가 가득 차 있다. 천수국, 포인세티아, 대마초 잎을 눌러 만든 종이들이다. 가로 60센티미터에 세로 40센티미터인 하얀 종이가 마음에 들었다. 하지만 예산은 한정되어 있고, 내게는 미션이 있다. 그래서 충동구매는 자제하기로 했다. 편지지 크기의 견고한 봉투 18개와 거칠고 자연적인 색상에 약간 큰 봉투 11개를 골랐다. 미국의 세탁소에서 셔츠를 싸주는 마분지 같은 느낌이 났지만 공기보다 가볍다. 부탄 종이의 주요 성분은 서향나무 껍질이다. 나무에서 껍질을 벗겨내면 또 껍질이 만들어진다. 그래서 부탄 종이는 아름답기도 하지만 친환경적이다.

수제품 봉투 29개를 사는 가격은 3달러쯤 된다. 직원이 내가 산 봉투들을 역시 아름다운 수제 종이로 포장하는 동안 나는 주인의 아들과 잡담을 나누었다. 우리는 작은 의자에 앉아 공장에서 일하는 일꾼들을 보고 있었다. 누군가 차를 내왔다. 이 나라에서는 어느 장소든 좀 오래 앉아 있으면 누군가 차를 내온다는 나의 이론을 여지없이 뒷받침해주었다.

그날 공장에서 일하는 사람은 3명뿐이었다. 젊은이 둘에 나이든 여자 하나. 낡은 키라를 입은 여자는 나무껍질인 펄프 더미 옆에 앉아 펄프를 작은 조각으로 쪼개고 있었다. 펄프 더미가 약 1미터 높이로 쌓여 있는데, 어느 순간에는 그것이 테네시에서 누군가 자르던 돼지 바비큐 더미처럼 보이기도 했다. 부탄에 산 지 10년이 지난 지금도 나는 망각이 만들어내는 이런 종류의 연상을 종종 경험한다. 미국에서 지낸 삶이 만들어낸 잔재인 셈이다. 한번은 시골 아낙네가 강에서 바비큐 그릴을 씻는 모습을 본 적도 있다. 그것이 무엇인지 결국 알아내지 못했지만, 바비큐 그릴이 아니라는 것만은 분명했다.

근처에서는 이십대 후반으로 보이는 남자가 허리 높이의 나무상자 옆에 서 있었다. 상자에는 물감을 넣어 끓인 걸쭉한 펄프가 가득 담겨 있다. 수년간 매일 같은 움직임을 반복하느라 몸에 익은, 우아하고 숙련된 몸짓으로 남자는 떼었다 붙였다 할 수 있는 대나무 매트를 대나무 틀에 고정한 다음 상자 안으로 담근다. 입자가 고루 펴지게 흔든 다음 물기를 빼고, 낮은 탁자 위에 놓여 있는 젖은 종이 위에서 대나무 틀을 솜씨 좋게 뒤집는다. 직사각형의 하얀 종이가 탑처럼 싸인 더미에서 물이 흘러내린다. 남자가 조심스럽게 매트를 벗겨내면 젖은 종이만 달랑 남아 있게 된다. 다시 대나무 틀을 펄프에 담그면서 전과정이 되풀이된다.

또 다른 일꾼이 더미에서 젖은 종이를 떼어내 하나씩하나씩 커다랗고 뜨거운 강철판 위에 올려놓으면 종이가 빠른 속도로 마른다. 그 사람의 일이 가장 역동적으로 보인다. 각각의 판 위에다 커다란 종이 4장을 차례차례 장착하고 나면, 맨 처음 올린 종이는 이미 말라 있어서 떼어낼 차례다. 강철판은 2미터 정도로 길고 커서, 어느 정도 속도를 내면서 일해야 종이가 들러붙지 않는다.

이렇게 난해하고도 분주해 보이는 활동을 지켜보면서 몇 시간도 보낼 수 있겠지만, 나에게는 또 다른 할 일이 남아 있다. 이런 식으로 만든 부탄 봉투는 미국 봉투처럼 입구에 접착제가 붙어 있지 않다. 그건 인도산 봉투도 매한가지다. 그래서 나는 시내에 있는 라키 철물점으로 간다.

라키 철물점은 미국식으로 따지자면 허름하면서 약간 덜 갖춰진 느낌이겠지만, 팀부에서는 최고로 훌륭한 철물점이다. 먼지 쌓인 인도 밧줄, 플라스틱, 깡통, 철사, 시트지, 전기 소켓, 값싼 실내난방기, 욕실 타일,

다채로운 양동이들, 기타 잡동사니로 가게 앞이 미어터질 지경이다. 원하는 것이 있으면, 가령 맹꽁이자물쇠가 필요하다면 가게 앞에서는 찾을 수 없다. 나이든 남자가 건장한 젊은이에게 뭔가 큰 소리로 말한다. 그러면 젊은이가 가게 안으로 사라졌다가 나타나는데 결국에는 당신이 원하는 물건을 가지고 온다. 때때로 물건은 가게 안에도 없는데, 그럴 경우 젊은이는 길 아래로 뛰어가 다른 철물점에서 가져온다.

라키 철물점에서는 봉투를 붙일 때 주로 쓰는 값싼 인도산 풀을 판다. 하지만 남게이는 봉투에 왁스를 조금 발라줘야 지구를 여행하는 동안 떨어지지 않는다며, 인도산 풀은 대부분 믿을 게 못 된다고 지적해주었다. 지금처럼 이메일, 휴대전화, 인터넷처럼 실시간통신 시대에도 나는 시대착오적인 왁스를 좋아한다. 장식적인 효과를 줄 뿐만 아니라 실용적이라는 사실이 나를 흥분시킨다.

라키 철물점에는 왁스가 없었다. 나이든 남자는 젊은이를 시키지도 않았다. 하지만 나는 포기하지 않고 철물점 3개를 지나 티베트인들이 운영하는 작은 가게들이 들어차 있는 위쪽 시장 길로 올라가다가 마침내 왁스를 파는 새 가게를 찾아냈다. 그곳 역시 작은 공간에 물건들이 꽉 들어차 있다. 주인은 마치 중국 곡예사처럼 선반에서 선반으로 기어올라갔다. 주인이 타이어 더미에서 펄쩍 뛰어 천장 서까래 높이에 있는 선반을 잡았다. 나는 숨이 턱 막혔다. 남자는 약 3미터 높이의 천장 아래 매달려 있는 파리처럼 보였다. 남자가 선반을 따라 이리저리 움직이면서 상자들을 들여다보고, 한 손만으로 매달린 채 다른 손으로 상자 여기저기를 쑤셔댔다.

"아!"

남자가 외쳤다. 찾은 것이다. 남자가 타이어 더미 위로 뛰어내리려고 아래쪽으로 방향을 틀었다. 타이어 더미에 발을 디딜 때는 흔들려서 거의 쓰러질 것처럼 위험해 보였다. 재빨리 균형을 잡은 다음 상자 위로, 그런 다음에는 계산대 위로, 또 다른 상자 위로, 마지막으로 바닥에 발을 디뎠다. 손에는 빨간색 왁스를 들고 있었다.

남자가 고의 소매로 왁스의 먼지를 닦아냈다.

"몇 개 드릴까요?"

"1개 이상 있는 거죠?"

내가 물었다.

"한 상자가 있네요."

"상자 안에 모두 몇 개 있어요?"

남자가 대답하지 않고 다시 계산대, 박스, 타이어를 밟고 올라가서 서까래로 손을 뻗었다.

"20개요."

내려다보며 소리쳤다.

"그거 한 상자에 얼만데요?"

남자가 상자를 잠시 보더니 말했다.

"60눌트럼입니다."

대략 1달러 50센트다.

"50눌트럼 드릴게요."

남자가 마치 머리를 어깨에 고정해놓은 스프링인 양 끄덕였다. 그것은 예스를 의미했다.

낡은 신문지에 돌돌 만 왁스 한 상자를 들고 노르진람Norzin Lam 대로를 가로질러 길 한복판의 간이초소에 있는 교통순경을 지나서 우표를 사기 위해 우체국으로 간다. 이제 편지를 보내는 미션이 거의 끝나가고 있다.

팀부의 우체국은 도시 아래쪽, 주말시장이 열리는 부근의 커다란 3층 건물 오른쪽에 자리잡고 있다. 전통적인 붉은색 지붕에 하얀색 사각형 건물로, 팀부에서 최고가를 달리는 부지를 차지하고 있다. 부탄에 있는 은행 3개 중 하나인 부탄국립은행Bhutan National Bank이 왼쪽에 있다. 이곳은 사교적인 활동이 이루어지는 장소라서 서성거리며 잡담을 나누거나, 햇볕을 쬐거나 하는 사람들을 많이 만날 수 있다.

우체국에는 우표실이 있다. 벽면에 일렬로 진열대를 설치해서 오래되거나 절판된 우표들, 기념할 만한 봉투들을 전시하고 있다. 벽 한쪽에는 유리 진열대가 2개 있는데, 우표와 선물책자로 가득 차 있다. 모두 판매용이다. 1960년대 중반에서 1980년대에 이르는 20년간, 수집가들에게 판매한 우표로 거둬들인 수익금이 부탄의 GNP 중 4분의 1을 차지한다. 지금도 GDP의 상당 부분을 차지하고 있을 만큼, 부탄의 우표는 세상 그 어디에서도 볼 수 없을 정도로 아름답고 독특하다. 부탄은 정교한 일본 우표도 재발행하고, 유럽의 옛 거장들이 그린 그림도 우표에 찍어낸다. 세계적인 지도자와 이벤트를 기념하는 우표도 있다. 달 착륙, 간디, 다이애너 왕세자비, 미국 우주비행사 등. 3D 우표는 물론 설인Yeti 우표, 부탄의 국가를 틀어주는 시디 우표, 비단 우표도 있다. 용, 꽃, 야크, 새, 부처는 물론이다.

나는 언제나 우체국 업무를 아껴두었다가 제일 마지막에 본다. 우표를 훑어보다 보면 시간 가는 걸 까먹고 말기 때문이다. 무척이나 멋진 우표들이 담긴 커다란 우표책을 한 장 한 장 넘기고, 뜯지 않은 우표판을 통째로 꺼내 내가 원하는 수만큼 떼어내는 일은 이루 형언할 수 없는 만족감을 준다. 종류가 수백개에 이르기 때문에 필요한 것 이상으로 우표를 사는 일이 비일비재하다.

우체국은 관광객에게도 유명한 방문 코스다. 나는 이런 특별한 날에는 특히 단체로 몰려오는 관광객을 만나지 않았으면 하는 바람이다. 독일인은 우표책을 독차지하고 결정을 내리는 데도 시간을 상당히 많이 끈다. 일본인은 빠르고 충동적인 구매가라 우표책을 옆 사람과 잘 공유한다. 미국인은 때때로 독점하고 때때로 공유하는 편이다.

이날은 운 좋게도 나 혼자였다. 내 친구 페마_{Pema}는 우표실 조수로 일한다. 우리는 우표를 고르면서 종카어로 잡담을 나누었다. 페마는 영어를 할 줄 알지만, 우리는 종카어를 쓰는 데 길들여져 있다. 내 엉터리 표현이나 걸음마 수준의 단어는 페마에게 함박웃음을 주는 보증수표다.

나는 용이 그려진 아름다운 우표를 골랐다. 그러고도 미국 우주비행사들을 기념하는 우표 6매가 담긴 세트를 사지 않고는 배길 수가 없었다. 게다가 반드시 소유해야 할 우표로 우주왕복선을 기념하는 금은색의 홀로그램 우표와 야크 우표도 있었다.

페마가 중앙 홀에 있는 매점에 전화를 걸자 직원이 우유와 설탕을 넣은 차 두 잔을 내왔는데 김이 모락모락 났다. 그날만 벌써 네 번째다. 쇼핑하다 보면 언제나 차를 많이 마시게 된다. 나는 돈이 부족해서 페마에게 우표 값을 전부 지불하지 못했다. 페마는 친절하게도 5달러 정도에 해당하는 돈을 다음에 가져오라고 했다. 당시 팀부에는 아직 신용카드가 없었다. 하지만 우리는 분명 신용거래를 한 셈이었다.

벌써 오후 3시다. 점심을 먹지 않아 배가 고팠다. 그만 집에 돌아가야 할 시간이었다. 편지를 부치려면 꼭꼭 눌러 쓸 고급 종이도 필요했지만, 그건 다른 날로 미루었다.

집으로 돌아오는 길에, 남게이와 내슈빌에서 봉투를 사던 일이 떠올랐다. 내슈빌에 도착해 하루 반나절밖에 지나지 않은 날이었다. 다른 행성에서 지구에 갓 도착한 외계인처럼 느껴지기도 하고 시차로 어지럽기도 한 몸을 이끌고, 우리는 아버지와 함께 사무용품점인 오피스디포Office Depot로 갔다. 오피스디포는 너무 크고 물건도 너무 많아서 우리는 무엇을 선택해야 할지 몰라 머리가 아프고 어지러웠다. 나는 아버지에게 물건이 그리 많지 않은 작은 가게로 데려다달라고 했다. 아버지는 내가 좀 이상해졌다고 생각했을 것이다.

사실 나는 공황 상태나 다름없었고, 남게이도 망상에 빠져들기 직전이었다. 어떻게 우리가 100개, 200개, 아니 500개나 되는 봉투 중에서 선택한단 말인가? 우리에게 중성지가 필요한가? 양피지는? 재활용지? 이중봉투? 다용도? 자동밀봉식? 안전장치는 왜 필요하지? 10호를 사야 하나,

9호를 사야 하나? 고급 비즈니스 봉투는 뭐가 다르지? 안전 염색이라고?

부탄에 온 서양인들의 경험은 이와 정반대다. 하지만 그 느낌은 유사하다. 그들은 생각한다.

'어떻게 부탄 사람들은 편리함이라고는 찾아볼 수도 없고, 선택의 폭도 적은 곳에서 살 수가 있지? 가게엔 살 것도 별로 없고, 편지봉투에 접착제가 붙어서 나오지도 않는데 어떻게 살지?'

내가 미국에 있는 누군가에게 대형마트에서 물건 고르는 일을 멈추고 바로 공장에 가서 손으로 만든 봉투 29개를 사보라고 하자. 그러면 그 사람은 정말로 난처한 마음이 들 것이다. 아니, 그런 일은 도저히 할 수 없다고 생각할 것이다. 설사 할 수는 있다 하더라도 매우 어렵고 오히려 돈도 더 많이 들 것이다.

한 장소에 오래 길들게 되면 결국 그곳이 친근해지게 마련이다. 마찬가지로 시간이 오래되고 거리가 멀어지면, 한때 익숙하던 것들도 아주 낯설게 변하게 마련인가 보다. 부탄에서 10년을 살고 나니 모든 것이 역전되었다. 이제 미국에서 쇼핑하는 일은 차라리 미친 짓에 가깝게 느껴진다.

남게이가 미국의 식료품가게는 마치 절처럼 보인다고 말했다.

"무슨 말이에요, 절 같다니? 그건 정말 절이라니까요."

나는 놀렸다.

지혜란 당신 인생에서 적당한 물건을 갖는 일이고, 그 이유를 아는 것
이다.

—윌리엄 스태포드William Stafford, 《행운을 부르는 작은 방법들The little ways
that encourage good fortune》

삶과 함께 숨쉬는 죽음

여름철 우기가 찾아오면 부탄은 날씨가 모든 관심사의 중심에 놓이게 된다. 인도해 부근에 위치한 지역이라 장마가 내리 3달을 우리 삶을 지배한다.

그 시간 동안 당신은 말라 있는 게 어떤 건지 잊게 된다. 모든 물건 — 나무, 흙, 옷, 음식, 책, 침구 따위 — 이 눅눅해지고 부풀어오른다. 축축한 셔츠를 구석에 던져놓고 몇 시간 뒤에 가보면 곰팡이가 피어서 결코 지워지지 않는 작고 검은 얼룩이 여기저기 생긴 걸 볼 수 있다. 샤워는 쓸모없는 일이다. 시내에 나가려면 물살을 거슬러 마치 헤엄치듯이 물속을 느릿느릿 걸어가야만 한다. 모든 것이 초록빛에 물들고, 불룩해져 있고, 살아넘치고, 그러면서 여물어간다.

우리가 당면하는 문제는 비단 습기만이 아니다. 때로는 도로가 유실되면서 모든 것이 부족한 상황에 놓이기도 한다. 4년 전 집중호우가 쏟아지던 8월에 팀부에서는 모든 물자 — 기름, 우유, 달걀, 쌀까지 — 가 떨어져 곤란을 겪은 적이 있다.

우기monsoon는 아랍어로 '시즌'을 의미하는데, 이는 방향을 바꾼 바람과 관련이 있다. 약 2천만년 전 인도아대륙이 아시아대륙과 충돌하면서 히말라야산맥과 티베트고원이 형성되었고, 그때 우기가 생겨났다고 지질학자들은 말한다. 지금도 인도아대륙은 여전히 밀고 있는 중이다. 그래서 매년 3센티미터씩 산이 더 높아지고 있다.

우기에는 짙은 먹구름이 산 위에서 격렬하게 휘몰아치며 절벽에 부딪치고 계곡으로 쏟아져내린다. 그러면서 저수지를 채우고도 남을 분량의 비를 한꺼번에 쏟아낸다. 우기는 6월 중순부터 9월 중순까지 계속 이어진다. 우기가 시작할 때는 비가 천천히 내리지만 점차 가차없이 변한다. 몇 분 만에 도로를 떠내려보내는가 하면, 땅을 쪼개놓고, 커다랗게 쩍 벌린 검은 구멍을 만들어놓고, 산기슭에서 일거에 폭포수 같은 물을 쏟아붓는다.

이맘때면 누구나 자연의 재앙을 떠올리고 또 그것에 대비한다. 그래서 부탄과 인도의 군인들은 절벽 양쪽을 이어주는 도로에 생겨난 커다란 구멍을 메우기 위해 베일리교Bailey bridge, 조립식 임시 철제다리를 세운다. 이 나라로 들어오는 3개의 주요 도로가 비 때문에 몇 킬로미터씩 끊기게 되면 부탄은 여지없이 갇혀버리는 신세가 된다.

드루크항공사는 부탄으로 들어오는 비행기 2대를 운항하고 있다. 짧고, 높고, 좁은 골짜기에 위치한 파로공항에서 기장들은 세상에서 가장 혹독한 착륙을 시도해야 한다. 파로보다 높은 고도에 있는 공항이라면 볼리비아의 라파스공항이 유일하다. 하지만 그곳은 커다란 분지라 비행기의 넓은 동체를 유연하게 받아들일 수 있다. 파로공항에서는 비행기가 착륙하는 데 필요한 어떤 기계적인 도움도 받을 수 없다. 비행사는 착륙할 활주로를 직접 눈으로 보고 스스로 판단해서 착륙해야 한다.

구름 낀 날이나 어둠 속에서는 비행기가 착륙할 수 없다. 너무 덥거나 날씨가 좋지 못하면, 혹은 비행기가 중량을 줄일 필요가 있으면 짐을 일부 혹은 전부 캘커타에 두고 올지도 모른다. 그래서 당신의 몸은 파로에 왔지만 옷가지와 칫솔은 인도에 가 있는 경우가 발생한다. 우기에는 산 위로 낮은 은회색의 커다란 구름장막이 둘러 있기 때문에 우리는 마치 돔 안에 갇혀 있는 것 같은 기분이 든다. 한동안 비행기가 오지 못할 거란 사실도 잘 안다.

부탄으로 죽으러 오다

부탄은 점점 발달하고 근대화하고 있지만, 지리와 날씨는 자꾸만 그것에 역행하려는 것 같다. 자연은 말한다. "그렇게 빨리는 안되지." 그래도 부탄 사람들은 그저 달관한 듯이 처신한다. 그들은 있는 그대로 받아들인다.

아마도 세상사를 연속으로 보는 것과 관련이 있지 않을까 싶다. 그들은 이생에서 모든 것을 다 할 필요는 없다고 본다. 죽음, 또는 죽어가는 것을 아주 편하게 생각한다. 아마도 환생을 믿고 있어서, 죽음이 진정한 끝이 아니라는 믿음이 있어서인 것 같다. 당신은 존재라는 스크린에 잠시 깜박일 뿐이다. 찰나를 사는 것이다. 영화에서처럼 짧은 휴식인 것이다. 밖으로 나가 팝콘을 사오면 모든 것이 다시 시작될 것이다.

남게이 친구 중에 일생 동안 몸이 아파 고생한 이십대의 젊은 스님이 있다. 그분은 류머티스성 관절염과 다른 만성적인 질병에 시달렸는데, 하루는 남게이에게 이제는 죽어 환생할 준비가 되었다고 말했다. 이제 우주라는 커다란 주사위를 돌려 새로운 몸에서 자신이 환생하기를 원한다고 했다.

부탄에서 사람이 죽으면, 평생 덕을 많이 쌓은 불교 신자는 화장을 한다. 여름철에는 죽음과 화장 사이의 기간이 아주 짧아지게 마련이다. 일정 기간 안에 화장을 하지 못하면 임시변통으로 소금을 뿌려 방부처리를 하기도 한다. 사람들은 대부분 죽은 시체와 사랑하는 사람의 영혼을 그다지 관련짓지 않는다. 화장은 영혼이 다음 생으로 가는 길을 쉽게 찾을 수 있도록 도와주는 방법이다. 아주 고결한 성자는 장례를 치른 후 48시간이 지나서 화장을 해도 냄새가 전혀 나지 않으며, 심지어는 좋은 향을 발산한다고도 한다.

여행사를 운영하는 부탄 친구가 있다. 한번은 조금 괴상한 영국인 손님을 맞았다. 남자는 추운 2월 달인데도 불구하고 코트도 없이 달랑 빈 몸으로 들어왔다. 남자의 목적지는 아직도 눈으로 가득 덮인 산이었다. 가이드, 요리사까지 온 직원이 나서서 만류했지만 남자는 전혀 듣지 않았다. 어쩔 수 없이 친구는 코트를 하나 빌려주었다고 한다.

어떤 사람들은 이곳이 다음 생을 얻기에 좋은 운이 깃든 장소라고 생각해서 죽음을 맞이하러 부탄에 오기도 한다. 혹은 사랑하는 사람들의 눈길을 피해 멀리서 죽고자 이곳에 온다. 괴상하고도 외로워 보인 그 여행가는 결국 성공했다. 남자는 성스러운 주모라히Jumolarhi 산을 반쯤 올라가는 도중 텐트에서 자다가 심장마비로 죽었다. 여행사에서는 군인들을 고용해 좁고 바위투성이인 산길에서 시체를 끌어내려야만 했다.

남자가 육체를 포기한 한적한 산에서 파로까지 내려오는 데 나흘이나 걸렸다. 그러고도 군인들은 파로 외곽에 시체만 달랑 실은 버스를 논가에 세워두었다. 영국에 있는 남자의 가족들이 유해를 어떻게 처리할지 답변을 기다려야 하는 것이다. 2월이라지만 히말라야의 태양은 정오가 되면 아주 뜨겁다. 급기야 시체가 썩어 버스 안에서 부풀어올랐다. 역한 냄새를 참을 수 없는 지경이 되었다. 마땅한 수용시설도 없고 병원 영안실도 없는 마당이라 어디에도 시체를 둘 만한 곳이 없었다. 이따금 개들이 한 무리 미친 듯이 몰려와 버스를 에워싸고는 울부짖었다.

여행사 사장인 친구가 나한테 영국으로 전화해서 공식적인 절차를 좀 밟아달라고 부탁했다.

"라마승이 그러는데, 내일이 길일이래. 내일 화장하면 참 좋을 텐데 말이야."

그날이 정말 길일이었는지는 잘 모르겠다. 하지만 그 불쌍한 남자가 점점 더 지역주민의 건강을 해치고 있어서 상황이 다급한 것만은 분명해 보였다. 내 친구는 아주 겸손한 부탄 사람인지라 사실대로 털어놓고 말할 수 없었을 것이다. 그 상태로 이틀이 더 지난 후 마침내 영국 웨일즈에 있는 친척에게 연락이 닿아 화장을 해도 된다는 허락을 받았다.

티베트에서는 때로 풍장風葬을 치른다. 시체를 아주 높은 신성한 장소에 가져다놓고 독수리가 먹을 수 있게 갈기갈기 찢어놓는 것이다. 마지막으로 남은 자기 몸을 다른 지각 있는 생명체에게 먹임으로써 완전한 사심에서 벗어나 마지막으로 선행을 베풀고 떠나는 것이다. 그들은 그것이 더 좋은 생명체로 환생하는 것을 도울 것이라고 믿는다. 하지만 부탄에서는 풍장이 그리 흔하지 않다. 한 부탄 친구는 지금까지 풍장을 딱 한 번 보았는데, 죽기 전에 스스로 요청했다고 한다. 과거에는 그래도 풍장이 더러 있어서, 한번은 하늘에서 팀부 시내 길바닥으로 아기의 팔이 떨어진 — 날짐승이 물고 가다가 — 적도 있다고 한다.

부탄 사람들은 미국 사람들보다 죽음을 더 쉽고 편하게 받아들인다. 불교에서는 매일 최소한 다섯 번은 죽음을 생각하도록 가르친다. 미국에서는 평소 죽음을 생각하는 경우가 드물다. 심지어 영화에서 죽음을 보고 있을 때조차 그렇다. 그것은 실제 죽음이 아니기 때문이다. 죽음을 모의실험하거나, 방부처리제를 뿌려놓고 옷을 차려입히고 구경한다. 그런 것을 텔레비전이나 유튜브에서 흔히 접한다. 결과적으로 우리는 죽음과 그리 친하지 않다. 이것은 충분히 이해할 만하다. 미지의 것에 대한 두려움이 있으니까.

하지만 부탄에서 죽음을 경험하는 것은 미국과 완전히 반대다. 부탄에서 죽음은 자연적인 기능이자, 긍정적인 단계이자, 다음 생을 위해 통과해야 할 과정이자, 커다란 카르마 바퀴를 돌릴 수 있는 기회로 받아들여진다. 그리고 부탄에서는 더 자주 실제 죽음과 마주치게 된다.

우기에 온통 물 천지가 되면 나는 삶과 죽음을 생각한다. 우리 집 옆을 흐르는 강은 팀부를 거쳐 흘러온 것이다. 높은 히말라야에서 빙하가 녹아 내려 라야Laya와 가사 골짜기를 통해 흘러내린 다음 팀부까지 온다. 팀부 골짜기는 비교적 덜 좁다. 말이 다니는 길과 과수원, 시내 위로는 거대한 숲이 높고 가파른 산을 대부분 덮고 있다. 예스런 수도원과 절들이 그 꼭대기 아주 높이 지붕처럼 여기저기 앉아 있다. 주위는 기도자들의 깃발과 사리탑이 에워싸고 있다. 거기까지 걸어가려면 여러 시간이 걸린다. 누구에게는 며칠씩 걸리는 그 절들은 절벽에 아찔하게 걸쳐 있다. 어느 방향인지만 잘 분간할 줄 안다면 그 절의 금빛 지붕 위에서 태양이 놀고 있는 모습을 잘 볼 수 있을 것이다.

그곳이야말로 부탄에서 실제 삶이 존재하는 곳이다. 기도자들의 깃발, 구름, 초르텐chorten, 사당, 아물아물 따뜻한 봄과 수천의 승려, 여승들의 군대가 세상을 분별, 평화, 깨우침으로 흔들어주는 의식을 거행하는 곳이다. 그 산에는 영혼에 아주 가까운, 진정한 마법이 존재한다. 마치 제우스나 헤라나 다른 그리스 신들처럼 우리 삶을 굽어보면서 이런 일 저런 일을 조종하고 있다고 나는 종종 생각한다. 죽음은 아마도 지구와 하늘 사이 그 어디쯤일 것이며, 절반은 하늘과 같은 곳일 것이며, 초월도 능가하는 왕국일 것이다.

하늘을 나는 외삼촌

남게이는 일곱살 무렵에 훌륭한 자질을 보여서 라마승 친척에게 보내져 공부를 하게 되었다. 남게이는 3년 동안 라마승과 함께 살았다. 그 후 다른 라마승 외삼촌과 부탄 동쪽에 있는 쿠에르토Kuertoe 마을에 가서 성자를 돌보는 디킨스 같은 삶을 살았다. 라마승을 위해 음식을 만들고, 옷을 빨고, 종교의식을 보조하면서 나라 여기저기를 떠돌았다. 그러면서 글자를 익히고, 경서를 해독하고, 채소를 재배했다. 그렇게 3년을 더 살았다. 그동안 신발이나 셔츠도 없었다. 남게이는 가족이 몹시 그리웠다. 그야말로 시련의 시기였다.

라마승 외삼촌은 젊었을 때 왕두에서 대법원 판사의 비서로 일했다. 외삼촌에게는 딸아이와 아내가 있었다. 하지만 어느 날 외삼촌은 사라졌다. 남게이의 어머니와 할머니는 팀부로 가서 경찰에 실종신고를 했지만 경찰은 전혀 도움이 되지 못했다. 외삼촌은 어떤 발자취도 남기지 않고 완벽하게 사라지고 말았다.

23년이 흘러갔다. 어느 날 남게이의 아버지는 소를 팔러 트롱사 시장에 갔다. 쿠에르토 인근인 쿠에르토프Kuertop에서 온 남자한테 소를 팔았다.

소를 판 후 서로에게 축하의 의미로 포도주를 한잔 마시게 되었고, 보통 사람들처럼 가족 이야기와 어디 사는지 등 이야기를 나누었다.

"당신 처가는 어떤가요? 어디 출신이에요?"

쿠에르토프 남자가 물었다.

"루구브체Rugubjche 출신이에요. 남자 형제가 셋인데, 하나는 농부고 하나는 수도사예요. 또 하나는 지금 실종 상태고요."

남게이의 아버지가 대답했다.

그러자 쿠에르토프 남자가 사라진 그 사람이 쿠에르토에서 20년이 넘도록 은둔자로 살고 있다며 알려주었다. 남게이의 외삼촌은 라마승이 된 것이다. 그래서 남게이의 식구들은 쿠에르토로 가서 외삼촌을 찾을 수 있었다. 그동안 외삼촌은 인도, 시킴Sikkim, 부탄을 떠돌면서 도를 닦았다고 했다.

자신의 정신적인 삶을 위해 가족을 저버리는 것이 이상하게 들리겠지만, 이미 잘 알려진 예가 있다. 바로 석가모니다. 석가모니는 모든 세속적인 소유물, 궁전, 왕자 신분을 포기했다. 석가모니는 아버지, 어머니, 젊은 아내, 그리고 어린 아들을 남겨두고 인간은 왜 고통을 겪어야 하는지 답을 구하기 위해, 즉 깨달음을 얻기 위해 떠났다.

라마승 외삼촌이 팀부에 오면 가끔 우리 집에 들른다. 이제 그분은 나이가 지긋해서 뼈만 앙상하고 말수도 거의 없다. 남게이 기억 속의 외삼촌은 중년의 나이까지 살이 통통했다고 한다.

분명 그분은 죽음을 맞이하는 순간에도 문제 될 게 없을 거라는 생각이

든다. 평소에 명상으로 마음을 충분히 닦아놓지 않으면 부탄 사람들조차 죽을 때 간혹 혼란에 빠진다. 어떤 이는 자기가 죽은 것을 잘 모른다고 한다. 그래서 밥을 먹는 식구들 곁에 같이 앉는데 아무도 보지 않거나 음식을 주지 않아 화가 난다고 한다. 그동안 명상을 잘 한 사람이라면 죽어서 어느 길을 가야 할지 잘 안다. 가족이 모여 식사하는 곳 주변을 어슬렁거리지 않고 곧바로 다음 환생을 위해 떠난다. 만약 운이 좋다면 윤회를 멈추고 열반의 경지에 이른다.

탄트라Tantra, 힌두교와 불교의 경전를 보면, 경지에 오른 사람은 육체를 변형시킬 수 있다고 한다. '보이지 않는 몸'을 얻고 정신으로 육체를 조정할 수 있다고 한다. 이런 조정은 명상과 요가를 통해 이루어진다. 그런 달인들은 피와 정액을 조정해서 농축할 수 있다고 한다. 피와 정액은 생명의 진수다. 그래서 그런 능력이 그들에게 초월의 힘을 부여해준다.

"당신 외삼촌은 타쿠taku, 정액를 조정할 수 있어요?"

남게이에게 물었다.

"우리 외삼촌이 왜 호두를 조정한다는 거예요?"

웃으면서 남게이가 묻는다. 호두는 종카어로 타코tako다.

남게이는 웃음으로 넘겼지만, 나한테는 심각한 문제였다. 남게이는 의식의 신비로운 면은 존중해야 한다고 강조했다. 그것을 장난삼아 이야기하면 안된다고 말이다. 그리고 남게이는 체험을 통해 성스러운 의식으로 사람이 바뀔 수 있음을 잘 안다.

하지만 나는 여전히 그것이 어떤 것인지 상상하려고 애쓴다. 탄트라의 달인들이 비단이나 동물 가죽으로 만든 가사를 걸치고, 혹은 중요 부위만 가리거나 아예 벌거벗고 인도의 신비주의자처럼 온몸을 칠한 채 동굴, 바위, 절에서 가부좌를 틀고 앉아 있는 그런 것이 어떤 느낌인지 말이다. 그런 달인들은 많은 새주를 부린다. 좀더 고수라면 새나 다른 동물로 변신을 꾀한다. 그들은 날 수 있다. 그리고 자아와 신체와 영혼을 각각 분리할 수 있다. 죽음에 대한 아주 좋은 연습이라고 생각한다.

어느 날 오후였다. 집 너머에 있는 절로 걸어가던 중 나는 다시금 그 생각에 빠졌고, 진심으로 받아들이려고 애써보았다.

"어떻게 날 수 있어요?"

"누가 날아요?"

"당신 외삼촌 말이에요. 새처럼 날까요? 팔을 퍼덕퍼덕 휘저으면서?"

"그렇게는 아니지."

애써 무시하려는 듯 남게이가 대답했다.

절에 도착했다. 절을 돌보는 사람이 밖으로 나오더니 사투리인 몽파Mongpa어로 남게이에게 말을 건넸다. 어쩔 수 없이 나하고는 대화가 끊겼다.

그날 저녁 남게이가 부엌에서 양파를 썰며 저녁을 준비했다. 나는 부엌으로 들어가 밥을 짓기 시작했다.

"외삼촌은 어떻게 날아다닐 수 있는 거죠?"

나는 집요하게 물었다.

"새처럼은 아니에요."

남게이가 양파를 잘게 썰며 말했다.

"오히려 헬리콥터에 더 가깝다고 할까."

다시 남게이는 웃었다. 끝까지 회피하려는 눈치였다.

"외삼촌이 날아다니는 걸 본 적이 있어요?"

"아니. 보는 건 좋지 않을 거예요."

"왜 안 좋은 거죠?"

남게이가 눈을 아래로 깔고는 큰 양파를 잘랐다.

"나는 외삼촌이 날아다니는 걸 볼 수 있는 사람이 아니에요."

애매모호한 대답으로 대화는 끝나버렸다. 그렇게 말하면 내가 무슨 말을 더 한단 말인가? 그렇게 남게이는 내 입을 막아버렸다.

이곳에는 아직 내가 이해할 수 없는 것들이 너무도 많다. 나는 어떤 일의 이면에 있는 원인을 규명하기 위해 질문하는 것이 가끔 아주 소모적인 일이라고 느낀다. 물론 나는 이해할 수 없는 것들을 집요하게 추구하는 성향을 지녔다. 하지만 질문을 멈추고 잠시 관찰한다면, 그리고 조용히 입을 다물고 질문하지 않으면 종종 해답이 자연스레 그 모습을 드러낸다는 것도 알게 되었다. 이번에도 답을 위해 나는 좀더 기다려야 할 것이다. 어쩌면 내가 원하는 답이 나오지 않을지도 모른다. 답은 질문을 하는 기술 안에 있다. 즉 여기서 중요한 것은 질문 그 자체가 아니라 오히려 기술적으로 질문하는 것이다.

이것은 서양인에게는 매우 어려운 과제다. 우리는 아주 좁은 사고의 테두리 안에 갇혀 있다. 그런 면에서 데카르트는 정말로 우리를 실험에 들게 했다. '나는 생각한다, 고로 존재한다.'라는 말은, 우리의 존재가 이해력에 달려 있다면 무언가 이해한 후에야 많은 것들이 실제로 우리 앞에 존재한다는 뜻이다. 합리적인 존재가 되는 것은 좋은 일이지만, 조금은 자빌싱을 띤 모습이 훨씬 유익힐 것이다. 종종 거대한 믿음이 도약올 이루는 것처럼 말이다.

아주 어렸을 때, 아직 신념이 여물지 않아서 외부의 영향을 쉽게 받을 무렵에 나는 운 좋게도 윌리엄 사로얀William Saroyan이 쓴《내 이름은 아람My name is Aram》을 읽게 되었다. 아람한테는 거짓말 같은 이야기를 잔뜩 만들어내는 삼촌이 있다. 삼촌의 이야기를 의심한 나머지 아람은 책 말미에서 삼촌에게 많은 질문을 던진다. 삼촌은 말한다. "모든 것을 믿으렴." 이 말을 마지막으로 책이 끝난다. 급소를 찌르는 말이요, 클라이맥스요, 존재의 이유다. 특히나 당신이 마법이 있는 곳으로 가고 있다면 그 말이 바로 환상적인 충고가 될 것이다.

바위에 걸린 아기

장마 동안 어쩌다 비가 오지 않을 때면 우리는 밖으로 나가 커피를 마신다. 마당에 서 있거나 앉아 있거나 혹은 돌담에 기댄 채 강을 바라보며 많은 시간을 보낸다. 새벽녘이나 일몰 무렵이면 특히 더 많이. 히말라야 숲에서 자란 남게이는 독수리의 눈처럼 시력이 아주 좋아서, 물 위를 떠

가는 코카콜라 병을 찾아내거나 빠르게 지나가는 물건의 정체가 뭔지 다 안다. 나날이 우리는 강물이 점점 불어나는 모습에 놀란다. 이미 물은 둑을 범람했고, 우리가 표시로 삼은 돌과 나무까지 점점 다가오는가 싶더니 마침내 그것들을 삼켜버리고 말았다. 그건 지켜볼 만한 광경이었다. 우리는 그것을 '강물 TV'라고 부른다.

어느 날 오후, 남게이가 나를 부르더니 강 한가운데 있는 바위 위에 옷이 한 뭉치 있다고 했다. 하지만 그건 단순히 옷이 아니었다. 처음에 우리는 인형이라고 생각했다. 크기가 아주 작았다. 바위 모서리에 옷이 걸린 것처럼 보였다. 나머지 몸은 대부분 물속에 잠겨 있었다. 하지만 자세히 살펴보면 손과 코가 보였다. 빙글빙글 도는가 하면, 물속으로 사라졌다 나타났다 하기를 반복했다.

나는 완전히 겁에 질리고 말았다. 그것은 정말로 시체처럼 보였다. 검은 머리가 긴 소녀였다. 나는 아이가 지금 살아 있다면 분명 물속에서 빙글빙글 도는 놀이를 즐기고 있는 것이 틀림없다고 생각했다. 아이는 아마 웃고 있을 것이다.

"세상에, 이런 일은 난생처음이에요."

나는 거의 울먹이며 말했다.

"어떤 사람들은 아기가 죽으면 물에 넣어둘 때가 있어요."

남게이가 담장에 기댄 채 침착하게 말했다.

"왜요? 왜 화장을 하지 않는 거예요?"

나는 눈을 돌려 다른 곳을 보려고 애썼다. 하지만 어디서나 볼 수 있는 호기심 많은 관광객들처럼, 딜레마에 빠져버린 나는 물속에서 흔들리는 소녀의 모습에서 눈을 뗄 수가 없었다.

"아이가 아주 어리면 화장을 하지 않아요. 사람들은 그냥 강에다 둬요."

남게이가 말했다.

화장은 비용이 꽤 든다. 그리고 각종 의식을 치러야 한다. 많은 사람들에게 음식을 대접해야 하고, 스님들에게 돈을 지불해야 한다. 그리고 의식은 며칠, 몇 주, 몇 달, 아니 몇 년까지도 이어진다.

우리는 안으로 들어갔다. 하지만 잠시 후 나는 도로 나왔다. 어두워져 아기가 보이지 않을 때까지 그곳에 서 있었다. 나도 남게이를 따라 안으로 들어가고 싶었지만, 그러는 것이 너무 죄스럽게 느껴져서 어찌할 수가 없었다.

해가 지고 마침내 안으로 들어갔을 때 남게이는 부엌에서 막 샌드위치를 만들어놓은 참이었다. 남게이의 식욕은 전혀 방해받지 않은 모양이었다.

"우린 이제 어쩌면 좋죠?"

내가 물었다. 나는 이제 완벽한 미국인 모드로 돌입했다. 당국에 알려야 하나? 경찰을 부를까? 행동을 취해서 이 사태를 직접 처리한다면? 아니, 장의사를 먼저 부를까?

"오늘밤에 비가 내릴 거예요. 그럼 강물이 다른 곳으로 실어갈 테고."

남게이가 다른 빵에 버터를 펴 바르며 말했다.

"아무래도 경찰을 부르는 게 좋겠어요."

"안돼요, 그러면 문제가 너무 많이 생겨요."

"도대체 무슨 문제가요?"

"쓸데없이 그 가족들이 방해를 받게 되겠지."

"아기가 죽었어요!"

"아파서 죽었겠지."

"아프지 않았을지도 몰라요. 가족들이 죽여서 강물에 버린 건지도 모르잖아요."

"아니에요. 부탄 사람들은 그런 일을 하지 않아요."

맞는 말이었다. 부탄 사람들로 말할 것 같으면 그들은 아이를 매우 사랑하고 잘 보살핀다. 너무 지극정성이어서 아이의 버릇이 나빠지지 않을까 염려될 정도다. 엄마들은 몇 년 동안 품에서 자식을 돌보는데, 심지어 처음 몇 년간 아기의 발이 땅에 닿지 않을 정도다.

나는 다시 밖으로 나가보았다. 아이는 아직도 강물 속에 있었다. 정말로 끔찍했다.

안에서는 남게이가 저녁을 준비하고 있었다. 남게이는 부엌 싱크대에 서서 음식을 씻는 플라스틱 바가지에 쌀을 털어넣었다. 나는 그 곁에서 무엇을 해야 할지 고민하며 서성거렸다. 싱크대 옆에 있는 쌀 포대가 눈에 띄었다. 인도산 쌀이었다. 상표에는 이렇게 적혀 있었다. '히말라야 청정수로 자란 바스마티Basmati 쌀'

나는 히스테리를 일으키듯 웃으면서 포대를 가리켰다.

"저 아이가 벼가 잘 자라도록 영양분을 듬뿍 줄 거예요, 그렇죠?"

남게이가 포대를 슬쩍 보더니 몸을 돌려 가스레인지에 찻주전자를 올리고 불을 켰다. 나더러 저녁을 준비할 동안 좀 앉아 있으라고 했다. 나는 식탁에 앉았다. 잠시 후 남게이가 차 한 잔을 만들어주었다.

밤새 잠을 잘 수가 없었다. 죽은 아기가 우리 집 옆의 강물 속에 잠들어 있었다. 무엇보다 니쁜 것은 물이 흘러기는 소리기 끊임없이 들린디는 것이었다. 매일 밤 우리는 끝없이 이어지는 달콤한 물소리를 자장가 삼아 잠들었다. 하지만 오늘밤은 그 소리가 나를 조롱하고 있었다. 나는 지친 한편으로 여전히 초조하고 불안했다. 마음이 줄기차게 달음박질했다. 어쩌다 죽은 것일까? 왜 아이는 그 바위에, 우리의 바위에, 바로 우리 집 옆에 있는 강의 바위에 걸려버렸을까? 우주가 나에게 뭔가를 말하려는 것일까? 내일 아침에도 거기 있을까? 아기가 그렇게 죽은 일은 너무도 슬픈 일이었다. 나는 마치 상을 치르는 것 같았다.

부탄인들에게는 오래된 관습이겠지만, 죽음과 부패가 온통 내 주변을 둘러싸고 있고 일상의 한 부분처럼 자연스레 여겨지는 세상에서 살아간다는 것은 여전히 내게 고통스런 일이다. 미국인인 나는 '죽음'이라는 단어보다 차라리 마개를 뽑다, 돌아가다, 유통기한이 만료되다, 싸매다, 마지막 숨을 쉬다, 보상을 받으러 가다, 제우스를 만나러 가다, 먼지를 깨물다, 유령을 포기하다 따위처럼 완곡한 표현을 쓰고 싶다. 나는 그냥 '죽고' 싶지 않았다.

비가 많이 내리면 강이 넘칠 것이고, 그러면 시체는 떠내려갈 것이다. 아마도 저 멀리 인도까지 흘러가서 브라마푸트라 강에서 합류해 갠지스 강을 만나게 될 거라고 남게이가 재차 말했다. 그리고 결국 바라나 시까지 가게 될 것이다. 남게이는 인도의 모든 강은 부탄에서 시작된다고 말했다. 맞는 말인지 모르겠지만 지금 그걸 논쟁하고 싶지는 않았다.

나는 시체가 그 자리를 벗어날 때까지 기다리고 싶지 않았다. 강 건너 편에서 집을 짓고 있는 인도인 일꾼들에게 가서 시체를 꺼내게 도와달라고 부탁해보는 건 어떨지 남게이에게 말해보았다. 일꾼들은 매일 점심을 먹으러 강으로 내려와서는 씻고, 쉬고, 놀고, 느긋하게 앉아 노닥인다. 그들도 어쩌면 아기를 봤을지도 모르겠다.

남게이는 안된다며 좀더 기다려보자고 했다. 어쨌든 누가 이 강을 건넌단 말인가? 이처럼 빠른 물살을 뚫고는 그 누구도 헤엄쳐 건널 수 없을 것이다.

너무도 절망적이었다. 젠장, 이렇게 필요한 때에 하늘을 날아다니는 라마승은 도대체 어디에 있단 말인가?

테네시 농장에서 주로 있는 일이다. 개가 한번 닭을 죽이게 되면 똑같은 일이 반복될 것이 분명하다. 닭고기 맛을 본 셈이니까 말이다. 동물들을 지켜야 할 농장의 개가 닭을 죽이면 결국에는 아무짝에도 쓸모없게 되므로, 개가 습관이 들지 않도록 비법을 쓴다. 농부는 죽은 닭을 개의 목에 두른다. 개는 며칠 동안 썩어가는 닭의 시체와 함께 돌아다니게 된다. 개들은 대부분 썩은 고기에도 매우 익숙하다. 하지만 어떤 면에서 이는 분명 고문이나 다름없을 것이다. 개는 곧 닭을 죽이는 짓을 멈추게 된다. 나는 우리 집 옆의 강에서 둥둥 떠 있는 아기로 고문당하는 느낌이 들었다.

그만큼 고통스러웠다.

그런 한편 나는 불안한 모습이 전혀 없는 남게이에게 온통 마음을 빼앗기고 있었다. 남게이는 정말로 아무런 반응도 하지 않았다. 이것은 지극히 부탄 사람다운 일로, 죽음을 쉽게 대하는 그들의 태도와 관련된 것이다. 나는 아기뿐 아니라 나 자신의 죽음에 대해 염려했고, 아마도 그것이 내가 이토록 초조한 마음이 되는 진짜 원인인 듯했다. 하루가 못 되어 그것이 내 삶을 송두리째 지배하고 있었다.

전날 밤에 나는 말했다.

"아마 집 옆 강에 아기가 있는 것은 우리의 카르마가 안 좋기 때문이지 싶어요. 이제 우리의 행운은 점점 줄어들 거예요."

이 말은 남게이가 항상 쓰는 문구다. 남게이는 행운과 불운에 늘 사로잡혀 있었다.

"나쁜 카르마 때문은 아닐 거예요."

그렇게 말하고 남게이는 돌아누웠다.

"혼령은 어떡하죠? 아마도 아직 이 주변을 떠돌고 있을 거예요."

남게이는 혼령에 대해서도 걱정했는데, 특히 화장장을 치른 후에 심했다. 그래서 화장을 하고 집에 들어오기 전에는 항상 문턱에서 향료와 기도로 혼령을 쫓는 작은 의식을 치렀다.

"혼령은 이 근처에는 절대 없을 거예요."

확신이라도 하듯 남게이가 말했다.

이럴 수가. 나는 다시 끈질기게 물었다.

"나가naga, 물의 정령는 어떡하죠? 아마 정령들이 좋아하지 않을 거예요. 이 모든 일을 말이에요."

"나가는 신경 쓰지 않을 거예요. 어서 잠이나 자요."

하지만 나는 잠들 수 없었다. 내 근심의 원인이 무엇이든 그게 나만큼 남게이를 괴롭히지는 않는 것 같았다. 남게이는 자기 계산으로는 아기의 영혼이 이미 오래전에 이번 생에서 다음 생으로 잘 넘어갔다고 했다. 가끔은 인간의 생명이 전생에서 너무 빨리 끊어지는 일이 있다고 했다.

"그러면 그들은 되돌아가서 1년이나 2년을 더 살고 다시 죽게 되는 거예요. 그렇게 해서 윤회를 마저 채우는 거지."

그런 설명으로는 도저히 위로가 되지 않았다.

그리고도 우리는 강가의 시체와 하룻밤을 더 보내게 되었다. 그날 밤 나는 일찍 잠자리에 들었다. 남게이는 그림을 그리고 있었고, 나는 남게이가 부드럽게 뭔가 읊조리는 소리를 들었다.

한밤중에 나는 깜짝 놀라 잠에서 깼다. 집 옆에 있는 나무에서 커다란 까마귀가 울고 있는 꿈을 꾸었다. 깨어보니 남게이가 옆에 없었다. 나는 아래층으로 내려갔다. 남게이는 부엌에도 없었다. 여기저기 둘러보다가 문을 열고 밖으로 나갔다. 커다란 까마귀는 꿈을 깬 지금도 울고 있었다. 까악, 까악, 까악.

지금은 비가 그쳤지만 분명 폭우가 한바탕 휩쓸고 지나간 모양으로, 모든 것이 젖은 채 생기를 띠고 있었다. 처마 밑으로, 그리고 나무 밑으로 물이 뚝뚝 떨어졌다. 하늘에는 조각구름이 가득 차 있고, 커다란 달이 가끔씩 내다보며 세상의 모든 것을 밝고 투명하게 만들어주었다. 잠옷이 들러붙어 훤히 보이는 내 팔과 다리도 밝게 빛났다.

집 옆을 흘러가는 강물의 움직임을 확연히 볼 수 있었다. 그리고 나는 이상한 감각을 느꼈다. 나는 혼자가 아니었다. 머리털이 쭈뼛 섰다. 강물 위 하얀 안개가 어린 가운데, 아기가 걸려 있는 바위 바로 위에 남게이가 떠 있었다. 눈을 감고 가부좌를 틀고 앉은 자세였다. 옷을 벗고 상체에 주황색 숄만 두르고 있었다. 물소리 때문에 잘 알아들을 수 없었지만 남게이는 만트라mantra, 기도나 명상 때 외는 주문를 외는 중인 것 같았다. 내가 남게이를 부르자 남게이의 몸이 강물 속으로 떨어졌다. 수면 바로 아래에 있는 남게이가 보였다.

나는 다시 잠들 수 없었다.

인도인 일꾼들에게 도움을 청하다

그날 아침 6시에 나는 다시 강둑에 앉아 아직도 물에 떠 있는 시체를 보고 있었다. 남게이가 내 곁으로 다가왔다.

"영구적인 것은 아무것도 없다고 생각했어요. 하지만 이 일은 영구적일 것만 같아요."

남게이에게 말했다.

"정말 아주 걸려버린 모양이군요."

남게이가 말했다.

"정말로 꺼내야 해요. 제발요."

내가 생각하는 것 이상으로 나는 불안해하고 있었다. 나는 울기 시작했다.

남게이가 나를 보더니 마침내 동정을 베풀었다.

"가서 인도 사람들한테 부탁해볼게요. 도와줄지는 모르겠지만. 어쨌든 돈을 좀 줘야 할 거예요."

"우리가 가진 돈을 전부 다 줘요."

남게이가 웃었다.

"그냥 몇 루피만 주면 돼요."

남게이는 잠시 그곳에 서서 골똘히 생각하고, 기도하고, 멀리 산 위를 올려다보았다.

토요일 아침이었고, 나는 팀부의 주말시장으로 채소를 사러 갈 예정이었다. 잠을 자지 못한 탓에 너무도 기진맥진해 있었다. 그래도 이제 최소한 집을 나갈 수 있게 되었다. 나는 쇼핑백을 가지러 안으로 들어갔다.

잠시 후 집에서 나와 차를 타려고 하는데, 남게이가 천천히 길을 걸어 내려가는 모습이 보였다. 우리 집에서 800미터쯤 떨어진 곳에 강을 건너는 작은 다리가 있다. 나는 강가에 서서 남게이가 어떻게 하는지 지켜보았다.

남게이가 다리를 건너자 다시 모습이 보였다. 남게이는 강 건너편 집 짓는 곳으로 향하고 있었다. 인도인 일꾼은 12명 정도였다. 일하면서 조잘조잘 떠들거나 노래를 부르고 있었다. 그들은 해골처럼 앙상한 몸이었지만, 헐렁한 옷 사이로 보이는 갈색 피부는 아주 강인하고 에너지가 넘쳐흘렀다.

진기가 없기 때문에 그들은 어떤 중장비도 없이 모든 일을 손으로 직접 했다. 심지어 집을 지지해주는 육중한 나무 들보도 손으로 잘라냈다. 그들은 온몸의 근육을 이용해 콘크리트를 섞고, 나무를 자르고, 사포질을 하고, 강철 봉을 길이에 맞게 구부리는 일을 한다. 대나무로 만든 경사로를 부지런히 오르내리며 콘크리트를 끌어올리고, 하루 종일 나무 널빤지에 대패질을 해대며 그들은 정말이지 개미처럼 열심히 일한다. 몇 시간 후면, 비가 오든 해가 반짝이든 간에 그들은 정신이 나가기라도 한 것처럼 아주 치열한 크리켓 경기를 벌이고는 온통 땀범벅이 되고 말 것이다. 제정신이라면 강 옆에 만든 임시 막사 앞 잔디에 누워 쉬든지, 맛있는 밥을 먹으러 내려가든지, 마을 매점에 맥주를 사러 가는 게 훨씬 나을 텐데 말이다.

인도와 비교하면 부탄은 그들에게 더없이 좋은 일터다. 인도 동북부 비하르Bihar 주나 동부의 서벵골West Bengal처럼 경기가 침체된 지역에서 일하는 것보다 거의 2배에 가까운 임금을 받을 수 있다. 그들은 대부분 부탄에서 집 짓는 일로 돈을 많이 벌어서 아이들을 인도의 사립학교에 보낸다. 숙련된 목수이자 장인들로, 부탄에 와서 수년 동안 살면서 일한다.

남게이가 일꾼들 중 한 사람에게 다가가는 것이 보였다. 힌디어를 잘 못하는 남게이는 아마 네팔어로 말을 걸 것이다. 이 지역에서는 누구나 네팔어를 할 줄 안다. 아주 편안한 자세로 남게이가 서 있다. 누구에게 말을 걸든 간에 남게이의 몸짓과 말투에는 항상 평등주의적인 존중이 담겨 있다.

인도인 일꾼들이 보기에 남게이는 신분이 높은 사람이었다. 일꾼은 고개를 숙인 채 듣고 있었는데, 아마도 남게이를 정면으로 바라보지 못하고 시선을 옆으로 두었을 것이 분명하다. 이는 인도에서 공경을 나타내는 태도다. 남게이가 강을 가리키며 손으로 빙글빙글 돌리는 시늉을 했다. 이제 일꾼이 여러 명 다가와 남게이의 말을 듣고 있었다. 간간이 인도인 특유의 방식으로 머리를 흔드는 일꾼도 있었다.

강 이쪽 편 우리 집 마당에 서 있는 나는 불안이 엄습했다. 부탄이라는 곳에서는 모든 일이 예상보다 오래 걸리는 게 다반사가 아니던가? 남게이는 같은 말을 여러 번 반복하는 듯했다. 몸짓도 곁들였다. 또 다른 일꾼이 대화에 합류했다. 그 사람은 담배나 혹은 빈랑나무 열매를 씹고 있는 것이 분명했다. 머리를 돌리고 자주 뭔가 뱉어냈다. 대화가 남게이가 원하는 식으로 흘러가는 것 같지 않았다. 5분이 지나고, 이어 10분도 지나갔다. 이윽고 남게이가 우리 집 쪽으로 몸을 틀자, 모두들 일제히 내가 있는 곳으로 몸을 돌렸다. 나는 멍청한 기분을 느끼면서 어설픈 미소를 보냈다. 인도인들은 백인들이 신기하게 행동하는 것에 익숙하니까, 뭐.

남게이와 일꾼 8명이 이쪽으로 다가오기 시작했다. 모두 의욕에 넘쳐서 걸음걸이가 아주 빨랐다. 마치 군대 행진처럼 시체를 향해 걸어갔다. 시체는 이제 물 위에 떠 있었다. 곧 우리 집 바로 맞은편에 도착했다. 그들은 살펴보기 시작했다.

"남게이, 잘하고 있어요."

나는 조용히 남게이를 응원했다. 남게이는 분명히 바위에서 아기를 꺼내기 위해 그들을 설득해서 데려온 것이다. 그런데 이제 어떻게 꺼내지?

보통 때라면 키가 작은 사람이라도 안전하게 걸어들어갈 수 있는 잔잔한 강물이 우기가 되면서 밤새 내린 폭우로 많이 불어나 있었고, 물 밑에 깔린 많은 돌멩이들 때문에 물살이 휘몰아치거나 소용돌이치면서 매우 빠르게 흘러가고 있었다. 그러면서 때로 흙탕물을 강둑 위로 엎질러놓기도 했다.

남자들은 강 위쪽으로도 올라가보고 아래로도 내려가보았다. 일꾼들 중 2명은 포기한 모양인지 집 짓는 곳으로 돌아갔다. 다른 사람들은 계속 이야기를 나누고 있었다. 가끔 말과 몸짓이 매우 열띤 듯했는데, 특히 남게이가 그랬다.

나는 곧 아까 돌아간 2명이 포기한 것이 아님을 깨달았다. 그들은 돌돌 말아놓은 굵은 밧줄 더미를 가지고 다시 나타났다. 그런 다음 모두 흩어져 각자 자리를 잡고 섰다. 2명이 밧줄을 들고 10미터가량 상류 쪽으로 올라갔다. 거기 강둑에는 강 쪽으로 기울어진 커다란 나무가 있었다. 키가 가장 큰 사람이 허리에 밧줄을 묶은 다음, 몇 미터 떨어져 있는 동료의 허리에 밧줄을 묶고, 다른 끝을 나무에 단단히 묶었다. 그리고 추가로 3명의 일꾼이 나무 근처로 걸어왔다. 그들은 팔을 벌리고 서서는 서로 손을 잡았다. 아니, 도대체 뭘 하려는 거지?

첫 번째 키 큰 남자가 천천히 강물 속으로 들어갔다. 모두 고함을 질렀다. 키가 제법 큰 그 인도인은 순식간에 탁한 물 속으로 사라졌다. 나는 숨이 턱 막혔다. 둑에 있던 동료들이 밧줄을 잡아당기자 남자의 머리가 물 위로 올라왔다. 그러자 다른 일꾼 2명이 행동을 취했다. 그들은 서로 잡고 있던 손을 놓고는 밧줄을 잡아 물속에 있는 남자를 지탱하는 일에 힘을 보탰다. 남자가 만일 익사하게 된다면 적어도 남자의 시체는 건질 수 있겠다고 나는 생각했다. 하지만 그건 매우 안 좋은 생각이다. 공포가 엄습했다.

남자가 머리를 물 위로 내밀고, 한 손으로 밧줄을 잡고는 아기가 걸려 있는 바위로 다가가려고 노력했다. 그때 아무런 예고 없이 뭍에 있던 동료가 기우뚱했다. 그러자 물속에 있던 남자도 휘청거리면서 팔을 첨벙거렸다. 남자는 마치 수영하는 것처럼 보였다. 하지만 급하게 흐르는 물살에서 그건 역부족일 것이다. 그럼에도 불구하고 남자는 밧줄을 꽉 잡고 다시 머리를 물 위로 들어올렸다.

내가 어리석은 일을 선동한 것이 틀림없었다. 이 서커스 같은 작은 소동은 정말로 위험해 보였다. 누구 하나가, 아니면 지금 물에 들어가 있는 두 사람 다 위태롭게 떠내려오는 커다란 나무통에 맞을지도 모른다. 정말로 누군가 물에 빠져 죽는 일이 일어날 것 같았다. 그러면 물에 시체가 더 늘어날 것이 분명했다. 그냥 나와요, 제발 그냥 나와요. 나는 외쳤다. 하지만 목소리는 나오지 않았다.

물속에 있는 두 남자에게 정신적인 지지라도 해줄 생각인지, 이제 남게이도 밧줄 한 부분을 잡고 있었다.

첫 번째 남자가 아기에게 가까이 다가갔다. 팔을 뻗어 아기의 옷자락을 돌에서 벗겨내려고 한두 차례 손짓을 해보았다. 성공하지 못했다. 나는 빗줄이 끊어질까 긱징되었다. 강둑에 있는 사람들도 똑같은 생각이 든 모양이었다. 그래서 물속에 있는 두 남자를 둑으로 끌어올리기 시작했다.

두 사람이 강둑으로 기어올라왔을 때는 젖은 옷이 몸에 찰싹 달라붙어서 물에 빠진 생쥐 꼴을 하고 있었다. 그들은 풀밭에 앉아 숨을 고르고, 기침을 하고, 머리와 얼굴을 문질렀다. 하지만 이내 웃음소리가 들렸다. 그들에게는 이것이 일종의 스포츠였다.

잠시 앉아 있더니 그들은 허리에서 밧줄을 풀었다. 새로 두 남자가 재빨리 일어나서 즐거운 표정으로 자기들의 가는 허리에 밧줄을 감았다. 그들이 이번 판에 나설 선수였다.

두 번째 팀은 성공적이었다. 맨 앞의 남자는 아기가 걸려 있는 바위까지 단번에 발을 움직여 도착했다. 남자는 나무 막대기를 가져가는 훌륭한 생각을 해냈다. 몇 번 어렵게 막대기를 찌르는가 싶자 드디어 바위에서 옷이 풀렸다. 아기의 시체는 재빨리 강 아래 굽이진 곳으로 떠내려갔다.

시체가 눈앞에서 사라지자 인도인 일꾼들이 크게 환호를 보냈다. 나도 고함을 지르면서 머리 위로 손을 들어 박수를 치는 시늉을 했다.

"와, 잘했어요!"

나는 소리치면서 경중경중 뛰었다.

다른 사람들이 재빨리 강에서 남자 둘을 끌어올렸다. 더 큰 함성과 웃음소리와 등을 두드려주는 모습이 보였다. 이어 사람들이 동료들과 나무에 묶어놓은 밧줄을 끌렀다. 대장으로 보이는 이가 밧줄을 돌돌 감았고 모두들 공사장으로 돌아갔다.

남게이가 강 건너편에서 나를 향해 손을 흔들었다. 한껏 고양된 나도 손을 흔들었다. 나는 무한한 사랑을, 한없는 연민을 느꼈다. 무슨 일이 일어나든 우리의 카르마는 둘 다 좋은 것이 분명했다.

생각은 진실로 이끌지 않는다. 진실이 생각의 시작이다.

—한나 아렌트Hannah Arendt

엄마가 되는 축복을!

어느 날 밤 전화가 왔다. 남게이의 고향 마을 부근에 꽤나 오지인 마을이 하나 있는데, 그곳에 사람들의 도움이 간절히 필요한 여섯살 소녀가 살고 있었다. 소녀는 매우 총명하고 공부에 대한 열망이 강했다. 조금 고집스럽고 제멋대로 구는 면도 없지 않았지만, 그런대로 착한 소녀였다.

소녀는 매일 집에서 학교로, 그리고 다시 집으로 깊은 산속 우거진 수풀을 헤치고 7킬로미터나 되는 거리를 걸어서 다녀야 했다. 집에 돌아오면 소녀는 즉시 곯아떨어지고 말았는데, 너무 피곤해서 말은커녕 먹을 수도 없었다. 학교에서도 제대로 배우지 못하기는 마찬가지였을 것이다. 그 아이를 입양할 만한 사람이 어디 주위에 없단 말인가? 개발도상국인 부탄은 서양의 기준에 따르면 가난한 나라지만, 의례적이든 아니든 간에 좀

더 유복한 친구나 친척들이 도움이 필요한 아이를 입양하는 일은 흔히 있었다.

나는 트롱사 여행길에 그 아이를 만났다. 작고 동그란 얼굴에 머리를 바짝 자른 아이는 아주 사랑스러웠다. 부모는 소녀에게 남자 옷을 입혔는데, 아마도 사촌한테서 물려받은 옷일 것이다. 그리 수줍어하지는 않았지만, 분명 조금은 다루기 힘든 고집 센 아이였다. 하지만 그런 면모 때문에 그 아이가 더 좋았다. 아이의 이름은 킨레이Kinlay다.

내가 아이 없이 중년의 나이에 이른 데에는 이유가 있다. 미국에 사는 내 친구들의 생체시계는 연중 쉬지 않고 시끄럽게 울어댄다. 반면 내 시계는 잠잠하다. 간혹 나는 친구들에게 동조하며 괴로운 척한다.

"그래도 아이들이 네 삶에 많은 의미를 주잖니."

그렇게 말하지만, 내 진심은 그렇지 않다. 아이들은 나한테는 단지 약간 흥미로운 존재일 뿐이다. 나는 친구들의 아이들을 좋아하고, 아이들이 커가면서 분기점을 맞는 모습을 지켜보는 것을 특히 좋아한다. 기저귀 떼기, 유치원 가기, 초등학교 입학, 사춘기, 운전면허증 따기……. 하지만 나는 그저 수동적인 관찰자로서만 만족했다. 나한테 인생은 대단히 흥미롭고, 이국적이고, 아이한테서 벗어난 것이고, 독립적인 것이었다. 그런 덕분에 나는 한 가지에 전념할 수 있는 기회를 많이 가질 수 있었고, 또 부탄을 두루 여행할 수도 있었다.

남게이와 결혼했을 때 우리는 이런저런 상황을 가정해보았다. 물론 아이를 갖는 것도 생각해보았지만, 미국 여자들은 보통 마흔살이 넘으면 불임치료를 해도 아기를 갖기는 힘들다고 남게이에게 말했다. 그 점은 분명히 말해줄 필요가 있었다. 부탄 여자들은 그 나이에도 쉽게 아기를 가졌고, 심지어는 오십대에 임신하는 경우도 있었다. 음식 때문인지 아니면 환경이나 유전자 때문인지는 잘 모르겠다. 나는 나이가 이미 너무 많이 들어서 임신할 수 없을 거라고 남게이에게 말했다.

"괜찮아요, 여보. 아기는 다음 생에 태어나서 가집시다."

그렇게 여운을 남겨놓는 말이 참으로 좋았다. 그렇게 해서 그 일은 일단락되었다. 아니, 적어도 나는 그렇게 생각했다.

전화가 왔을 때 우리는 그것에 대해 상의했다. 남게이는 킨레이를 원했다. 나는 어떤 일이 생길지 고민하면서 우물쭈물했다. 언제나 내가 현실주의자 역할을 떠맡게 되는 상황이 나를 힘들게 했다. 나는 현실주의자가 아니니까. 그런데 우리 결혼생활에서는 내가 그런 역할을 맡게 되는 상황이 자주 생겼다. 부탄의 피를 가진 남자와 아이가 한편이 되어 외로운 미국인 여자 1명과 대치하는 상황이 벌어진다면 과연 어떻게 해야 하는지 걱정이 되었다. 남게이는 우리가 그 아이를 대학까지 보내줘야 한다고 생각할까? 혹은 아이를 미국에 데려가기를 바랄까? 하루에 밥 3끼를 차려줘야 하나? 옷을 입히고 학교에 데려가는 일은 어떻게 하나? 무엇을 먹여야 하나? 아이 방은 어떻게 꾸미고? 이곳에 데려오면 어느 학교에 보내나? 숙제는 누가 도와줄까?

아이를 키울 때 생길 수 있는 온갖 문제들을 내 한정된 지식을 전부 끌어모아 생각해보았다. 개나 고양이 같은 동물은 키워본 적이 있었다. 고백하자면 그것도 나한테는 너무 막중한 임무였다. 먹이를 주거나, 용변을 처리하거나, 아플 때 돌보는 것은 그리 만만한 일이 아니었다. 남게이와 나는 과연 이 여섯살짜리 아이를 잘 키울 수 있을까? 아프면 어떻게 하지? 화장실 가는 일은 어떻게 처리하지?

"우린 잘할 수 있을 거예요. 그렇고말고."

그것이 내가 퍼붓는 모든 질문에 대한 남게이의 답이었다.

나는 좀더 시간을 두고 의논해보자고 말했다. 어떤 것도 서둘러 결정할 필요는 없었다. 그날 밤 늦게까지 그렇게 이야기를 나누다 잠이 들었다. 다음날 아침에는 일찍 일어나 남게이의 사촌인 페마와 함께 페마의 어머니를 방문하기로 되어 있었다.

사람들과 아이들을 돌보는 페마

페마는 오십대지만 매우 생기가 넘치는 여자다. 얼굴이나 행동은 나이보다 훨씬 앳되어 보인다. 짧은 단발머리인데, 나란히 일자로 자른 앞머리에 끄트머리가 안으로 말린 모양이, 오래전 《버스터 브라운Buster Brown》이라는 만화의 주인공이 유행시킨 머리 스타일을 닮았다. 부탄 여자들은 일정한 나이가 되면 이런 머리 스타일을 한다. 페마의 크고 둥그런 갈색 눈에는 항상 미소가 깃들어 있다. 노래 부르는 것처럼 웃는데, 깔깔거리며 웃을 때는 언제나 손으로 입을 가려 예의를 갖춘다. 교육수준은 높은

편이지만 아주 단출한 살림살이를 꾸리고 있다. 매년 6월이면 구루 린포체의 탄생을 기려 큰 잔치를 연다.

페마는 매일 해가 뜨기 전인 새벽 5시에 일어나 세수를 하고 옷을 차려입고 요리를 시작한다. 페마의 집은 카와장사에 있는 3층짜리 건물로, 남편과 어느 정도 자란 아이들 넷이 살기에 충분히 넓다. 언제나 확장 중에 있는 페마의 마음을 수용하기에도 아주 적합한 집이다.

페마네 집에는 가끔 페마의 어머니나 오빠들 중 한 사람이 와서 같이 지낸다. 그러고도 언제나 다른 사람들이나 아이들이 가족구성원으로 추가된다. 힘든 시기를 보내고 있거나 아이를 부양할 능력이 없는 사람들은 종종 아이를 페마에게 보낸다. 주린 배를 안고 마음의 상처가 깊은 아이들 역시 페마에게 온다. 남편에게 얻어맞았거나 남편이 다른 여자와 바람나 도망간 여자들도 페마의 집에서는 반갑게 받아들여진다. 페마가 누구도 절대 거절하지 않을 거란 사실을 사람들은 잘 알고 있다. 그들은 페마의 가족과 함께 머물다가, 준비가 되거나 조금의 행운이 따라주어 돈이 마련되면 나가서 새로운 삶을 시작한다.

몇 년 전 남게이와 나는 페마네 옆집에 살았다. 페마의 아이들 넷을 포함해서 아이들이 전부 11명이었는데, 나이는 여덟살에서 열여덟살까지 다양했다. 아침에 일어나면 식전 댓바람부터 페마가 마당에서 한껏 담요를 두드리는 모습을 자주 구경할 수 있었다. 그야말로 열심히 일하는 여자였다. 신에게서 특별히 많은 에너지를 선물받은 어린 소녀처럼도 보였다. 페마는 중심이었고, 모든 일이 페마의 주위를 맴돌게 만드는 어떤 힘을 가지고 있는 듯했다.

페마의 집은 아주 소란스럽고 혼란스럽지만, 언제나 깨끗하고 사랑이 넘친다. 사령실은 부엌이다. 거기서 페마는 요리를 하고, 깨끗이 닦고, 재미있는 이야기를 들려준다. 우리는 가끔 페마가 커다랗고 밝은 색의 플라스틱 장바구니를 메고 찬거리를 사러 시장으로 걸어내려가는 모습을 볼 수 있었다. 어깨에 걸쳐멘 플라스틱 장바구니는 부탄에서 아주 흔하게 볼 수 있는 제품이었다.

가끔 페마는 자신의 미션 중 하나를 수행하는 데 나를 운전사나 조수로 임명하고는 동행해줄 것을 요청하는데, 페마와 함께 어디를 가는 일은 항상 즐거운 일이다. 이번 미션은 하Ha 마을 부근에 있는 고개까지 운전해서 간 다음, 거기서부터 몇 시간을 걸어 소나무 숲을 지나 페마의 어머니를 방문하는 것이었다. 페마의 어머니는 지금 명상센터에서 기거하는 중이고, 페마는 어머니에게 먹을 것과 생활용품들을 가져다줄 예정이었다.

부탄의 많은 사람들이 나이가 들면 명상에 들어간다. 그들은 자비의 보살인 관세음보살의 열성적인 신봉자가 되어 다음 생을 준비하는 것을 도와달라고 기도를 올린다. 기본적으로 그들은 죽음을 준비하면서 자신의 카르마를 개선하려고 노력한다. 하지만 그것은 결코 슬픈 일이 아니다. 이는 그들의 남은 삶에 동기를 부여해줄 뿐만 아니라, 다른 문화권에 사는 노인들보다 더 건강하게 만들어주고, 독립해서 훨씬 오래 살 수 있게 도와준다.

많은 사람들이 명상 중에 임종을 맞이하며, 그것은 불교의 관점에서 보면 아주 좋은 일이다. 신체의 모든 기관이 점점 그 속도를 줄이다가 어느 순간 멈춘다. 부탄에서는 시골마다 불교 신자나 노인들의 공동체를 흔히 볼 수 있다. 근처에는 승려학교도 있는데, 젊은 소년소녀들이 승려나 여승이 되기 위해 공부하는 곳이다. 그들은 노인들을 돕거나 거꾸로 도움을 받기도 한다.

페마의 어머니는 대략 칠십대가 된 듯하다. 그분은 아이를 7명 낳아 길렀고, 같은 세대의 다른 여자들과 마찬가지로 농사지으며 열심히 일했다. 페마처럼 그분도 에너지가 넘쳐났고 매우 활동적이었다. 사람들은 그분을 안게이angay라고 불렀다. 사실 안게이는 그분의 이름이 아니라 부탄어로 '할머니'라는 뜻이다.

가끔 안게이는 팀부에 내려와 며칠 머물며 가족들을 만나거나 페마의 집 위에 있는 전통의약연구소에 들러 필요한 약초를 사간다. 겨울이 되면 안게이는 인도의 부다가야Bodh Gaya로 여행을 계획한다. 그곳은 석가모니가 깨우침을 얻은 장소로, 불교 신자들에게는 아주 유명한 순례지다.

사실 '명상센터'는 부적절한 명칭이다. 왜냐면 외딴 산속에 센터 같은 것은 없고, 대신 오두막이 몇 채 있을 뿐이기 때문이다. 그곳에서는 알프스처럼 아름다운 계곡이 내려다보인다. 맑은 날 북쪽으로 시선을 두면 티베트까지 뻗어가는 높은 히말라야산맥의 하얀 봉우리들이 만들어내는 장엄한 모습을 볼 수 있다.

가족들은 그곳에 안게이를 위한 집을 1채 지었다. 진흙을 치대어 만든 작고 깔끔한 통나무집이다. 겨울이면 심한 추위로 고생하는 이 산악지대에서 나무와 진흙의 조화는 단열처리에 아주 그만이다. 남게이는 외벽을 색칠하는 일을 도와주었다. 작은 방이 2개 있는데, 매우 효율적인 장작난로로 난방을 한다. 페마의 오빠 중 승려인 오빠들 2명이 근처에 살면서 교리를 공부하고 있는데, 매일 들러서 마당에 있는 수도에서 물을 떠다 집 안에 놓아준다. 집 안에는 수도시설이 없기 때문이다. 그리고 난로에 불을 지필 만큼 장작이 충분한지, 방이 따뜻한지도 확인한다. 안게이는 아들들에게 쌀과 채소로 카레라이스를 만들어주고 차도 만들어준다.

집 둘레에는 텃밭과 정원이 있다. 여름이면 채소와 꽃들이 히말라야의 태양을 받으며 빽빽하게 자라나 향긋한 냄새를 풍기면서 아주 근사한 모습을 연출한다. 어떤 꽃은 집보다 더 크게 자라서는 마당을 둘러싼 울타리를 마구 기어오른다. 여름이면 이곳이 높은 히말라야산맥의 외진 은둔지라는 사실을 잊어버리게 된다. 마치 제대로 가꾼 영국의 정원에 온 느낌이다.

깊은 산속에 은둔한 안게이

고개에 차를 세운 다음 우리는 안게이에게 가져갈 음식, 상자들, 항아리, 보따리 따위를 꺼내 차 옆 풀밭에서 짐을 나누었다. 그다음은 내가 싫어하는 부분이다. 나는 그렇게 많은 짐을 등에다 짊어지고 걸어가는 일에 아주 굼뜨다.

페마는 최근에 수확한 사과를 5킬로그램 정도 가져왔다. 거기다 붉은 쌀 5킬로그램도. 그리고 또 가져온 먹을거리들은 이렇다. 바구니에 볏짚을 깔고 담은 달걀 20개, 고기만두인 모모 조금, 버터 1킬로그램, 다체치즈 1킬로그램, 스위스베이커리에서 사온 페이스트리 1상자, 말린 소고기 잔뜩, 양파, 토마토, 마늘, 감자, 무 그리고 말린 호박, 끝으로 유장whey, 우유에서 단백질과 지방 성분을 빼고 남은 맑은 액체 한 주전자. 유장은 미네랄과 비타민이 아주 풍부하지만 겉보기에는 소 오줌처럼 보인다.

나는 눈을 들어 우리가 오를 산을 올려다보았다. 뒤에서 페마는 능숙하게 고기며 과일, 채소, 그리고 페이스트리 상자를 내 배낭 위에 묶어놓고는 더 무거운 것들은 자신의 배낭 위에 묶었다. 그랬어도 나는 무거워서 뒤로 넘어갈 지경이었다.

페마가 자신의 배낭을 챙기고 등에 짊어졌다. 나는 부탄식의 예의로 여러 차례 권고의 말을 해본다. "달걀은 저한테 주세요. 제가 손에 들고 갈게요.", "어서요.", "지금 너무 많이 들고 계세요. 저한테 더 주세요.", "제 가방이 더 가볍거든요.", "어서요.", "제가 더 크잖아요. 더 많이 들 수 있어요." 하지만 물론 페마는 조금도 짐을 덜어주지 않는다.

우리가 안게이를 방문할 때면 보통 길머리에서 승려를 한두 명 만나는 경우가 많아서, 그때마다 산 위까지 짐을 좀 옮겨달라고 부탁했다. 그날은 운 나쁘게도 승려가 단 한 사람도 없었다.

길가에는 벌써 눈이 조금씩 쌓인 곳도 있지만 그날은 조금 더운 날이었다. 태양빛이 닿지 않는 곳은 약간 질척거리는 곳도 있을 것이다. 하얀 원숭이가 있는지도 잘 살펴보아야 한다. 뉴스를 보면 가끔 하얀 원숭이가 불쑥 나타나 산길을 걷는 승려들을 공격해 팔을 물어뜯는다고 했다.

처음은 기만적이게도 쉬운 길로 시작되며 심지어는 내리막길도 섞여 있다. 그래서 처음에는 느긋하게 걷기 시작해 초르텐 3개를 지나고 전경기도 지난다. 작은 물줄기가 바퀴를 쉴새없이 돌리면서 작은 종을 때리면 팅 팅 팅 소리가 끊임없이 울려퍼진다. 그곳을 지나면 오솔길이 위쪽의 빽빽한 숲 속으로 이어진다.

페마는 말을 많이 해야 한다고 말한다.

"그래야 우리 둘 다 힘이 안 들겠죠?"

내가 말했다.

페마가 노래 같은 작은 웃음소리를 냈다. 우리, 아니 페마가 주로 꾸준히 이야기의 맥을 이어가고, 나는 숨을 헐떡이며 산을 오르는 동안 간신히 한두 문장 끄집어내는 데에만 그쳤다.

무거운 짐을 지고 가는데도 불구하고 나는 걷는 것이 즐거웠다. 부탄에서 하이킹은 내가 살아가는 이유이기도 하다. 이 말은 절대 과장이 아니다. 나는 걸으면서 일종의 희열을 느낀다. 희박한 산 공기, 뇌에서 분비되는 호르몬들, 그리고 찬란한 태양. 부탄은 마치 거대한 스테어매스터^{미국의 유명한 운동기구} 같다. 고립과 더불어 우리를 둘러싼 산들이 나를 먹여 살린다. 나는 이곳에서 외로움과 화해한다.

켄 키지^{Ken Kesey, 《뻐꾸기 둥지 위로 날아간 새》의 작가}에게 강력한 환각제인 LSD를 흡입한 일이 삶을 어떻게 바꾸어놓았는지 물었을 때 답한 말이 있다.

"당신은 몇 가지 얻는 것이 있을 것이고, 또 몇 가지 잃는 것도 있을 것이다."

부탄에 살면서 나는 그것과 똑같은 기분을 느낀다. 이처럼 외딴곳에서 수년간 살다 보면 사소한 것을 걱정하는 능력을 잃어버리게 된다. 그리고 약간 비사교적인 것에 호감을 느끼게 된다. 나는 뭔가를 획득하기 위해 경쟁하는 것을 그다지 좋아하지 않는다. 인생에는 다른 형태가 많이 존재한다. 고립 속에서 살아가다 보면 당신은 그 속에서 아주 세부적인 것에 매혹을 느끼게 될 것이다. 긴급하게 해야 할 일이란 아무것도 없다. 부탄에 사는 일은 나한테 내적인 삶의 떨림을 주는가 하면, 호두라도 깰 수 있는 강인한 넓적다리 근육을 주기도 한다.

나는 땀을 흘리기 시작했다. 페마의 이마는 말라 있다. 페마는 나에게 동정을 베풀어서 20분마다 멈춰 숨을 고르고 경치를 감상하도록 해주었다. 페마는 우리가 소속되어 있는 대가족에 어떤 이들이 있고, 또 나간 사람은 누구인지 들려주었다. 그처럼 많은 사람들과 연관되어 있다는 사실은 참으로 멋진 일이다. 우리 가족은 성직자, 대법원의 판사, 정치가, 선생, 화가, 나무 조각가, 영화감독 그리고 많은 수도사와 라마승으로 구성되어 있다. 모두 근면성실하고 독실한 불교 신자들이다. 가끔은 비극적인 일도 있다. 갓난아기의 죽음이라든가, 학교에서 낙제한다거나, 병에 걸리는 일 등등. 이야기를 나누는 동안 우리는 원숭이에 대한 걱정은 말끔히 잊어버렸다.

높은 산 위의 굽이진 모롱이를 돌자 드디어 집이 보였다. 말끔하게 울타리로 단장한 마당도 보였다. 때는 늦은 가을이었고, 정원에는 죽은 꽃들 사이에 듬성듬성 감자와 양배추가 조금 남아 있을 뿐이었다. 안게이는 울타리에서 커다란 스위트피 줄기를 벗겨내고 있었다. 안게이는 우리를 따뜻하게 반겨주었지만, 우리가 짐을 내려놓고 신발을 벗는 동안에도 몇 분간 계속 일을 했다.

칸나, 패랭이, 스위트피의 시든 줄기들이 보이고, 갈색의 마른 줄기 가운데 드문드문 시든 꽃들도 엉켜 있었다. 정원의 풍경은 심지어 죽어가는 식물조차 한 폭의 지상낙원을 떠올리기에 충분했다. 멀리 보이는 산은 구름 왕관을 쓰고 있다. 구름의 일부가 절들의 황금빛 지붕을 희미하게 가려서 점점 더 멀리 쓸려가는 느낌을 준다. 날이 갈수록 접근할 수 없게만 느껴지고, 어떻게 저기다 절들을 짓겠다고 생각했는지 궁금증만 자아내게 만든다. 어쩌면 나는 꿈을 꾸고 있는 중인지도 모르겠다. 어쩌면 저 절들은 아예 존재하지 않을지도 모르겠다. 높은 고도에서 모든 것이 현실감이라고는 전혀 없이 그저 태양빛에 이글이글 불타고 있을 뿐이었다.

우리가 안게이를 방문한다는 사실을 미리 알릴 방도는 없었다. 하지만 안게이를 따라 집 안으로 들어가보니 이미 우리를 위한 성대한 음식이 준비되어 있었다. 전날 코가 마구 간지러웠다고 부끄럽게 웃으면서 안게이가 말했다. 그런 일이 있으면 누군가 찾아온다는 뜻이라서 아침에 일찍 일어나 준비했다고 한다.

우리는 부엌에 있는 장작난로 옆에 앉았다. 그림이 그려진 커다란 창문을 통해 밝은 빛줄기가 들어와 바닥을 갈랐다. 귀가 짓이겨진 회색 고양이가 두꺼운 나무 마룻바닥에 가만히 웅크리고 앉아 있었다. 고양이는 난로의 열기와 햇빛을 최대한 많이 쬘 수 있는 자리를 절묘하게 차지하고는 잠들어 있었다. 부탄의 모든 고양이처럼 이 고양이도 일하는 고양이다. 집 안에서 쥐 같은 설치류를 밖으로 쫓아내는 일을 한다. 안게이가 우리에게 차를 내주었고, 우리가 차를 마시는 동안 고양이는 마루에 함께 앉아 있었다. 이윽고 고양이는 최상의 자리를 포기하고 바닥에 앉은 안게이의 무릎으로 기어올라가 웅크리고 앉았다. 페마와 이야기를 나누면서 안게이는 무심결에 고양이를 쓰다듬었다.

우리는 하루 종일 부엌의 난로 옆에서 보냈다. 그리고 날이 어두워지자 근처 티베트 국경에서 사온, 판다가 그려진 중국산 담요를 바닥에 깔고 잠이 들었다.

한밤중에 나는 안게이가 초숌으로도 사용하는 작은 침실에서 큰 소리로 경전을 읊는 소리에 잠에서 깼다. 초숌에는 작은 제단이 있고, 황금빛 불상 여러 개와 반드시 놓아야 하는 정화수 일곱 사발이 놓여 있다. 안게이는 평소 제단 앞 마루에서 잔다. 지금은 외로운 전구에서 희미한 불빛만이, 기도문을 읊으면서 천천히 몸을 앞뒤로 흔드는 안게이의 그림자를 벽에 던져주고 있을 뿐이다. 기도문 중간마다 안게이는 길고 깊은 숨을 들이킨다. 새벽 서너시는 된 것 같았다. 안게이가 읊는 운율이 자장가가 되어 나를 다시 잠들게 한다. 나이든 여인의 암자에 그렇게 누워서, 나는 그동안 부탄에서 느낀 그 어떤 고요함보다 더 깊은 고요함을 느꼈다.

최고로 노력하는 엉터리 엄마

다음날 아침 이불을 개고 아침으로 밥을 조금 먹고는, 산기슭에서 흘러 내리는 '성스런 물'이 있는 곳으로 올라갔다. 그 샘물은 부단에시 구루 린 포체가 땅에 지팡이를 꽂아 만들어낸 무수한 샘물 중 하나다. 구루 린포체 는 언제나 지팡이로 마술을 부렸다. 부탄 어디를 가든 사람들은 작은 시내 나 샘물을 가리키며 구루 린포체의 마법이 만들어냈다고 말한다. 혹은 바 위에 새겨진 발자국, 손도장도 구루 린포체가 남긴 것이라고 말하는 걸 들 을 수 있다. 또 구루 린포체는 사과나무도 만들었다. 구루 린포체가 지팡 이를 창처럼 내리꽂았는데 그 자리에서 사과나무가 자라났다고 한다.

구루 린포체가 환생해서 '스위저랜'이라는 곳에서 살고 있다는데 사실 이냐고 안게이가 페마에게 물었다.

"아, 스위스요? 그런데 누가 그래요?"

안게이는 웃으며 아무 말도 하지 않았다.

페마가 나를 보고 씽긋 웃으며 말했다.

"아마 그럴 거예요."

"제가 듣기로는 바하마제도에 산다던데요."

나는 농담으로 그렇게 말했다.

성스런 물에 얼굴을 씻고, 깨달음을 구하는 기도를 올렸다. 만약 그 기 도가 너무 야망에 찬 것이라면, 그럼 큰돈을 달라고 요청했다. 결국 나는 부탄에 살고 있고, 이곳은 부에 대한 탐욕과 부를 축적하는 것이 그리 큰 문제가 되는 곳이 아니다. 내 인생을 통틀어 지금보다 더 가난한 적이 없었건만, 나는 이보다 더 안전하고 행복한 때를 기억할 수 없었다. 부탄에서는 누구도 굶주려서 죽지 않는다. 이번 방문 중에 내 마음을 가장 많이 차지하고 있는 킨레이를 위한 기도는 올리지 않았다. 내 생각은 오로지 한 가지 질문에만 집중되고 있었다. 내가 과연 엄마가 될 수 있을까?

팀부로 돌아가려고 산을 걸어내려오는데 페마가 속사포처럼 빨리 말했다. 이번에는 내려가는 길이고 배낭에 아무런 짐도 없기 때문에 나도 대화에 전념할 수 있었다.

"나중에 안게이처럼 저렇게 혼자 살 건가요?"

"모를 일이지."

잠시 후 우리는 멈춰서 오래되어 보이는 통나무에 앉아 쉬었다.

페마는 나이가 들어가면서 기도하고 명상에 전념하는 친구들 이야기를 꺼냈다.

"그 친구들은 항상 순례길에 오르지. 이 절, 저 절, 돌아가면서 말이야. 매일 아침저녁으로 기도도 올리고 그래."

페마가 그런 기도와 정화의 습관에 대해서 어떻게 생각하는지는 잘 알 수 없었다.

"당신도 명상을 하나요?"

"우리가 어디에 있는지 봐."

내 마지막 질문에는 대답하지 않고 페마가 통나무에서 몸을 일으켜 걸으며 말했다.

"난 걸으면서 말하는 걸 좋아해. 그리고 어떤 장소에 다다르면 이런 생각을 해. '어, 벌써 여기까지 왔네. 어떻게 된 거지?' 하고 말이야."

페마의 간접적인 대답은 내게 그 질문이 쓸데없음을 말해주고 있었다. 그리 능숙한 질문은 아니었다. 사실 나는 그 답이 궁금하지도 않았다. 애당초 내가 원한 질문이 아니었으니까. 하지만 그렇다는 것을 페마는 어떻게 알았을까? 내가 정말로 궁금한 건 도대체 페마가 어떻게 그런 일들을 할 수 있었는지였다. 페마는 어떻게 그 많은 아이들을 키웠을까?

오래전 내가 처음 부탄 여행길에 올랐을 때, 기대한 것과 너무나 다른 이 낯설고도 새로운 곳에서 나는 많은 질문을 하고 답을 얻었다. 어떤 때는 내가 한 질문에 침묵으로 답을 받기도 했다. 하지만 침묵 속에는 많은 답이 담겨 있었다. 예를 들면 이런 식이다. 거기에 언제 도착하는지가 뭐가 그리 중요해요? 우리는 지금 여기에 있잖아요. 당신을 여기에 데려온 것은 무엇이죠?

세상은 점점 작아지고 있다. 우리가 각자 생각하는 것이 중요하고, 우리의 작은 행동이 지구의 모든 사람들에게 영향을 미치는 세상이다. 보지 않는 것에는 힘이 없고, 지각하지 못하는 것에도 힘이 없다. 당신 자신한테서 벗어나 당신의 자아를 극복하려고 노력하라. 당신은 훌륭한 어머니가 될 수 있다. 아니면 그 반대인지도 모른다. 그런 질문을 하는 것이 도대체 무슨 소용이 있단 말인가?

내 인생에서 모험과 꿈은 항상 모성을 앞섰다. 나는 직관과 꿈을 좇아 살았다. 그것이 내게 변화를 가져다주는 유일한 방법이었기 때문이다. 나는 그물이 없다고 일하는 것을 싫어하지 않았다. 나는 신념의 도약을 싫어하지 않았다.

서양에서는 살아가고 잠자는 것이 가능하다. 부탄에서 사람들은 깨어나라고 자꾸만 요구받는다. 이 세상에는 온갖 형태의 무지가 존재한다. 읽고 쓰는 걸 가르치는 것만이 반드시 지식을 주는 것은 아니다. 우리는 무엇이 진정 일어나고 있는지 알기 위해 우리의 마음을 사용하는 방법을 익혀야 한다.

곰곰이 생각하는 도중에, 마치 벼락처럼 나를 때리는 것이 있었다. 내가 숙고하고, 탐구하고, 질문하는 매 순간에도 킨레이는 고통받고 있었다. 킨레이는 공중에 떠 있었다. 한 아이가 고통스러워하고 있었다.

결국 그것은 아주 쉬운 결정이었다. 나는 무수한 의심들을 한 조각도 포기하지 않았다. 하지만 나는 직관을 따르기로 했고, 이제 '예'라고 말한다. 나는 엄마라는 세계에 빠지기로, 좀 엉터리 같겠지만 그래도 최고로 노력하는 엉터리 엄마가 되기로 결심했다. 시간으로 치자면 11시 막차였고, 그 막차가 떠날 시간에 나는 육감과 경험에 의지해 반사적으로 엄마가 되고자 결심한 것이다. 비록 명목상이지만 모든 준비가 되어 있었다. 오랫동안 잠자고 있던 나의 모성본능을 일제히 깨우고, 그 본능이 잘 이끌어줄 거란 실낱같은 희망을 걸어보고자 한다. 그리고 그 본능은 벌써 효력을 발휘하는 중이다. 어느 정도는 말이다. 인생에 어떤 일은 이해보다 더 중요한 부분이 아주 많다.

걸어가버리는 건 "안녕히 가세요."

칼로 당신 배를 가리키는 건 "그 얘기는 이제 그만해주세요."

당신쪽으로 몸을 기대는 건 "당신을 사랑합니다."

손가락을 들어올리는 건 "전적으로 동감합니다."

'아마도'는 "아니오"

'예'는 "아마도"

당신을 보는 건 "이번에는 당신 차례입니다."라는 뜻이다.

—윌리엄 스태포드,《부족 언어 순화하기Purifying the language of the tribe》

행 복 을 찾 는 올 바 른 방 법

늦가을이 되면 해가 일찍 져 집이 춥기 때문에 일찍 잠자리에 든다. 부탄의 집들은 내부 온도와 바깥 온도에 큰 차이가 없다. 창문과 벽에 틈이 많기 때문에, 아침에 종이 한 뭉치를 식탁 위에 올려놓았다 오후에 가보면 종이가 전부 바닥에 떨어져 있다. 우리는 옷을 겹겹이 입는다. 키라는 겨울에 특히나 좋다. 마치 담요를 두른 것 같다.

정원은 모두 열매를 거두었고, 새떼들은 강 건너 남쪽인 인도로 가기 위해 논밭에서 먹이를 먹으며 체력을 보충하고 있다. 오후가 되면 나는 산책을 한다. 강가 후미진 곳에서 멋진 장소를 발견했다. 그곳에 가려면 이웃의 땅을 가로질러 걸어가야 하지만, 이웃은 전혀 신경 쓰지 않는다. 집에서 20분은 족히 걸어야 하는 곳이다. 하얀색 전통가옥인 이웃집을 지나고, 최근에 수확해서 비어버린 논을 지난다. 땅은 이제 굳어지고, 갈라지고, 연갈색 벼 밑동만 남아 있다. 마치 죽은 풀처럼.

강가에는 비포장도로가 나란히 뻗어 있고, 소를 모는 목자牧者가 나름의 창작 기술로 만든 오두막집이 나온다. 이웃들의 소를 돌보는, 그야말로 진정한 카우보이라고 할 수 있는데, 우리가 아는 '말보로 남자'와는 사뭇 다르다. 목자에게는 아내와 아이가 둘 있어 공간이 더 필요해 보인다. 최근에 집에 전선을 연결했다. 텔레비전이 생겼다는 뜻이다. 창문을 통해 반짝거리는 불빛이 보이고, 소가 그 창문으로 넘겨다보고 있다. 소도 텔레비전을 본다.

문 2개, 추수가 끝난 논에 남겨진 이삭들, 그리고 내가 강가에 있다. 나는 하얀 파도가 이는 강물의 시끄러운 소리를 들으며 둥그런 돌 위에 마른 풀을 한 다발 깔고 그 위에 앉았다. 따뜻한 겨울 햇살이 등 뒤로 내리꽂혔다. 모든 감각이 일제히 일어나 마치 천국에 있는 것 같았다. 마음을 비우기에는 최적의 순간이다. 마음을 비우는 것은 모든 것을 버리는 것을 뜻한다. 모든 것이 마음의 표면으로 일어나면서 내 마음은 한동안 분주한 경기를 펼친다.

이 작은 장소가 바로 나의 은신처다. 부탄에 사는 것만으로 이미 다른 세상으로부터 은둔함을 뜻한다. 지구를 떠나지 않고도 나는 세상으로부터 최대한 멀리 떨어진 부탄에서 은신을 취했고, 이곳은 다시 그 은신처 안의 또 다른 은신처다. 자신이 진정 누구인지, 무엇으로 만들어졌는지, 무엇을 인내할 수 있는지 알고 싶다면 나는 두 가지를 추천한다. 도망가거나 숨는 것이다. 만약 당신 인생에서 둘 중에 하나, 혹은 둘 모두 기회가 생긴다면 어떤 식으로든 그 기회를 잡아라.

움푹 팬 곳에 서 있는 나무 두 그루는 위장 역할을 훌륭히 해낸다. 누군가 본다면 내가 명상 중이라고 생각하겠지만, 나는 사실 백일몽이라는 표현을 더 선호한다. 마치 잃어버린 예술을 하는 것 같은 느낌이다.

주위를 둘러보았다. 모든 것이 오염되지 않은 공기 속에서 빛나는 모습은 차라리 아파 보일 정도로 아름다웠다. 초겨울의 찬란한 빛들, 하늘빛을 반사해주는 선명한 파란색의 강물, 파도가 만들어주는 흰 포말, 하얀 부스러기들이 만드는 순백의 에너지가 내 마음을 편안하게 해준다.

사라 마일즈Sarah Miles가 주연한 영화 《다이애너의 두 남자White mischief》가 떠올랐다. 주인공은 매사에 싫증난 미국인 상속녀로 케냐에 살고 있다. 매일 아침 상속녀는 침실에 있는 프랑스풍 문을 열어젖히고는 장엄한 케냐의 풍광을 바라본다. 티끌 한 점 없는 하늘. 상속녀가 말한다. "오, 신이시여, 제발 이 미치도록 아름다운 날을 다시는 만들지 말아주소서." 하지만 나는 이런 아름다움에 절대로 싫증나고 싶지 않다.

물살이 밀려오지만 무척 깨끗해 강바닥에서 빛나는 매끈한 검은색과 갈색 돌멩이가 훤히 들여다보인다. 정말이지, 모든 것이 빛나고 있다. 메마른 공기는 바삭바삭하고 정전기가 일 것만 같다. 한 시간쯤 지나면 멀리 보이는 실안개도 사라질 것이다. 정오의 뜨거운 태양이 추위를 누그러뜨려 별로 춥지도 않다. 오른쪽에 있는, 솔로 쓸어내린 듯한 절벽 아래에는 몇 주 전만 해도 곰이 만들어놓은 길이 있었다. 곰들이 동면에 들기 전

물고기를 잡던 곳이다. 그 위로는 나무들이 작은 절벽에 일렬로 서서 하늘까지 죽 이어진다. 풍경의 3분의 1은 파란 하늘, 3분의 2는 모래와 상록수가 차지하고 있어서 내 눈은 금방 천국으로 날아간다. 근처에는 푸르고 뻘긴 기도자들의 깃빌이 기다란 징대에 매딜러 부드럽게 바람에 일렁이면서 기도를 우주 저 멀리로 날려보내고 있다.

내 몸에서 뿌리가 자라는 모습을 마음속에 그려본다. 다리는 땅과 만난 자리에서 매듭을 짓고, 엉덩이에서는 땅을 뚫고 내려갈 기다란 뿌리가 자라난다. 곧은 척추는 갈색의 기다랗고 곧은 뿌리가 되어 땅속 깊이 뿌리를 박으면서 옆으로는 작은 잔뿌리들을 만들어낸다. 나는 이제 움직일 수도 없고 단단해진다.

강은 이제 나의 개인적인 은유의 큰 부분을 차지한다. 나오고 들어가는 물은 우아하면서 유동적이고, 어디나 적응할 수 있음을 의미한다. 물이 되는 법을 배워라. 꿈속에 등장하는 강물은 변화와 이동을 상징한다. 우리가 사는 곳 옆으로 흐르는 강은 ― 지금 내가 앉아 있는 곳 옆으로 흐르는 강이기도 한데 ― 팀부 창추Thimphu Tsang Chu 강이다. 그 뜻은 '깨끗한 강'이다. 만약 빙하에서 녹아내린 물이 계속 새롭게 채워지는 이 강물이 그렇게 차지만 않다면 나는 마구 뛰어들어가 그 안에 드러누워 세례를 받을 것이다. 그렇게는 못하고 대신 얼굴에 강물을 한 줌 뿌린다. 얼굴 피부가 깜짝 놀란다.

선홍색 꼬리를 지닌 청록색 딱새 한 마리가 지저귀면서 수면 위를 활강해 벌레를 잡아 물고는 나무 사이로 날아가버린다. 다 늦은 이 계절에 아직도 이곳에 머물러 있는 중인가 보다.

강이 산들을 뚫어가며 만들어낸 이 미로가 나를 세상으로부터 얼마나 멀리 떨어뜨렸는지 이제야 깨닫는다. 참으로 불가능에 가까운 마법의 장소가 아닐 수 없다. 분명히 내게 마법을 걸었고, 나는 자애로운 부처가 된 기분이다.

물론 나는 부처의 모습과는 자못 멀다. 나는 아직 세상에 사로잡힌 사람이며, 스트레스도 많은 사람이다. 그것이 내가 이 강으로 나온 이유이기도 하다. 부탄에서도 세상은 아주 가까이 있어서, 나는 바로 이곳에서 긴장을 풀고 싶었다. 밖에는 여전히 할 일이 많았다. 귀찮은 일들, 긴장해야 하는 일들. 그리고 항상 뭔가가 망가진다. 하지만 이곳에서만큼은 찰나를 살 수 있다. 이것을 깨닫는 것은 선물과도 같다. 강물처럼 삶과 세상은 그렇게 빠르게 흘러간다는 것을 깨닫는 것 말이다. 그것을 깨닫는 것은 한편으로 모든 가능성을 열어주면서 매 순간을 풍요롭게 만들어준다. 이것을 진심으로 깨닫고 느끼기 위해서는 모든 스위치를 끄고 일상에서 이탈해 도망칠 필요가 있다. 그래서 바로 오늘 나는 여기에 왔다.

오늘 햇살은 아주 눈부시지만, 내 눈은 이내 그 빛에 익숙해진다. 저 멀리 심토카 드종이 보인다. 마치 하늘에서 둥실 떠서 내려와 언덕 위에 잠시 걸터앉아 쉬고 있는 것처럼 보인다. 꿈꾸는 듯한 구름 몇 가닥이 산줄기에서 일어나고 있다. 그야말로 영화의 한 장면이다. 나는 어느덧 카메라맨이 된다. 스태프 50여명이 조명과 기계장치와 장비를 들고서 나의 시선 밖으로 물러난다. 누군가 소리친다. "구름, 큐!" 그러자 드라이아이스를 담은 커다란 통이 열리고 구름들이 둥실둥실 떠오른다.

심토카 드종은 동화 속의 성처럼 삼나무 숲으로 둘러싸여서 마치 한 폭의 그림 같았다. 심토카 드종은 전형적인 부탄의 건축양식이다. 붉은색 선을 두른 흰색의 건물에 붉은색과 노란색 지붕이 올려져 있다. 심토카 드종은 1천여명의 승려를 수용할 만큼 엄청난 규모다. 소나무 사이 어디선가 연기가 피어오른다. 누가 불을 피운 걸까? 단단한 나무들은 이미 황금빛이 되었다. 저 멀리 짙푸른 하늘 가까이 서 있는 나무들은 옆모습이 우스꽝스런 초록 야수 같다. 조잘거리면서 흘러가는 강물이 내 몸에서 모든 긴장감을 앗아간다.

이젠 겨울이나 다름없다. 바야흐로 내가 제일 좋아하는 계절이다. 나는 이 계절이 유난스럽다는 것을 잘 안다. 나무들이 잎사귀를 벗어던지고 부드러운 갈색으로 변하는 모습을 좋아한다. 몇 주만 지나면 진짜 겨울이다. 겨울은 내면으로 향하는 시간이다. 이제 나무들은 잎을 포기할 것이고, 그들의 생명력인 수액은 몸통으로 응집된다. 강물은 겨울의 소리인 부드러운 자장가를 읊으며 마치 태양에 사로잡혀 제자리에 머물고 싶은 듯 아주 천천히 흘러간다. 흐르는 물 위로 살며시 내려 반짝이는 햇살. 아주 청명한 소리.

바로 이곳에서 나의 몸은 땅속으로 뿌리를 내리고 그에 맞춰 생각도 흘러간다. 우리 앞에 무엇이 있는지는, 그것이 편안하게 느껴지거나 스스로 원할 경우에만 알게 된다는 사실을 이제야 깨닫는다. 진실로 무엇을 보고 싶다면 우리는 감각, 즉 미각, 후각, 촉각, 시각, 청각에 의존할 필요가 없다. 완벽하게 인지하려면 우리는 이성이 아니라 자연적인 본능에 의지해야 한다.

지난 인생에서 숱하게 내린 결정들을 돌이켜본다. 선택과 결정 사이에는 커다란 차이점이 있다고 생각한다. 선택은 우리가 그 주도권을 가진다. 우리는 조건에 대해 알고 난 후 대안을 생각하고는 하나를 고른다. 이것은 내가 좋아하는 방식이기도 하다. 결정은 누군가 이미 우리를 위해 선택해놓은 상태다. 우리 앞에는 마치 패스트푸드점의 커다란 메뉴판처럼 답이 나열된다. 우리는 단지 A, B, C 중에서 고르기만 한다. 좀더 수동적인 의미인 것이다. 내가 지금처럼 선택과 결정을 정의하는 것은 물론 사전의 정의와 다르다. 나는 세상에 너무 많은 것들이 우리를 위해 이미 결정되어 있는 것처럼 느껴져서 이런 구분을 만들어보았다. 우리에게 많은 선택권이 있다고 진정으로 믿지 못한다.

하지만 우리에게는 많은 선택이 있다. 일단 우리의 꿈과 희망을 따라가기를 결정했다면, 다른 것은 좋든 나쁘든 그것에 맞게 자리를 잡아간다. 이 사실은 부탄에 와서야 깨달은 것이다. 이처럼 외떨어진 오지에서 많은 옷들을 벗어던지고 나니, 외부의 자아와 다름없는 내부의 자아를 찾은 것이다.

과녁을 겨냥하는 화살

부탄 동남쪽 멀리 떨어진 곳에 있는 페마갓실Pemagatshel 마을은 인도와 접경지대다. 나는 1996년에 그곳을 방문했다. 페마갓실에서는 험준한 히말라야 산들이 평탄해지면서 낮은 구릉이 된다. 그리고 국경지대에 이르러서는 더 평평해진다. 마치 누군가 구겨진 탁자보를 탄탄히 잡아당겨 펼쳤을 때처럼 말이다.

하지만 페마갓실의 훌륭한 들판에서 거두는 농산품은 결코 팀부의 시장까지 오지 않는다. 두 지역 사이에는 산과 강이 많고 도로도 충분히 깔려 있지 않기 때문이다. 그래서 페마갓실의 농부들은 가난하다. 그저 많지 않은 사람들과 가축으로 이루어진 공동체를 지탱할 만큼만 농사를 짓는다. 여자들은 농사일을 돕는 한편 아이들을 돌보고, 부라bura라고 부르는 매우 값비싼 리넨을 가내수공업으로 짜고 염색하는 일을 한다.

오곡이 성장하는 계절이면 이 마을 사람들은 멧돼지한테서 농작물을 보호하느라, 호랑이한테서 말과 소들을 지키느라 밤낮을 고생한다. 그들은 들판에 오두막을 세워놓고 교대로 잠자며 해로운 동물들을 내쫓는다. 그들에게 인생은 서바이벌게임이나 다름없다. 운이 좋으면 하루가 끝날 무렵 약간 쉴 시간이 주어지기도 한다.

새해가 되면 그들은 사랑하는 이들과 모든 가축들의 건강과 안전을 기원하고자 신에게 바치는 감사의 푸자를 행한다. 그리고 큰 문제가 없다면 풍작이 한 해 더 연장되기를, 비가 일정하게 잘 내려서 농작물이 잘 자랄 수 있기를 기도한다. 그들은 다른 세상에 대한 지식은 전혀 없다.

나는 텐진Tenzin이라는 친구를 운전사로 고용했고, 이 나라를 여행하면서 여기저기에 있는 텐진의 많은 친척들 집에서 묵기도 했다. 한번은 동쪽 지역을 여행하던 도중 트라시강Trashigang 마을에서 많이 벗어난 곳에서 세상과 유일한 매개체인 텐진의 낡은 토요타 자동차가 고장났다. 하지만 우리는 운이 좋았다. 근처인 칼링Khaling 마을에서 가스용접기를 가진 텐진의 친척이 살고 있었다. 하루 만에 사람이 나타났고, 우리는 가던 길을 계속 갈 수 있었다.

여행이 끝날 무렵, 우리는 텐진의 친척이 네 가구나 살고 있는 페마갓실로 갔다. 차에서 내리자 우리는 가족의 초슘으로 쓰이기도 하는 작은 침실로 안내를 받았다. 방석 하나가 놓여 있는데, 그 앞에는 마치 전쟁도 치렀을 만큼 오래되어 보이는 낡은 텔레비전이 하나 있었다. 소년이 텔레비전을 켜고 낡은 비디오테이프를 집어넣고는 자리를 떴다. 이어서 소녀가 차 한 잔을 내왔다. 그야말로 성대한 대접이었다. 전기도 들어오고 텔레비전이 있어서 영화도 볼 수 있는 이 가족은 아주 부자인 셈이다. 텔레비전에서는 1970년대 초기 중국 무술 영화가 나왔다. 배우의 짧은 구레나룻을 보고 추측해본 것이다. 만일 텔레비전이 없었다면 소풍 중인 친구와 가족들, 혹은 인도로 성지순례를 가서 찍은 빛바랜 사진들을 담은 앨범을 보라고 내주었을 것이다.

음식을 기다리며 얼마간 쉬고 있자니 멀리서 고함 소리가 들렸다. 얼른 창가로 가보았다. 들판 저 너머에서 활쏘기 대회가 벌어지고 있었다.

부탄에서는 종종 한 팀에 남자들 12명으로 구성된 활쏘기 대회가 하루 종일, 혹은 일주일에 걸쳐 열린다. 부유하든 가난하든, 뚱뚱하든 날씬하든, 잘생겼든 못생겼든, 늙었든 젊었든, 술에 취했든 안 취했든 간에 부탄의 남자들은 모두 활쏘기를 사랑한다. 선수들은 들판 한쪽으로 100미터가량 떨어진 곳에 표적을 설치해놓고 화살을 쏜다. 과녁은 너비가 겨우 20센티미터인 작은 표적이다. 선수들이 그것을 맞추는 것은 물론이고, 그 거리에서 과녁이 보인다는 사실 자체가 무척이나 경이로웠다.

나는 멀리 떨어진 이 집 창에서 활쏘기 대회를 지켜보고 있다. 집 안은 따뜻했고, 늦은 오후의 햇살에 창밖의 정경은 노랗거나 아니면 기다란 검은 그림자로 마치 꿈결처럼 보였다.

텐진은 내가 어떻게 하고 있는지 보러 왔다. 배려 깊고 공손하면서 좀 짓궂기도 한 텐진이 말했다.

"가서 사람들한테 좀 조용히 해달라고 할까요? 그래야 영화를 볼 수 있겠지요?"

"부탄 사람들은 왜 그렇게 활쏘기를 좋아하죠?"

"원래 여기 사람들이 물건을 던져서 뭘 맞추는 걸 좋아해요."

"내가 이래서 부탄을 안 좋아할 수 없다니까."

"아, 그래요. 당신은 그 과녁을 겨냥하는 화살 같아요."

그로부터 몇 년이 지난 지금, 나는 팀부를 벗어난 이곳에서 당시의 페마갓실을 떠올린다. 그리고 텐진이 말한 것이 무슨 뜻인지 그 진심을 비로소 이해한다. 가장 밑바닥에 있는 것까지 모든 것을 벗어던졌을 때 비로소 나타나는 삶의 진실성 말이다. 행복은 예측할 수 없다. 당신이 올바른 상황, 즉 있어야 할 곳에 있을 때 비로소 행복이 당신에게 온다. 나는 이 사실을 부탄에 살면서 터득하게 되었다.

강가에 앉아 있으려니 바람이 마치 자기 존재를 알리기라도 하듯 땅에서 솟구쳐올라 일순 사나워진다. 나무 사이로 헤집고 들어가 마구 흔들어놓는가 싶더니 흙먼지를 들어올린다. 부탄에서 누구는 바람이 정령을 실어가는 힘이라고 했다. 적어도 바람은 계절의 변화를 알리는 신호다. 풀이 없는 둔덕에서 바람은 먼지의 악령들을 일깨운 후, 작은 토네이도가 되어 이리저리 방황하는 잎사귀들을 빨아올린다.

나는 손으로 눈을 가리고 바람이 가라앉기를 기다렸다. 이곳에 살면서 나는 시간을 질적인 개념 혹은 어떤 존재의 그림자와 관련짓는다. 우리는 날씨에 지배당하고, 계절에 따라 먹는 것, 가는 곳, 하는 일이 결정된다. 그래서 우리는 바깥세상이 돌아가는 일정 따위랑 잊어버릴 수 있고, 우리 자신만의 작은 세상을 구축할 수 있다. 뒤로 기대앉아 자신만의 세상을 가꾸자.

강물은 햇살과 날씨에 따라 시시각각으로 색깔을 바꾼다. 이곳에 앉아 있는 짧은 시간 동안에도 높은 산꼭대기 위에서는 하얀 구름이 위로 높이 솟구쳐 말 꼬리 모양이 되었다. 어디선가 희미하게 소나무 향이 풍긴다.

나는 눈을 감고 앉아 있었다. 눈을 깜박이거나 머리를 조금 기울이는 것만으로도 부탄의 이 모든 아름다움이 사라질까 봐 두려운 마음마저 든다. 멋들어진 상록수에 가을 잎사귀가 점점이 섞여 있는 산들, 저 멀리 흰

눈에 덮인 모습들 모두. 염려하고 있음을 염려하라. 변화란 끝없는 것. 고통은 피할 수 없는 길이다. 너 자신의 정원을 열심히 가꾸어라.

나는 국민행복지수를 사회적 실험대에 올린 급진적인 나라에 살고 있는 것을 행운으로 여긴다. 정부가 행복을 추구하고자 내린 이 결정은, 이미 부탄 사람들의 정신에 스며들어 있는 '참다운 삶'을 다시 한 번 되새길 수 있도록 해주었다. 나는 또한 자본주의가 정점을 이룬 나라 미국에서 자란 행운도 지녔다. 미국은 이 세상에서 가장 부유한 나라 중 하나로, 물질적인 삶의 질이 높은 곳이다. 나는 삶의 두 가지 철학을 비교할 수 있는 위치에 놓여 있는 셈이다.

자본주의사회에서 사람들은 돈을 벌기 위해 무엇이든 한다. 다만 그들이 잊고 있는 사실이 있다면, 그들은 행복해지기 위해 돈을 번다는 것이다. 예전에는 나도 이것을 잘 몰랐고, 또 기업의 자본주의 시스템이 얼마나 교묘히 삶의 전반에 스며들어 있는지 잘 알지 못했다. 부탄처럼 사람들이 경제발전에 기초하지 않은 결정을 내리는 곳에서 살고 나서야 그 사실을 깨달은 것이다. 부탄 사람들은 돈을 버는 데 능숙하지 않다. 하지만 그들은 미국인들보다 행복하다.

우리는 모두 행복을 꿈꾼다. 한동안 나는 행복을 심도 있게 연구했고, 나름대로 다음과 같은 결론을 내렸다. 행복에 이르는 길은 육체적인 고통이 약간 따를 것이고, 일종의 금욕도 필요할 것이다. 물론 나는 자기학대masochism를 말하는 것이 아니다. 하지만 당신이 일단 행복으로 향하는 길을 택했다면, 그것이 사람들이 덜 가는 길이든 훤히 뚫린 길이든, 어떤 식으로든 불편함과 마주칠 각오를 해야 한다. 역설적으로 들리겠지만 그런 불편함이야말로 당신을 행복하게 해줄 것이다. 행복을 안락과 연결시키지 마라.

절망적이게도 미국에서는 많은 사람들이 안락함에 심취해 있다. 안락은 우회로일 뿐 행복과 관련이 없다. 먹을 것이 풍부하고 그것이 약간의 안락을 가져올지는 모르지만, 실제로는 전혀 그렇지 못하다. 모든 벨트를 느슨히 풀어헤치고 발가락을 만져보려 하면, 그제야 우리는 행복하지 않음을 깨닫는다. 너무 비만해진 것이다. 그리고 우리는 건강하지도 못하다. 그래서 또 다른 물건을 사러 간다. 그러고도 쇼핑몰에서 돌아오는 와중에 또 먹을 것을 산다.

우리가 빠져 있는 것은 단지 육체적 안락만이 아니다. 불쾌한 진실에서 우리 자신을 막는 데도 혈안이 되어 있다. 평균적인 부탄 사람들은 평균적인 미국 사람들보다 세상물정을 더 많이 알고 있으며, 기꺼이 혹은 몇몇 책략을 사용해서라도 무슨 일이 일어나는지 관심을 쏟기 위해 모든 불편을 감수한다. 부탄은 작은 국가고 매우 취약하다. 부탄 사람들이 자신이 처한 역경을 깨닫고 바깥세상에서 무슨 일이 일어나는지 주시하는 것은 마땅하고 보람된 일이다. 그래서 세상물정에 훤한 것이다.

하지만 미국인들은 아니다. 그들은 그다지 급할 것이 없다. 바다 지 니머에서 무슨 일이 일어나는지 지켜보며 알아내는 것은 아주 불편하고 때로 당황스런 일이다. 중국과 수단에서 무슨 일이 일어나는지 아는 것보다 유명인들의 루머를 지켜보는 것이 더 편하다. 하지만 그 순간 중국이든 수단이든 거기서 일어나는 사건들은 현실이기 때문에 우리에게 더 많은 영향을 미친다는 진실은 잊고 있는 것이다.

오래된 이야기가 있다. 존 던_{John Donne}이 말했다.

"그 누구도 전적으로 홀로 존재하는 섬이 아니다. 모두 대륙의 일부분이고, 아주 중요한 일부분이다. 어느 누구의 죽음이라도 나를 감소시킨다. 나는 인류 속에 포함되어 있는 존재이기 때문이다. 그러니 누구를 위해 종이 울리는지 묻지 마라. 종은 그대 자신을 위해 울린다."

이 말은 존 던이 이 글을 쓴 1624년 당시보다 지금 상황에 더 잘 맞는 것 같다. 우리는 점점 더 많이, 더 크게, 더 좋거나 혹은 더 나쁘게 세상 사람들과 연결되고 영향을 끼치며 살아가고 있다. 때로 그것은 불편하기도 할 것이고 유쾌하지도 못하겠지만, 우리는 다른 세상에서 무슨 일이 일어나는지 알아야 하고, 능동적으로 다른 이의 삶에 참여해야 한다.

행복을 추구하는 과정에는 자연스레 금욕이 따르게 마련이다. 미국인들의 성향은 더 쌓아올리고, 더 많이 가지고, 크기를 더 키우고, 더 많이 성취하고자 한다. 더 큰 집, 더 커다란 바지, 더 커다란 자동차, 더 많은 도구들, 한 조각이라도 더 많은 케이크……. 그러면서 지구를 둘러싼 오존을 더 많이 없애버린다. 미국인이 사는 방식으로는 이제 지속이 불가능하다. 최근의 경제적 문제는 한계에 다다랐다. 이제야 모두 현실을 직시하기에 여념이 없다.

포기하는 것, 물 흐르듯 내버려두는 것, 밀어내는 것, 벗겨내는 것, 추려내는 것이 당신을 더 행복하게 만들 것이다. 물론 믿기 힘들 거라는 걸 안다. 하지만 다음 질문에 대답해보라. 당신이 소유한 물건으로 당신은 지금 얼마나 행복한가? 당신은 지금 더없이 행복한가? 새로운 수건 한 세트가 당신을 행복하게 해줄까? 만약 그렇다면 그 행복은 얼마나 오랫동안 유지될까?

행복에 대한 또 다른 진실은 다음과 같다. 궁극적으로 다른 어느 누구도 당신을 행복하게 만들 수 없다. 당신 스스로 행복을 추구해야 한다. 이 사실은 이미 누구나 알고 있다. 만약 다른 사람이 당신을 행복하게 해준다면 그것은 물론 고맙고, 좋은 일이다. 하지만 사랑하는 사람에게 당신의 행복을 책임지도록 하는 일은 너무 많은 압박을 주는 일이다.

여기서 내가 말하고 싶은 마지막 포인트는 다음과 같다. 행복은 밖에서 오는 것이 아니다. 행복은 당신이 내부의 힘을 어떻게 보는지에 따라 결정된다. 다시 말하면, 태도가 모든 것이다. 마치 밥 먹기 전에 엄마가 손을 씻으라고 훈련시키듯, 당신 스스로 행복에 이르는 태도를 가질 수 있도록 훈련해야 한다.

당신이 제일 먼저 할 일은 죽음에 대해 생각하는 것이다. 하루에도 여러 차례. 그것이야말로 당신에게 많은 사실을 일깨워줄 것이다. 왜냐면 우리가 하는 많은 일들은 결국에는 마지막, 즉 죽음에 대한 생각을 회피하기 위한 도피책이기 때문이다. 그러므로 죽음을 직시하는 것이 당신이 마음의 안정을 얻을 수 있는 가장 빠른 지름길이다. 안정된 마음 자체가 당신을 행복하게 해주지는 못하지만, 그래도 행복을 위한 무대를 마련해 줄 것이다.

죽음에 대한 마음가짐을 다듬는 일 다음에 할 일은, 고마움을 표시하도록 훈련하는 것이다. 두 팔과 두 다리를 가졌다면 그것에 감사하라. 그렇지 못하다면 숨쉴 수 있는 공기가 있음에 감사하라. 그런 다음 아주 깊이 숨을 쉬어보라. 그리고 다른 감사할 일이 뭔지 찾아보라. 물론 당신이 살아 있음에 감사하라.

아무것도 문제 될 게 없는 곳이야. 토토, 너는 그런 곳이 있는지 상상이나 해봤니? 분명히 있단다. 보트나 기차로 갈 수 있는 곳은 절대 아니지. 그곳은 아주 멀리, 더 멀리에 있어. 달나라 저 멀리, 비 내리는 곳 저 너머에 말이야.

—《오즈의 마법사》중에서, 도로시가 강아지 토토에게 하는 말

내 옆에 있는 행복

내가 이 글을 쓰고 있는 동안, 내 머리 바로 위에 있는 방에서 남게이가 그림을 그리는 소리가 들린다. 그림은 보통 조용한 행위다. 하지만 우리가 사는 곳에서는 그렇지 않다. 남게이는 그림을 그릴 때면 형상화하고 있는 신들에게 바치는 경문을 부드러운 목소리로 읊는다. 그것이 그림을 더 잘 그릴 수 있도록 해줄 뿐만 아니라 탕카에 강한 힘을 준다고 남게이는 말한다.

남게이의 기도 소리는 내가 일하는 작은 방의 열린 창을 통해 들어와 글을 쓰는 나의 머리칼을 어루만진다. 그러면 나는 잉여분의 좋은 카르마를 얻는 기분이 된다. 실제 그렇든 아니든, 나는 그러리라고 여긴다.

남게이도 어느새 회색 머리카락이 조금씩 늘고 있다. 하지만 남게이는 아직도 젊어 보인다. 그리고 여전히 부끄럼을 많이 타지만, 나한테만은 예외다. 남게이의 작업은 느리고 꼼꼼하고 공이 많이 들어가기 때문에 복잡한 그림을 완성하기까지 몇 달이 걸리기도 한다.

남게이는 부탄의 전통양식에 기초해 탕카를 그린다. 먼저 순면으로 된 천을 준비해서 잘 펼친 다음 노끈으로 나무틀에 꿰매어 캔버스를 만드는 일부터 시작한다. 그다음 캔버스 위에 풀과 석회암 가루를 섞어 한 층 바른 후 문지르는 작업에 들어간다. 처음에는 앞면을, 다음에는 뒤집어서 뒷면을 조약돌로 힘차게 문질러서 천을 평평하게 만든다. 그렇게 칠하고 문지르는 작업을 서너 차례 해서 캔버스를 최상의 상태로 만들어야 그림이 깨지지 않으면서 색도 고르게 입힐 수 있다. 탕카라는 말은 '돌돌 만 예술품'이라는 뜻이다. 부처나 기타 신들을 그린 이 회화 족자는 수백년 동안 펼쳤다가 돌돌 말아놓았다가를 반복했다. 대부분 말아서 보관하다가 경축일이나 행사가 있을 때만 펼쳐서 초솜이나 법당의 벽에 걸어놓는다. 탕카는 앞으로 수세대가 흘러도 살아남을 예술품인 것이다.

캔버스 준비가 끝나면 남게이는 부탄 전통양식에 맞춰 정성을 다해 부처의 이미지를 그리고 배경으로 하늘과 땅을 그린다. 그다음 돌가루 — 청록색, 녹색, 주홍색이 나는 — 나 광물질, 식물 등을 풀과 물에 개어 안료를 만들어서 색칠 작업에 들어간다. 모든 탕카는 이러한 과정을 거쳐서 그린다. 남게이는 하늘과 땅을 색칠한 다음 구름을, 그리고 신의 몸을, 마지막으로 얼굴을 색칠한다. 남게이가 아침에 일어나 처음 하는 일은 부처의 얼굴을 그리는 일이다. 아침에는 손끝이 매우 고르고 마음이 덜 분산

되기 때문이다. 탕카를 그리는 사람의 마음은 되도록 지고지순한 상태가 되는 것이 중요하다. 가장 마지막으로 그리는 부분은 눈인데, 눈을 색칠하는 일이 끝나면 비로소 탕카는 '깨어나게' 된다.

남게이가 그리는 탕카는 정밀함과, 신들의 얼굴을 아름답고 고요하게 표현하는 것으로 잘 알려져 있다. 남게이가 그리는 신들은 수백년 전 이야기에 나오는 인물들이다. 내가 제일 좋아하는 것은 네텐 추드루^{Neten Chudru}, 즉 다르마를 가지고 지구의 네 귀퉁이로 간 부처의 열여섯 제자들이다. 나는 남게이가 그리는 다키니도 좋아한다. 다키니는 깨달음을 얻은 존재인데 여성성을 갖고 있다. 신들을 보좌하며 하늘에서 기름과 성수를 부으며 마치 천사처럼 구름 위에 걸터앉아 있다. 나는 구루 린포체에게도 특별한 감정을 느낀다. 구루 린포체는 사랑하는 것을 위해 싸우고, 화와 무지를 잠재울 수 있도록 도와준다.

남게이는 신들을 아주 정확한 비율로 재현해내는 기량을 지니고 있다. 남게이는 학교에서 부처, 초록색 타라보살, 하얀색 타라보살, 자비의 보살, 금강불 등 수천 가지에 달하는 신들의 다양한 자세를 익혔다. 남게이에게 탕카는 명상이요, 경건함을 표현하는 행위다.

탕카를 그리는 마지막 단계는 꽃과 잎, 보석 따위를 돋보이게 하는 작업이다. 순금가루에 풀과 물을 섞은 다음 뿌린다. 금을 기다랗고 가는 마노석에 발라 문질러서 광택이 나게 한다. 나는 이 작업을 지켜보는 것을 좋아한다. 남게이의 침착한 손이 아주 세심하고 능란하게 문지르면 그림의 표면에서 광택이 나면서 금빛이 살아난다. 너무 부드럽게 문지르면 금빛이 살아나지 않고, 너무 세게 문지르면 캔버스가 찢어질 수 있다.

그림은 모든 부분이 완벽해지면서 그야말로 살아 있는 보석이 된다. 탕카를 완벽하게 그리지 못하면 그림을 의뢰한 사람이 훌륭한 환생을 하지 못하고, 그림을 그린 화가도 마찬가지가 될 것이라고 남게이는 말한다.

남게이는 여름에 소의 귀 안쪽에서 뽑은 털을 이용해 붓을 만들어 쓴다. 그 털은 특히나 세밀해서 복잡한 디자인이나 아주 작고 희미한 선들에 적합하다. 예를 들면 신의 머리칼, 작고 완벽한 분홍색 연꽃, 숨을 쉬고 기도하는 모습을 보여주는 선들 말이다. 우리 집 고양이에게 인도산 정어리 통조림을 먹이로 주었더니 털이 기름지고 아주 부드러워져서, 남게이가 고양이 털을 잘라 한층 묵직한 터치가 필요한 붓털로 사용하기도 했다. 최근에는 이웃집까지 진출해 고양이 몇 마리의 등에서 털 뭉치를 얻어왔다. 고양이들이 종교 예술에 털을 기부함으로써 포인트가 누적되었다고 농담까지 하면서 말이다.

언제나 차분하고 매우 절제하는 남게이와 달리, 나는 기복이 심한 편이며 말을 많이 한다. 내가 자란 테네시에는 불교적인 것이라고는 전혀 없었고, 불교 신자 역시 없었다. 그럼에도 불구하고 남게이는 나를 많이 사랑한다. 사람들은 때로 이유를 설명할 수 없어도 함께 살아갈 수 있음을 이제는 이해한다. 있는 그대로 받아들이는 것은 사랑에 빠지는 것의 많은 부분을 차지하고, 사랑은 사람을 아주 예외적으로 행동하게 만들어준다.

내가 처음 부탄에 왔을 때 나는 서른아홉살이었다. 여행사에서는 "근사한 기분전환"이 될 거라고 했다. 그런데 결국 그 기분전환이 내 인생을 뜯어고쳤고, 그 후 내 인생은 알아볼 수 없게 변해버렸다. 몸무게는 14킬로그램이나 빠졌고, 부탄 가족을 얻었으며, 담배를 끊고 명상을 시작했다. 어디든 걸어서 가는 법을 배웠고, 사고방식과 태도도 미미하게나마 변했디. 더 적게 일하고, 더 적게 소유하고, 더 많이 소풍을 떠나는 일이 나쁘다고 생각하지 않는다. 이곳에는 도덕이 존재하지 않는다. 내가 완전히 미쳐버린 건지도 모르지만, 부탄에서 역설적인 상황에 직면했을 때 말하는 것처럼 "이봐, 이제 뭘 할까?" 식이다. 내가 아주 조용히 미쳐간다면 부탄보다 더 좋은 장소는 없으리라.

물론 나는 미치지 않았는지도 모른다. 하지만 부탄에서 많은 시간을 보내면서 내 감성이 다시 형성되어 이제 많은 부분에서 나는 부탄식으로 바뀌었다. 먹고, 입고, 생각하고, 축하하고, 기도하고, 말하고, 웃고, 시간을 대하는 일반적인 태도가 모두 바뀌었다. 이번 생에서 마치지 못하면 아마 다음 생에서 할 수 있을 것이다. 나는 부탄 사람들과 부탄의 산속에서 목소리, 집, 놀라운 삶을 얻었다. 나는 느리게 사는 법, 집중하는 법, 그리고 웃는 법을 배웠다.

우리가 결혼하고 2년이 흐른 어느 날이었다. 집 뒤에 있는 작은 정원에 남게이와 함께 앉아 있었다. 이른 아침이었고, 우리는 차를 마시며 봉오리가 막 터지기 시작한 꽃들을 보면서 상쾌한 7월 아침을 즐기고 있었다. 심으려던 씨앗이 창고에 보관되어 있다는 것이 생각나서, 씨앗을 복숭아나무 아래 그늘에 심는 것이 좋을지 아니면 햇빛이 가득한 벽돌담 옆에 심는 것이 좋을지 남게이에게 물었다.

그러다 대화가 다른 쪽으로 흘러갔다. 결혼한 사람들이면 모두 하는 일, 즉 '그때 기억해' 놀이가 시작된 것이다. 로베사 호텔Lobesa Hotel에서 본 그 꽃 기억해요? 언제 그 레스토랑에 갔는지 기억해요? 하와이에 언제 갔는지 기억해요? 붐탕에서 우리가 설탕을 산 그 남자 기억해요?

그때였다. 남게이가 물었다.

"내가 당신을 태워준 그날 기억해요?"

"그게 무슨 말이에요? 언제 태워줘요?"

"내 오토바이에 태워준 것 말예요."

"당신은 오토바이가 없잖아요."

"전엔 있었지. 그날 당신이 발목을 다쳤을 때."

"무슨 소리예요?"

"푸나카에서."

"뭐라고요? 내가 푸나카에서 발목을 삔 걸 어떻게 알아요?"

남게이가 달콤하게, 그리고 덤덤하게 말했다.

"내가 당신을 태워주었으니까."

"말도 안돼! 그게 당신이었다고요?"

나는 의자에서 벌떡 일어났다.

"그 오토바이를 운전한 남자가 바로 당신이었다고요?"

몇 년이 흘렀지만 오토바이에 앉아 있던 남자는 나한테 여전히 그림처럼 생생했다. 남자가 도로에서 나를 구해준 그날의 기억도 선명했다. 헬멧의 눈가리개가 얼굴을 가렸고 오로지 입술만 보였다. 하지만 나는 분명히 그 이후로도 같은 입술을 수없이 본 것이다!

과거에 동일한 장소에 있었다는 걸 안 기분이란, 그리고 그곳에 마법이 존재했다는 걸 안 기분이란 정말이지 이루 표현할 수가 없다. 남게이는 왜 진작 그 사실을 말하지 않았을까? 잘 모르겠다. 남게이에게 여러 번 물어보았다. 어떤 때 남게이는 그냥 잊어버렸다고 말한다. 어떤 때는 내가 이미 알고 있는 줄 알았다고 말한다. 이제는 그것이 남게이의 방식이라는 것을 잘 안다. 남게이의 침착함과 절제하는 성격이 바로 내가 남게이를 사랑하는 이유다. 그리고 부탄을 사랑하는 이유이기도 하다. 둘은 불가분의 관계니까.

나는 많이 질문하지 않는 법을 익혔다. 이제 나는 인생이란 삶을 바꿔놓는 행복한 우연의 연속으로 가득 차 있음을 알게 되었다. 그 우연은 내가 생각하는 것 이상으로 자주 일어날지도 모른다. 특히 여행하거나 매일 아침 느슨하게 시작할 수 있다면 말이다. 그 우연은 부탄에서 더 자주 일어난다. 만약 진정으로 마법 같은 곳에 있다면, 그리고 무슨 일인가 일어날 것만 같은 느낌이 든다면, 그냥 그대로 맞아들여라. 그냥 그대로, 자신이 휩쓸리도록 두어라.

우주 만물은 필히 소멸해 없어진다. 중단하지 말고 끝없이 수행하고 정
진하라.

—석가모니의 마지막 말

부탄의 자연, 정치, 주변국가에 대해

부탄에 현대적인 일들이 많아지고는 있지만, 여전히 많은 부탄 사람들은 조상이 하던 식으로 가파른 산기슭이나 골짜기에 있는 외딴 마을에서 몇 가지 전통적인 씨앗을 뿌리며 살아간다. 삶을 천천히 웃으며 태평스럽게 즐기려는 부탄 사람들의 성향으로 이곳의 인생은 훨씬 더 완만하게 흘러간다. 부탄에 방문했다 이곳을 사랑하게 된 사람 중 하나인 스코츠맨 조지 보글Scotsman George Bogle의 일기에는 18세기 부탄 여자들에 대한 이야기가 나오는데, 지금도 잘 들어맞는 사실이라고 할 수 있다. "밝은 마음의 근원과 건실한 구조는 실로 무한하다."

부탄에서 사회적 행동에 규율이 잡힌 것은 아주 오래되었다. 의식을 치르는 조상들의 방식, 환경을 사랑하고 서로 아끼는 태도, 관례화된 행동,

예절과 종교, 그리고 감수성은 천년이 흘러도 그다지 변한 것이 없다. 지금은 갑자기 텔레비전, 인터넷, 의료시설, 자동차, 전화, 도로, 학교 그리고 부탄 밖으로 여행할 수 있는 기회들이 생겨났다. 이러한 것들이 부탄의 변화에 속도를 가하고 있다. 이것들 모두 아주 짧은 시간에 부탄으로 들어왔다.

부탄과 다른 세상의 가장 큰 차이점을 나는 한마디로 표현할 수 있다. 그것은 바로 '공손함'이다. 나는 이 단어가 세상에서 이처럼 많이 쓰이는 곳을 본 적이 거의 없다.

17세기에 이곳에 온 포르투갈의 선교사들은 많은 증거를 남겼다. 그들은 여기 머무는 것이 무척 즐거웠고 양떼를 모는, 혹은 십자가에서 죽어가거나, 마리아에게 안긴 분홍빛 뺨의 통통한 아기 예수를 그린 그림들을 가지고는 누구도 개종시킬 수 없었다고 말한다. 탄트라 불교가 부탄식으로 정착하고 비밀스런 의식, (화염에 싸인) 분노의 신, 해골, 남근 등을 보여주는 부탄만의 종교가 부탄인들에게 더 어울린다고 말했다.

부탄의 자연

부탄은 아주 작은 나라인데도 그 안에 다양한 기후대가 분포하고 있다. 북으로는 빙하지대, 중부에는 온대기후, 남부에는 열대우림 지역이 있다. 부탄은 새, 꽃과 더불어 원숭이, 호랑이, 코끼리, 코뿔소 등 멸종위기에 처한 다양한 생물종들의 고향이다. 그리고 파란 양과 눈표범의 고향이기도 하다.

부탄을 감싸고 있는 산들은 날씨와 시간에 따라서, 구름이 변하거나 산등성이로 그림자를 드리우는 것에 따라서, 혹은 태양이 한 무더기의 나무를 도드라지게 만드는 것에 따라서 그 크기가 커지기도 하고 모양이 변하기도 한다. 구름은 산언저리에서 만들어져 산꼭대기에서 쏟아져내린다. 이것이 산들을 더 살아 있게 만든다.

북쪽이나 동쪽으로 가면 산이 점점 가팔라져서 넘어가기가 힘들게 된다. 부탄 동쪽에서 온 사람들은 작고 땅딸막해서, 마치 웅장한 산의 그림자 속에서 자라다 보니 발육이 방해받은 것은 아닌가 하는 생각마저 들게 한다. 험준한 바위와 봉우리 사이에 땅이 조금 있는 것 외에는 대부분이 수직으로 위나 아래로 뻗어 있기 때문에 경작할 땅이 거의 없다.

트라시강과 북동쪽 끝에 있는 페마갓실 사이의 길은 약 4분의 3이 무시무시하게 브이자로 뚫린 협곡 위에 붕 떠 있어서, 자동차를 타고 가다 아래를 조금이라도 보면 그대로 빨려들 것 같은 느낌이 든다. 좁다란 강이 그 협곡 사이를 흘러가는데, 너무 먼 아래쪽에 있어서 마치 흙바닥에 아로새겨진 가는 선처럼 보인다. 사람이 살기에 그리 쾌적한 곳은 아닌 듯 보인다.

부탄과 티베트가 만나는 하이 히말라야에는 도로가 없다. 나이든 야크 목자들의 말로는, 이곳 산들을 통과하는 건 불가능하다고 한다. 그들이 어렸을 때는 티베트 사람들과 왕래를 했다. 절벽에 쐐기를 박아 밧줄을 매달고 부탄에서 티베트로 넘나들었다고 한다. 중국이 티베트를 침공했을 때 중국인들이 밧줄을 잘라버렸다.

지형적으로도 히말라야를 횡단하는 것은 매우 어려워 보인다. 하지만 최근 도로공학 기술이 발달하면서 중국이 티베트와 부탄이 만나는 국경선 부근에 도로를 건설하기 시작했다. 어떤 길은 지도상으로 볼 때 부탄 안쪽까지 침범해 있다. 부탄 사람들은 이것 때문에 많이 걱정하고 있다.

동쪽에 있는 많은 마을은 물론이고, 북쪽의 빙하로 덮인 골짜기와 남쪽의 광대한 우림 지역처럼 외딴 지역에는 전기가 들어가지 않는다. 험악한 지형 때문에 변압기를 설치하고 아스팔트를 까는 일이 어렵고, 비용까지 곱절로 든다. 어떤 곳은 중장비를 말안장에 얹어서 가야 하고, 심지어 말이 갈 수 없는 곳은 사람들이 직접 지고 가야 한다.

높은 산에는 명상 공동체가 많다. 한 곳을 소개하자면, 커다란 3층짜리 절이 중앙을 차지하는 그 공동체는 평탄한 산꼭대기에 있다. 그 옆 내리막 경사에는 작은 축사나 오두막집이 근사한 풍경에 한몫을 더한다. 명상 공동체에는 나이든 의사도 제법 있으며, 관리인도 몇 명 함께 기거하면서 나이든 신자들을 목욕시키고 요리를 맡아 하고 있다. 공동체에는 보통 80여 명의 남녀와 20여명의 학생 승려들이 있다.

어린 승려들은 학교에서 공동체까지 가파른 길을 뛰어오르거나 뛰어내려간다. 늦여름이면 초입의 작은 가게에서 사과를 팔기 때문이다. 친절한 가게 주인은 결코 이윤을 남기지 않는다. 주인은 어리고 돈 없는 학생 승려들에게 사과를 마음껏 나눠준다.

그 공동체는 수백년을 고립되어 있었다. 하지만 수년 전에 정부가 막대한 돈을 들여서 산 옆에 전봇대를 세워 전기를 공급해주었다. 다른 정부라면 사람들에게 그만 산에서 내려올 것을 종용했을지도 모르겠다.

부탄의 주변국가들

부탄을 둘러싼 지역은 종족 간의 전쟁, 난투극이 벌어지는 독립국가, 가난, 마약, 종교적 기회주의자들로 가득 차 있다. 중국은 티베트를 집어삼켰다. 아니면 되찾았다는 표현을 써야 할까?(당신의 관점에 따라 해석이 달라질 것이다.) 티베트는 부탄 바로 북쪽이고, 이제 중국의 한족들이 티베트의 문화유산을 멸살하고 있다.

부탄 남쪽에는 인도의 아삼Assam과 서벵골 지역이 만나는 곳에 약 20km² 넓이의 작은 땅이 있다. '치킨 넥'Chicken Neck이라고 부르는 지역으로, 인도 동북부 최극단과 부탄을 연결해준다. 부탄을 둘러싼 이웃 나라들 중 인도는 그래도 비교적 덜 위협적이다.

그 밑에는 방글라데시가 있다. 방글라데시의 수도 다카Dhaka는 이슬람 극단주의자들의 중심이자 무기 소지가 가능한 도시다. 방글라데시 역시 매우 가난하고, 덥고, 자연재해가 많은 곳이다. 방글라데시는 인도가 독립한 직후인 1949년에 세워졌는데, 당시에는 동파키스탄이라는 이름으로 불렸고, 결코 자립의 기회를 갖지 못했다. 나라 대부분이 해수면과 동일한 높이이거나 더 낮다. 그리고 세계적으로 그 어떤 곳보다 삼각주가 많다. 장마철이 오면 강물이 불어나서 힘없는 마을 사람들과 소, 염소, 다른 가축들이 속절없이 죽어간다. 또 수만명의 불운한 사람들을 태운 배가 전복되어 CNN에 뉴스거리로 등장한다. 정치적이고 군사적인 반란과 황폐한 흙바닥에서 희생당하는 불쌍한 아이들을 돕는 모금을 주선하고자 비틀즈 멤버인 조지 해리슨이 1971년에 방글라데시 자선공연을 기획한 후 방글라데시라는 이름이 알려졌다. 파리가 덕지덕지 앉은 커다란 눈과 배가 볼록한 아이들, 그리고 이 불행한 운명의 민족이 전세계의 이목을 끌게 되었다.

방글라데시 위에 있는 부탄은 이 나라의 무역 상대국이다. 그래서 우리는 방글라데시에서 만든 축제용 멜라민 용기에 음식을 담아 먹고, 대신 방글라데시 사람들은 부탄에서 재배한 사과를 먹는다. 우리는 또 무역상이 대량으로 들여와 파는 2등품, 즉 하자가 있는 올드네이비, 월마트 브랜드인 조지, 갭, H&M, 타라 따위의 옷들을 입는다.

서쪽으로 접한 나라는 네팔이다. 네팔 정부는 50년이 넘도록 불안정하고 부패했는데, 최근에 모택동주의자들이 정부를 전복하고 왕을 축출했다. 한때 찬란한 빛을 발한 히말라야 왕국은 부유하고 부도덕한 지주들이 나무와 미네랄 등 풍부한 자원들을 팔아넘기고 국민을 착취하는 나라가 되었다. 관광자원과 외국의 보조가 국가 재정을 돕고 있지만, 나라를 유지할 만큼은 못 된다. 심지어 한때 아름답던 힌두교, 불교 사원들이 도적들에게 하나씩 초토화되고 있는 실정이다.

네팔 사람들은 대부분 힌두교 신자다. 하지만 부도덕한 지도자와 언론으로 끔찍하게 호도당하고 있다. 어떤 이는 딸을 인도의 뭄바이, 캘커타, 실리구리Siliguri의 사창가로 팔아넘겨 나머지 가족을 부양한다. 네팔인들은 완전히 자포자기 상태이며, 네팔 난민들의 물결이 인도 북동부와 부탄으로 밀려들고 있다. 부탄으로 왔다가 다시 쫓겨난 많은 네팔인들이 미국에서 새로운 삶의 터전을 마련하고 있다. 연간 1백만명이 넘는 네팔인들이 국경을 빠져나온다고 한다. 이는 필경 불운한 네팔인들뿐만 아니라 이웃 나라들에도 고난이 아닐 수 없다. 지금 네팔은 인도와 부탄의 일부를 자기들 땅으로 달라고 요구하기까지 하는 실정이다.

동쪽에는 군사정권이 지배하는 미얀마가 있다. 아름답고 미개발된 미얀마 사람들은 불교를 숭배하고, 농사를 짓기 때문에 사는 모습이 언뜻 보면 부탄 사람과 똑같다. 미얀마 사정도 좋지 않음을 누구나 알 것이다. 특히 2008년에 이라와디Irrawaddy 삼각주를 강타한 끔찍한 사이클론이 그렇다. 미얀마 국민들이 얼마나 많은 고통을 받고 있을지 능히 짐작할 수 있다.

20세기 초반까지 약 200년 동안 티베트는 자주 부탄을 침략했다. 아무것이나 잘 자라는, 무성하고도 보호가 잘되는 산악지대의 골짜기 마을은 티베트인들을 유혹했다. 그들이 거주하는 고원은 너무 높고 추워서 어떤 작물도 잘 자라지 못한다. 침략이 임박한 것 같으면 부탄 사람들은 농사를 멈추고, 활과 독을 묻힌 화살을 들고 가까운 숲이나 요새로 숨어들었다.

부탄 사람들은 잃을 것이 많다. 부탄 사람들이 어떻게 화내는지 궁금해서 그들의 화를 돋구는 일 따위는 절대로 하지 마라. 부탄 사람들이 화나면 매우 잔혹해진다. 산 채로 매장당할 수도 있다. 공손함에도 한계는 있는 법이다. 19세기 말, 마침내 티베트 사람들은 항복했고, 파로 부근에 있는 드루클 드종Drukyl Dzong으로 퇴각했다. 역설적이게도 1959년 중국이 티베트를 침공했을 때 부탄은 많은 티베트인들을 받아들여 부탄에서 살 수 있도록 허락해주었다. 아직도 팀부, 기다콤Gidacome, 붐탕에는 커다란 티베트 공동체들이 있다.

부탄의 정치

부탄은 한 번도 식민지가 된 적이 없다. 하지만 미국이 남북전쟁을 치르는 동안 부탄은 남부의 비옥한 삼각주인 두아르스Duars 지배권을 놓고 영국령 인도와 전쟁을 치렀다. 첨단의 무기를 갖추고 수적으로도 우세한 영국군에 대항해 싸운 두아르스 전쟁에서 결국 부탄이 패하면서 부탄은 평탄한 땅을 대부분 잃고 말았다. 영국은 그 땅을 인도에 인계했다. 이 일로 부탄 사람들은 누구도 원치 않은 산으로 밀려나 살게 되었다.

부탄은 북에서 남까지 160킬로미터, 동에서 서까지 320킬로미터인 작은 나라다. 다른 나라들이 몸집을 키우거나 분리하는 동안에도 부탄은 최대한 조용히 은신하는 것이 최선이었다. 하지만 최근 40년 동안 부탄은 쇄국정책을 끝내고 세계 속에 한 자리를 차지하고자 갖은 방안을 강구하고 있다. 부탄은 근대화를 지향하는 일과 더불어 전통을 보존하는 일에도 전념하고 있다. 속 내용물을 보면 훨씬 우위의 나라지만 겉으로 보기에는 다른 나라가 침범할 만큼 큰 매력은 없어 보일 것이다. 원래 부탄 부근에는 무스탕Mustang, 리다크Ladakh, 시킴Sikkim 등 많은 나라들이 있었다. 그들은 불교 왕정이 지배하던 곳이었지만, 이제 인도와 네팔의 일부가 되었다. 이제 마지막으로 남은 나라가 바로 부탄이다.

부탄은 1960년대 초반까지도 중세적인 면모를 보였다. 1908년에 성립된 왕추크Wangchuck 왕조에서 3명의 왕이 나와 부탄을 통치했다. 어떤 면에서 3명 모두 자애로운 절대군주였다. 세 번째 왕인 지그메 도르지 왕추크Jigme Dorji Wangchuck는 중국과 인도가 1962년까지 벌인 국경분쟁을 통해 코앞에서 중국의 뜨거운 입김을 느끼게 되면서 본격적으로 부탄의 근대화 작업에 착수했다. 인도와 동맹을 맺었고, 인도의 초대 총리인 자와할랄 네루Jawaharlal Nehru의 도움으로 도로, 병원, 학교를 지으면서 근대화의 초석을 마련했다. 그것이 오늘날까지 이어졌다. 유엔에도 가입했다. 그리고 이 나라의 궁극적인 목표로 민주주의를 공식화함으로써 자신은 물론이고 자손들이 누릴 왕실의 운명은 뒤로 물러나고 만다.

부탄에도 내부의 갈등은 있었다. 역사 초기부터 부탄은 두 그룹으로 갈려 끊임없이 싸웠다. 산악지대라는 특성은 부탄을 고립 상태로 지켜주고, 수백년에 걸쳐 부탄만의 독특한 문화를 발전시키는 데 큰 이바지를 했다. 하지만 그러한 특성이 결속력을 응집하는 데는 그리 큰 도움을 주지 못했다. 부탄 사람들에게 행운이 찾아오기 전까지 부탄인은 안으로 그들끼리

싸우고, 또 밖으로 티베트와 싸워야 했다.

1627년, 티베트의 랄룽Ralung이라는 곳에서 정통성 논란을 피해 부탄으로 몸을 숨긴 한 고귀한 성자에 의해 이들에게도 행운이 찾아온다. 그 성자의 이름이 바로 샤브드룽 나왕 남갈이다.

샤브드룽 나왕 남갈은 언제나 산타클로스처럼 기다란 수염을 가진, 뚱뚱하고 쾌활한 모습으로 형상화된다. 하지만 실제로는 작고 단정히 자른 수염에 그리 뚱뚱하지도 않다. 샤브드룽 나왕 남갈은 군사적인 책략가이자 기량이 뛰어난 탄트라 달인, 안무가, 예술가 그리고 훌륭한 중재자였다. 부탄에 온 샤브드룽 나왕 남갈은 내분의 요인을 해결하고, 세속과 종교의 이해관계를 모두 충족시켜주는 이중정부를 만들고, 연맹을 결속하고, 분란을 일으키는 티베트인들을 부탄에서 영구추방한다.

샤브드룽 나왕 남갈의 통치로 부탄은 단일국가가 되었고, 불교 문화가 강하게 자리잡는다. 샤브드룽 나왕 남갈은 여가시간에 주술을 행했다고 한다. 탄트라에 기초해 초자연적이고 설명할 수 없는 마법을 부렸다고 한다. 요즘 어린 학생들조차 샤브드룽 나왕 남갈에 관한 이야기와 위대한 업적을 줄줄 꿰고 있다. 무엇보다 샤브드룽 나왕 남갈은 하늘을 날 수 있었다고 한다. 그리고 설명할 길은 없지만, 날씨의 변화를 일으켜 적들을 물리쳤다고 전해진다.

또 샤브드룽 나왕 남갈은 조리그 추숨 페캉, 즉 국립예술학교를 창건했다. 이곳에서 목각, 회화, 검 만들기 등 여러 독특한 기술을 가르쳤는데, 그것이 지금까지 이어지고 있다. 샤브드룽 나왕 남갈은 사람들의 삶과 사고방식을 형성하는 데 문화가 중요하다는 것을 강조했고, 그래서 그 문화를 한데 묶어 가치를 높이기 위해 애썼다. 이처럼 막강하고 위대한 지도자 샤브드룽 나왕 남갈이 후계자 없이 죽자, 사람들은 그 죽음을 비밀에 부쳤다. 샤브드룽 나왕 남갈이 죽은 후 30년이 넘도록 수행원들은 사람들한테 샤브드룽 나왕 남갈이 명상 중이라고 하면서 매일 방으로 음식을 날랐다고 한다.

전통적으로 불교 왕정을 고수하는 부탄은 현재 세습에 의해 다섯 번째 왕인 지그메 케사르 남갈 왕추크Jigme Khesar Namgyal Wangchuck가 다스리고 있다. 퇴위한 아버지 뒤를 이어 2009년에 왕이 되었다. 최근 이 나라는 입헌 군주제로 변신을 꾀하면서 헌법을 만들고 투표제를 채택했다. 예상대로 많은 사람들이 민주주의로 직행하는 길에 선뜻 오르려 하지 않았다. 그들은 선거에 참여하고 투표권을 행사하기 위해 나라를 횡단하기도 하지만, 이는 진정 그들이 원해서가 아니라 그들이 사랑하는 왕의 요청을 받들고자 하는 것일 뿐이다. 만약 일이 잘못된다면 그들은 많은 것을 잃게 될 것이다. 현재 이 나라는 전세계에서 국민에게 무상진료와 무상교육을 시행하는 몇 안되는 나라 중 하나다.

우리는 절대 부탄의 결의를 과소평가해서는 안된다. 부탄은 자기만의 독특하고 다양한 역사 속에서, 부탄을 겨냥해 날아오는 총알을 잘도 피했다. 그리고 계몽된 정부와 우아함, 일, 행운 등이 잘 따라주어서 지금까지 잘 살아남을 수 있었다. 이 나라에는 다른 세상이 필요 없다. 하지만 세상에는 분명 부탄이 필요하다.

부탄과 결혼하다

초판 1쇄 2011년 7월 20일

지은이 린다 리밍(Linda Leaming)
펴낸이 류종렬

펴낸곳 미다스북스
책임편집 양승원 **교정책임** 성경아
기획편집 1팀 김한센 2팀 김혜연 3팀 양승원
마케팅/관리 책임 임호 1팀 오선희 2팀 정아민
디자인 김유리 **스텝** 유진아

등록 2001년 3월 21일 제313-201-40호
주소 서울시 마포구 서교동 487 대우미래사랑 932호
전화 02)322-7802~3
팩스 02)333-7804
홈페이지 http://www.midasbooks.co.kr
블로그 http://blog.naver.com/midasbooks
트위터 http://twitter.com/@midas_books
전자주소 midasbooks@hanmail.net

ISBN 978-89-6637-004-7 03840
값 13,000원

「이 도서의 국립중앙도서관 출판시도서목록(CIP)은
e-CIP홈페이지 (http://www.nl.go.kr/ecip)와
국가자료공동목록시스템(http://www.nl.go.kr/kolinet)에서 이용하실 수 있습니다.
(CIP제어번호 : CIP2011002868)」